有爱的青春陪伴者

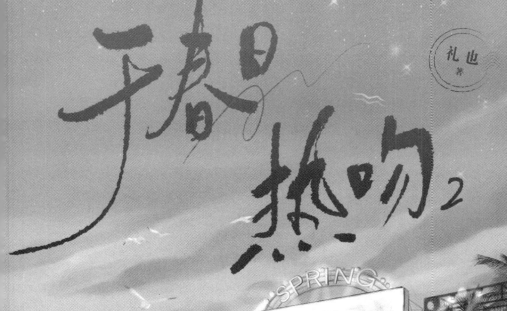

千春日热吻 2

SPRING

礼也 著

四川文艺出版社

图书在版编目（CIP）数据

于春日热吻 .2/ 礼也著 . -- 成都 : 四川文艺出版社 , 2023.5
ISBN 978-7-5411-6600-6

Ⅰ . ①于… Ⅱ . ①礼… Ⅲ . ①长篇小说 – 中国 – 当代 Ⅳ . ① I247.5

中国国家版本馆 CIP 数据核字 (2023) 第 055604 号

YU CHUNRI REWEN 2

于春日热吻 2

礼也 著

出 品 人	谭清洁
责任编辑	陈雪媛
特约编辑	廖唯佳　雪　人
装帧设计	Insect　唐卉婷
责任校对	段　敏

出版发行　四川文艺出版社（成都市锦江区三色路 238 号）
网　　址　www.scwys.com
电　　话　0731-89743446（发行部）　028-86361781（编辑部）

排　　版　长沙大鱼文化传媒有限公司
印　　刷　长沙鸿发印务实业有限公司
成品尺寸　145mm×210mm　　　开　本　32 开
印　　张　10　　　　　　　　　字　数　270 千字
版　　次　2023 年 5 月第一版　印　次　2023 年 5 月第一次印刷
书　　号　ISBN 978-7-5411-6600-6
定　　价　42.80 元

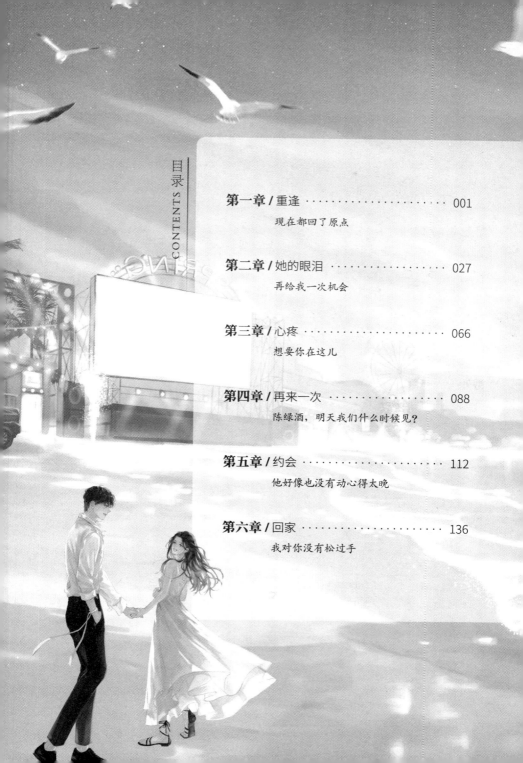

目录
CONTENTS

目录

CONTENTS

SPRING

第一章 / 重逢

现在都回了原点

1

"后来呢?"

微信视频通话对面的倪笑秋撑着下巴,眼睛红肿着,一脸聚精会神的严肃模样:"那个男生没再回来过我们溺姐吗?"

"这我就不清楚了。"倪欢看了一眼还在厨房忙着做早餐的女人,故意大声喊了句,"下次来这儿你可以问问她。"

倪笑秋吸吸鼻子:"好吧,我先去上课了。"

倪欢对唯一的妹妹投去关爱的眼神:"去吧去吧,别再偷偷哭了啊。"

没人想到大学一个宿舍的舍友在步入仕途后,还能重聚。

毕业两年后,倪欢和陈溺考进了同一个事业单位编制,在面试时进了国家海洋局南港市的不同单位做基层干部。

把失恋的妹妹安慰好,倪欢又想起刚才提的往事。

她一直认为他们这段感情之所以特别,亮点在于陈溺。

乖乖女被痞帅优秀的男生吸引太常见了,可陈溺并不算典型的乖乖女,她有自己的腹黑反骨,却依旧任由自己沉沦。

别人以为她陷进去了，好在最后她还是留了点清醒。

倪欢盘腿坐在椅子上，若有所思："对欸，陈溺，所以他……他后来到底还有没有和你联系过？"

陈溺把熬好的粥端上餐桌，睨她一眼："你都能清楚地复述给别人听，还需要问我要番外？"

"我这不是觉得你和笑笑的感情经历有点像吗？你看，我一跟她说完，她瞬间就不觉得她那个不靠谱的前男友有多让人悲伤了！"

想到那个妹妹还在读高中，陈溺不由得较真地反驳她："倪小姐，我当年可没有早恋。而且为什么不拿你的往事安慰她？"

倪笑秋要是知道她姐这么多年没再谈过恋爱，是因为大一时留下的阴影，估计悲伤会消失得更快一点。

"……"

和从大学就认识的同学变成好友，最戳心的就是彼此都知道对方年轻时候的那点破事儿。

倪欢向来斗不过陈溺，拿起小碗盛粥："俺错啦！真是'吃溺嘴软'！"

陈溺却是笑笑，没有逃避刚才的问题，表情寡淡："都这么多年了，早没联系了。"

当初她分得决绝难看，把联系方式都掐断了。

毕业第三年，她去看了漫威"复仇者联盟"系列的最后一部。

泪点不低的她在看到最偏爱的钢铁侠牺牲，留下一句风靡全球的"I love you 3000 times"（我爱你三千遍）时，居然哭了好久。

那一年她怀疑自己是不是年纪上来了，居然也会伤春悲秋这一套了。

毕业的第四年，"落日飞鸟"宣布解体。

陈溺把他们三个人从高二追到大二，之后就再也没有这么用心地去了解过同类型的乐队。

毕业第五年，也就是现在，她从海事局调到了海洋环境监测局。过去她在一个岗位上坚持了四年多，因为工作能力突出，前不久升了科长。

"那你还想过他吗？"怕被骂，又忍不住好奇，倪欢嘴里的粥还没咽下去，语速很快地补充，"说实话啊，江辙当年确实挺——"

她甚至找不到一个词来形容那个男生。

让人无法拒绝的男大学生，很会玩的公子哥，还是保送到常青藤名校的学霸……总感觉都太片面。

不过，如果他只占了一点好，也不至于会惊艳这么多女孩的青春。

包括看上去对情情爱爱半点不感兴趣的陈溺。

好像很久没再听过这个名字了，陈溺愣了愣，也有点陷进回忆里。

但她只沉浸了几秒就强迫自己从里面出来，拿起手机不在意地刷着微博，淡声回了一句："没想过了。"

临近又一年毕业季的五月份，随便刷到的情感博主都在发话题：学生时代什么最难忘？

"当然是万恶的体测 1200 米啊！！！每年体测都要丢半条命！"

"巧妙逃避开所有恋爱的每一步，导致我已经单身二十六年了 / 微笑 / 微笑。"

"教我打篮球的那个男孩子吧。"

"十八岁到二十二岁的大学四年暗恋青春，还有那时候的同学们，感情自由又热烈。只可惜'欲买桂花同载酒，终不似，少年游'。"

……

陈溺看完前几条热评，微不可闻地叹了口气，眼里却没了波澜，直接划了过去。

倪欢抬起头："噢，对了，你那房子装修好了吧？"

"嗯，明天我过来收拾东西搬过去。"陈溺把手机放下，说，"抽空带你妹妹来我那儿吃个饭。"

倪欢点头："那当然不能少这顿。就是合租两年多，突然变一个人住了，有点舍不得。"

陈溺了然："我看你是舍不得我做的饭。"

倪欢拍着马屁："你的饭也是你的一部分啊，完全征服了我的北方胃！"

陈溺懒得跟她贫嘴，抬腕看了看时间："快点吃，我先去局里了。"

海洋环境监测局比之前的海事局离这儿更远点，作为一个朝九晚五的体制内上班族，陈溺已能很熟练地在电梯里补口红。

金属镜面映出一张秀气漂亮的脸蛋，鼻梁高挺小巧，皮肤白嫩紧致，比几年前瘦了点，脸上的婴儿肥已经减少。

除了妆容更妥善端庄，她那双细长狡黠的弯月眼没变，透着股清冷灵气。

五月四日，春季的最后一天，外面日光如瀑。

九点钟的艳阳夺神炫目，晕染着天空中千丝万缕的蓝白色。蝉鸣漾入斑驳树叶和云间，风里飘荡着淡淡的蔷薇、月季花香和柠檬汽水被打翻的味道。

"衣裙是香奈儿今年春季新品，耳环是迪奥，表是梵克雅宝，包是 coco handle 款，鞋子是莫罗·伯拉尼克……"实习生盯着刚经过的女人，小声发出感叹，"新来的陈科长好年轻，怎么给人一种富婆的感觉！"

格子间的另一位老员工闻言，抬眼纠正她："没你年轻，都二十六七岁了，长得嫩而已。不过确实有本事。"

"多有本事？没个像我老爸这样的爹，听说当年还只是个本科毕业生。"实习生八卦地探出脑袋。

"有幸看过一次她的履历表，前不久她还参加了夏威夷大学 C-MORE

和我们市组织的 HOTS 项目，一个未婚女孩子跟着科考队跑到太平洋环流中心做海水采样，跟那群糙老爷们儿待了近三个月！反正光是海洋科考的各个实践里，她随便拿出一项都是尔辈楷模……"

格子间外面在聊天，办公室内部也一样。

器材设施部门的老刘拿着新预选的器械公司名单和办公室里几位科员说道："上面提的那几家都不行，最近势头最猛的应该是这个九洲科技。"

老刘看着百科上的基本资料："原来这公司就是出了国内首位 MetaHuman（超写实数字人）那家啊，近两年从海外也聘请了不少科研人员，在 AI 技术合成和无人船舰上都有挺深的研究。"

他们现在正苦恼着给局里对接下一个智能化公司的海洋科研产品。

起因是海洋局前段时间举行了一年一次的海上空中应急救援专项演练，几辆模拟的商船、渔船都撞烂了。之前合作了十年的公司设计总师身体又出了问题，公司研发的无人艇也没办法继续衔接改良。

"昨天九洲科技的设计总师和签约代表法人都过来了，他们那个设计总师看上去比上一家公司的要年轻很多。啧啧，后生可畏啊。"

"不是说这家公司不错吗？怎么没签约？"

老刘："李总监这两天不是带着人去北角中学宣讲'航标知识'了吗，约了明天再走个流程面试一遍。"

办公室里最近订了婚的姚甜甜托着脸犯花痴般开口："不过他们那个设计总师还真的是帅欸，头一回看这种西装革履偏偏还挺'渣苏'的类型！唉，想起读书时的初恋了。"

"有多帅？"陈溺进门后把包放到一边，脱下大衣挂在衣架上，冲着姚甜甜扬了扬眉，"帅到你忘了我上周交代的出海采样数据，到今天还没交给我？"

姚甜甜慌忙起身，求饶："哎呀，我电脑这几天总出毛病，刚才还在重启。我现在就去把文件传给你！"

陈溺坐下，像平常那样把电脑打开，十指交叉在桌面上立起，往边上这群人扫了一圈："你们办公室的空调还没修好？"

几个科员立马反应过来："别赶了别赶了，这就走。"

陈溺无奈地摇摇头，拿出要处理的一大堆交接文件。

墙上的挂钟时针快指向十二点时，前台打来内线电话："陈科，楼下有一位女士想见您。"

"有预约吗？"陈溺边问边翻着日程表上今日的安排，听见那边已经换了一个人接电话，声音陌生又熟悉。

"溺溺，是我。"

……

国家事业单位大楼的附近，连咖啡厅的电视机里放的都不是娱乐频道，新闻里正报道着神州十二号载人飞船的准备情况。

陈溺分了心去听，想起那时候高三毕业看神舟十号飞天，原来已经过了八年了。

面前坐着的路鹿还是留着齐肩的可爱短发，只是相较于以前的活泼，她更多了几分拘谨。

桌上有一张婚礼请柬，新郎的名字叫卓策，陈溺记得好像就是多年前项浩宇提过的那位未婚夫。

"我要结婚了。时间定在下个月底，是暑期。"

"劳烦你走一趟了。"陈溺回神，熟练地说着官腔，"有时间我一定过去。"

路鹿眼神有些黯然："你怎么不问问我和我哥怎么样了？"

"没必要。"结果已经显而易见。

"你不想问我，那你也不想知道江辙哥的近况？"

今天提到他的人还真多，几年都难得一见。

陈溺百无聊赖地把视线投向那张婚礼请柬，云淡风轻地拒绝："更没必要，回忆不用比恋爱还长。"

对于许久未见的故人来说，提到年轻时候的恋情其实不太礼貌。漫长岁月里，谁也不知道彼此还有没有其他新欢和难忘怀的人。

路鹿能感知到陈溺的回避态度，低下头搅弄着手里的咖啡。

相对无言的尴尬蔓延不到半分钟，陈溺喊来服务员买单，拎包起身："我还要上班，就先回去了。"

"小美人，"路鹿终于忍不住喊住她，有些委屈地哽咽，"你是不是还在怪我……"

陈溺低眼看向路鹿，她喝到忘加糖的苦咖啡皱鼻头时，好像还是当年那个在校园大大咧咧、爱和自己撒娇的短发姑娘，今天吐槽新买的相机镜头被指甲刮花，明天又苦恼地想着怎么骗项浩宇一块儿去网红店打卡。

她们一起等到半夜只为了买偶像签名的专辑，在十八岁一起去看过同一场音乐节，互相帮对方上过不知多少节课，也分享过心仪男孩和太多青春的秘密……

路鹿自家里出事之后就和她没了联系，几年后再见面，只能生疏地邀请她来参加自己的婚礼。

可见友谊也不能有长时间的空白期，否则再好的朋友都会生分、疏离。

论遗憾当然有，学生时代的感情大多不会在乎阶级和身家背景，这样的友谊弥足珍贵。而陈溺那时候本就没有相处几年的好朋友。路鹿是她那几年难得的走得近的朋友。

但又能怎么样呢？

陈溺站着那儿望着路鹿，顿了很久，终是妥协地拿过纸巾擦拭她眼睑下的泪，把那封请柬捏在手里："新婚快乐。"

南港海洋环境监测局在南港海域巡航过程中偶遇了粉色海豚群，随行的记者跟拍报道的同时，连带着那块海域的负责人陈溺也一块儿出了镜。

从码头回来，小实习生助理在大门口等着，很有眼力见儿地递上一杯冰奶茶。

"门外停车场的那辆超跑是谁的？"陈溺蹙着眉头，想说这样影响不好。不管是家里有钱还是自己有钱，这要是被有心人拍张照片，让他们都难说清。

小助理在群聊里问了一下，回她："不是咱们同事的，好像是今天来签约的智能仪器公司的代表。"

虽然这不归陈溺管，但她也听到了点消息："之前的云杭不继续合作了？"

"是。詹工手下那批人见他退休回老家养病，也都不想在云杭干下去了。"

陈溺抿了口奶茶，舔了舔牙尖："这家新公司的仪器做过海上模拟检测吗？导航台、AIS 船的自动识别系统也都要更换吧。"

"都要的。"小助理看了一眼最新消息，"所以李总监说面试快开始了，对方公司的设计总师也快到了，让您也过去。"

"我过去干什么？"

小助理把手机上的话委婉地转达了一遍："他说……说您是长期出海观测的科研人员，对仪器的精密度和要求都会很高，建议一块儿过去旁听。"

陈溺扯扯唇："我看他是见不得我歇一下。"

说是这样说，但人还是得到。

两人绕过大厅正要进电梯时，偏厅的白色高背沙发上坐着三个人。

小助理瞟了一眼，在旁边跟陈溺低声说这两位估计就是九洲公司的代表，边上还有一个是来请两位代表上楼的科员。

陈溺往那儿瞥了一眼，坐在最外边的男人一身黑色正装，手机举在耳侧正在接电话。从她的角度只能看见一只修长骨感的手，以及圆润饱满的后脑勺。

陈溺踩着四五厘米的高跟鞋在安静的大厅里"嗒嗒"经过，坐在那儿的几位都下意识抬眸看过来。

和最外边的那位视线蓦然对上，他眉骨英气硬朗，下颌线流畅刚毅，一张脸棱角分明，领口的领带却系得随意。此刻他眼皮倦怠地半耷拉着，眼睫的阴翳拓在鼻梁两侧，冷冽的眼神无端给人压迫感。

陈溺滞了一下，一时忘记提步往前走，顿在那儿，漆黑长睫扑扇几下。虽然面无表情，但她清楚地知道自己的大脑空白了几秒。

"陈科！从港口回来了？"坐在那儿的科员正是负责器械这块的老刘，朝她热情地招了招手。

陈溺神色无虞地移开视线，朝老刘点点头，没说其他话，就边继续往前走，边侧身和小助理交谈。

两人的脚步声和小助理响亮的应答声远远地传过来，直到那边电梯门"叮"的一声打开，人进去了，大厅才彻底重回平静。

老刘这才开口介绍："刚才那是我们局里的新晋科长，著名的冷美人！"

"确实挺冷，还挺美。"一旁的阮飞庭捧场地笑笑，推推手边的男人，"你说是吧？"

江辙挂断电话，喉结滚了滚："嗯。"

他低眸，回想了下刚才见到的陈溺——西装包臀裙，柔软的鬓发垂落在胸口，目光冷淡，好像一直没变过。

在这种觥筹交错的世俗里，她也没养出张卑亢假笑的脸，每一刻都在做自己。

当初他花了一年多时间和她谈恋爱，好不容易把那个冷静淡然的女孩拉下来陪他一块儿在缱绻旖旎中胡闹……

现在都回到了原点，甚至比原点还差。

她向来清凌凌的眼里看着他时再没了半分情绪，如看一个擦肩而过的陌生人。

2

前台小姐到他们这里来收拾茶具。

刚才还挺随意附和的阮飞庭听见边上这男人"嗯"了声，惊奇地转头："你刚刚是不是'嗯'了？你'嗯'了啊？！"

江辙短暂回神，抬手松了松领带，蹙眉睨他一眼："瞎叫唤什么？"

"兄弟！"阮飞庭已经惊讶得连边上的老刘都顾不上，扒拉着江辙的西服袖子，"读书那会儿，我们学校华裔里最漂亮的小甜心倒追你那么久，你都没给过人家一个'嗯'！这才一面之缘，你居然对我们甲方这边的领导……"

老刘比他们要大十来岁，看着比自己年轻的小辈这个样子，反倒还减少了双方的距离感。他笑着说："正常正常，我们陈科当年进局面试时就是第一名，气质、形象都摆在那儿了。"

阮飞庭接收到江辙不耐烦的眼神，勉强收敛了点好奇心，谈到正事上："失态了失态了。刘主任，那我们先上楼吧。"

出了电梯，江辙的手机连连振动了好几下。

他仿佛有所预料地停住脚步，顶了顶齿缝，点开消息。

果然就是前边的阮飞庭发的，一连好几条：

【我越想越觉得不可思议！你刚才是真的赞同我们说那陈科长漂亮吧？】

【没想到你的菜是这种啊，看上去有点……性冷淡的乖妹？我们当时那一群人可都是赌你中意细腰、长腿、会诱惑人的大美人啊！】

【这么多年来头一次看你表达了对一个女人的欣赏，兄弟我决定了，这合同必定签成！好让你近水楼台先得月！】

江辙："……"

看了眼在最前方带路的老刘，趁没人注意这边，江辙把腿抬起来在阮飞庭屁股附近酝酿了会儿，最终一脚端上了他的后跟腱。

"我！"阮飞庭差点儿踉跄摔跤，瞪大眼不可置信地往后看。

与此同时，老刘转过头："怎么了？"

"没，咱国家单位的地板就是干净！"阮飞庭忍着痛单脚跳了几步，手背在身后给后边那人竖了根手指。

访客办公室里，长桌两边已经有四五个科员坐在各自的位子上。

陈溺拿着笔记本电脑进来时，总监李家榕正靠坐在椅子上，双手交叉放在腹前，指尖一敲一敲地打量着她。

会议还没开始，室内氛围比较松散。

李家榕看了眼她笔记本电脑页面在整理的文件，抬抬下巴："东西都搬好了？要不要叫搬家公司？"

陈溺摇头，视线仍放在电脑上："我东西少，全搬好了。"

边上的办公室八卦小能手们闻到味就凑过来了："陈科你搬家啊？该不会是搬李总监那儿去吧！"

"噗——"李家榕跷着腿，憋笑着把头扭回去了。

陈溺面上没什么表情，反问离自己最近的那个："你们不知道李总监和老刘住在一起很久了吗？"

李家榕偷着笑的表情还没收回去，僵着脸大声斥她："陈小九！我说多少次了，他房子买在我家隔壁。什么住一起？就会败坏我名声！"

陈溺淡定地看他一眼："你也没少败坏我。"

他俩是一个胡同出来的，以前上学时关系很一般，是被家长互相攀比的两个孩子，转到局里工作后才日渐亲近。

两人放长假也一块儿回父母家，难免被局里的科员们打趣。

李家榕被陈溺那双无辜的大眼睛气得不轻，扬声转移话题："九洲的人怎么还没到？"

大家对李总监和新来科长的互掣已经见怪不怪，也知道李总监就是个雷声大雨点小的温和领导，围坐在桌前，他们也没停下嘻嘻哈哈的调侃。

老刘在走廊上刚喝了口水就听见李家榕在喊，忙把人领进来："来了来了。"

阮飞庭走在前面，挺大方地做了个自我介绍，说是公司法人代表。而后他又介绍了一下身后的人："这是我们公司新入职的智能技术研发设计工程总师，江辙。"

桌前几个人看着他后边的空气面面相觑："呃，人呢？"

阮飞庭这才往后看了一眼，呆了一秒，刚才人不是还跟在自己身后吗？

李家榕倒是没急，看了看手上的工程总师的个人履历，眼睛瞥到年龄那儿："哟，跟我一个年纪的。"

不怪他讶然，之前合作过的智能内侧仪器公司工程总师的年龄都是五十岁往上的。

阮飞庭粲然一笑："别看我师弟年轻，他可是美国康奈尔大学的博士生，作为高知科研人员被国家聘请回来的，之前还曾在研究所里参与过美军的舰载设施建造。"

不消他说这么多，九洲科技的智能设备也同样应用于国家单位的其他领域。总而言之，这是一家老牌新人的安全公司。

李家榕友善地笑笑，重复了一遍简历上的名字："江辙？"

"这儿。"门外冷不丁走进来一个人。

江辙将近一米九的身高杵在门口，把平日里看着宽敞的门框都衬得有些逼仄。

矜贵笔挺的西装穿在这人身上也像是休闲常服，里头衬衫扣子解开两颗，露出一截清晰冷白的喉骨。

比起声线上的懒散，男人脸部线条立体凌厉，更多了几分寡欲。狭长漆黑的眼眸往办公室里看了一圈，他稍稍低颔："抱歉，迟到了。"

办公室的老科员们看到真人，不免又想开小群吐槽了。

这长相和气度，跟名模去走秀似的，怎么也不像个常青藤博士啊。

陈溺侧脸对着门口，盯着眼前笔记本电脑的页面未抬起："贵司的总工程师，连最基本的守时都做不到吗？"

"……"

沉默。

屋里几个人一起安静下来。

李家榕被她这种杀疯眼的刻薄语气惊得愣了几秒，偏头靠过去低声提醒她："干什么？大家是合作关系，他不是你的下属。"

"既然是合作关系，那更应该互相尊重。"陈溺音量未减，长指抬了抬镜框，偏过头对上门口男人的目光，"不是吗？"

从江辙进门锁定陈溺位置的那一刻，他就没再移开过落在她身上的视线。

换个场景再见面，他们是疏远的甲方和乙方的关系。

她嘴上的口红比刚才在楼下看到时更艳稠了点，纤长的手指在键盘上敲敲打打，小巧秀挺的鼻梁那儿架着副金丝眼镜。眼神冷冽，没有聚焦地看着他这个方向，就像是例行公事般表达不满意。

江辙望着她，鸦羽般的黑睫垂着，声音低哑了几个度，比刚才正经不少：

"陈科长说的是，是我的不对。"

话音刚落，门外的姚甜甜就捧着一堆文件火急火燎地闯进来："还没开始吧？刚才我电脑又坏了，多亏这位帅哥帮忙修理……不然这几分红头文件和报表差点儿就没了。"

阮飞庭缓解了一下气氛，假意拍拍江辙肩膀，把手上的电脑打开："哈哈，原来你刚刚是帮人家修电脑去了啊。不早说，让人误会你不敬业！"

李家榕也反应过来，笑着接话："行，小插曲略过。那我们现在开始吧。"

江辙像是没被影响，也没有被冤枉想申辩的意思，似笑非笑的眼神从陈溺沉静回避的眉目那儿慢慢收回来。

身后的白板上投影出这次合作要更换的各项智能仪器：无人舰及无人求生艇上的夜间导航台、桅杆上的航行灯、浮标中的遥感器、雷达、机器人等。

江辙站在台上展示，这身正装衬得他宽肩窄腰，一身禁欲矜傲的气场。

他在和台下人一来一回的交流中，措辞严谨，比大学时多了几分稳重成熟的男人味。

不论是科研实践还是学术理论，他显然都掌握得很好。

做什么都能做到行业的佼佼者，这是陈溺早就从他那儿了解到的事实。

两人好像有六年多没见过了吧，即使是六年多没见过面，认出彼此来也只需要一秒不到的时间。

她低着眼，许久未紧绷的神经放松不下来，耳边听着他经岁月沉淀而磁性而低沉的声音，恍若隔世。

各部门把自己负责的那块区域的问题问完，轮到了陈溺。

她其实对这些也没什么研究，局里购买什么仪器，他们这些出海采样回实验室出报告的人员就用什么。

往展览板那儿粗略看了一眼，陈溺缓声开口："云杭科技的詹工是国内数一数二的工程师。那贵司相较云杭来说，有尤为突出的方面吗？"

"可以看看我司的值守式传感器。"江辙拿着遥控器切换了下一张图片，指着投影阐述价值，"这项科学仪器在不需要人工维护和额外供电的情况下，能几十年如一日漂浮在海面，并且实时传输海洋温度、洋流风向等环境监测的数据。"

这个智能设备确实能极大地给监测工程省时省力，有人问："那这项研究江工花了多长时间啊？"

江辙如实道："六年，从大四到我的博士科研生涯。"

"大四就开始了，难怪都说科研做出成果要趁早。出国晃一圈回来，还那么年轻。"李家榕像想起什么，翻开江辙的简历看见本科院校，"欸，你之前是在安清大学读的……"

陈溺眼皮一跳，在他把话题引到自己的大学之前，抢先快速提出新的问题："请问你的身体素质怎么样？"

江辙俯身滑动了一下电脑鼠标，听见她说这话，眉骨稍抬："陈科长希望我怎么回答？"

"没其他意思。"陈溺不经大脑，麻木地说出，"上一位设计总师就是因为患了肝炎中期才不得不退出工作，希望你的身体能支持高负荷运转——"

越说越离谱。

江辙散漫地轻笑一声，打断她的胡言乱语："你知道的，一直都不错。"

"……"

空气变得闷热，陈溺面不改色，合上电脑："好的，我这边没有其他问题了。"

顺利签完合同下楼，上了车，阮飞庭抑制不住地激动，压低嗓音骂了好几句。

转过头，他对着驾驶位上的人露出一脸威逼利诱的表情："坦白从宽，那陈科长和你到底是什么关系？还'你知道的'，人家姑娘能知道你啥啊？知道你六块腹肌，还是俯卧撑一口气做两百个？当着这么多人面调戏人家姑娘，你可太有能耐了！"

这就调戏了？才哪儿到哪儿。

江辙晒了晒，神情有些漠然，从挡风玻璃一侧看见大厅里有人正走出来。

女人乌黑的长鬈发，微微在胸前勾勒出漂亮的弧度，脸蛋白皙漂亮，目光冷淡恬静，踩着双不怕摔的细高跟，手上拎着小包。

边上有个比她矮了一头的女同事滔滔不绝地说话，她偶尔点头应两声。到分岔路口，她好脾气地站在那儿听同事继续把话说完。

江辙从包里掏出两张红色人民币，没回头，扬手给了阮飞庭："你打车回去吧。"

阮飞庭："不好意思啊，最近耳朵有点背，想问清楚你现在对师哥说的是不是人话？"

江辙淡声道："上次那双美队签过名的球鞋，送你了。"

"嗨呀，你最近说话是越来越好听了。"阮飞庭很识时务，麻溜地打开车门，拿过他指间夹着的两张钞票，"回见了您嘞！"

江辙手肘撑在车窗沿，探出头，颈线修长，一双深褶的桃花眼紧紧盯着女人和同事告别，往这边靠近。

她走得太慢，他就把车往前开了点，在她身侧摁了两下喇叭。

陈溺皱了一下眉，朝他看过来。

他唇动了动，嗓音中带着沉懒："去哪儿？我送你。"

陈溺站在那儿没回他话，不慌不忙地从包里拿出车钥匙按了一下，和他相隔两个车位的位置，一辆白色奥迪响了两声。

"……"

也没和他掰扯，陈溺径直上了车，倒车时往后多退了半米，而后踩下油门启动，飞驰往前。

江辙没来得及关车窗，有些怔地看着她的车牌号，被喷了一脸尾气。

3

项浩宇他们几个人听说江辙回了国，都寻思着给他办个接风洗尘的惊喜 party（聚会），连贺以昼都买了张机票往南港飞。

他们大学同宿舍的这几个人倒是亲近，项浩宇和黎鸣还合伙在南港开了家 AI 创业公司。

贺以昼研究生毕业后，就直接回家继承家业了，他向来快活。

江辙在国外待的那几年除了和项浩宇常来往，和那群朋友其实也不太熟稔，异国恋都有这么多对熬不下去，何况几个大男人的友情。

不过男生的友情也很奇异，喝个酒吃个饭，同窗情谊一回忆，什么都好了。

"小江爷，你公寓门锁的密码多少？"

江辙正开着车，耳机里传来项浩宇的声音。他没犹豫报了串数字，目视前方踩下油门："想干什么？"

"没事。"项浩宇心想不能暴露他们策划的惊喜，问他，"你就告诉我你人在哪儿啊？发个实时定位给我。"

"在陈溺的车后边。"江辙看了眼车里的地图导航，推测，"她应该要去海洋馆。"

"……"

那边几个人整整沉默了三十秒，电话换了黎鸣来接："好你个江辙，才回国几天啊，就赶着去骚扰你前女友！还在人家车后边？你堂堂正正一个大帅哥，怎么干起了尾随这么猥琐的事！"

"有完没完？"江辙表情很臭，烦躁地朝超他车的一辆保时捷摁了下喇叭，油门码数狂升，反超了回去。

"行行行，又是我们没完了。"想着他还在开车，他们也没打算说太多。

黎鸣无奈地叹了一口气："但是我的辙，你也不想想，该放手的还是要放手。这么多年过去，谁会一直停在原地？"

车内青白烟雾笼起，江辙指间夹着根烟，眉眼漆黑冷戾，他抬了抬眉："我。"

这么多年过去，他还在原地。

临近晚饭时间的海洋馆里游客已经不多，陈溺过去时正好看见益智馆有个亲子答题活动。差不多的题目，以及和当年差不多的奖项。

她站在立牌那儿发呆，不知道在想什么。

馆里负责人娴姐在一旁看完了海水检测报告，纳闷："这看上去没什么大问题啊。奇怪，最近这些海鱼怎么都没什么精神，死的数量也比之前多了一倍。"

"看这一行的水体营养盐含量，太低了。"陈溺低下头，眼里隐没其他情绪，她指了指报告单上的一处数据，"你们用的消毒水是不是换新的了？"

娴姐恍然大悟："听你这么一说，好像还真是！"

陈溺："不合格，化学物质相斥了。"

"那我得赶紧喊他们停了。"

说完，左边的美人鱼表演厅里传出一阵哄闹声。

娴姐拿着手上的对话机问监控室："表演馆里边儿在吵什么？"

"有游客的孩子在游玩途中不小心把戒指丢进去了。"那边停顿了几秒，把最新听见的消息告知娴姐，"现在一位美人鱼正在表演，家长等不及演出结束，闹着要让我们的工作人员马上去捞。"

这个点游客还没走完，买了票自然得把表演看完。

为了不妨碍观众观看美人鱼表演，所以只能安排另一位女工作人员在"美人鱼"表演的时候，穿上另一件美人鱼的服装，在不干扰表演的情况下不动声色地潜入缸底，并把戒指找回来。

娴姐："那就喊扮演美人鱼的另一位工作人员去捞啊。"

监控室的人支支吾吾："另一位'美人鱼'腿抽筋，暂时不能下水……馆里的应急救生人员都是男的，两位女救生员又都来了例假。"

娴姐听着不对劲："……你几个意思，想让我下水？你觉得我适合穿美人鱼衣服？这还不得从美人鱼变胖头鱼！"

站在边上的陈溺不由得看了娴姐一眼，她是身材较为丰腴的女性，显然要塞进那条美人鱼衣裙对她来说有点困难。

馆里的工作人员不堪其扰，把那位吵吵闹闹的家长带了出来，连同着弄丢戒指的那个五六岁大的小男生一起。

小男生因为弄丢了爸爸的戒指，被责骂得不轻，怯生生地抬眼往她们这儿看。

"你是这个馆的负责人是吧？我家孩子把戒指当鱼饵丢进去了，你们能不能让人捞一下？"家长看上去有些激动，拽着娴姐问。

娴姐试图与他商量等游客散去，闭馆之后再让人给他捞。

家长不依不饶："不行，我待会儿还得回去给他妈做饭！你们这馆里这么多人，没一个会下水的？"

工作人员跟他解释馆里的规定和不方便之处。

陈溺看着抱着男人大腿的小男生，插话道："要不我去吧？"

娴姐和陈溺也认识两三年了，闻言搓搓手："会不会太麻烦你？"

"没事，我水性也不错。"

去后台换上美人鱼服装，陈溺在工作人员的安排下从大缸最上边下去。

美人鱼表演厅只有一口超级大的鱼缸，十五米长，十二米宽。观众席的人往隧道上走，就能俯视全貌。

鱼缸内是仿生海底环境，内有珊瑚、沙粒、海草和一些小型海鱼、皮皮虾等。

陈溺下去时，美人鱼正在表演潜游、玩浮球。

有小孩的眼睛很尖："妈妈！你看海草后面还有一条藏着的'美人鱼'，好漂亮啊！"

"呀，还真有一条。"

水中的陈溺下身套着鱼尾裙，一双腿时不时拍打着。

一群小黄鱼往陈溺这里游过来，盖住她的身影，她挥挥手打开水波，在指定的那一块水草位置搜寻戒指。

在水里的时间总感觉漫长，但当她浮上水面时，他们说也才等了五分钟左右。

陈溺把裙子换回来，走出门张开手掌："我在岩石缝里捞到了两枚戒指，您看看，哪一枚是您丢失的？"

一枚是普通的银戒指，另一枚是某高奢品牌的钻戒。

那位家长盯了两秒，舔舔唇，露出贪婪的面目："当然这枚钻戒是我的。"

"爸爸，可是那枚才是你的……"小男生刚说出口，就被男人狠狠瞪了一眼。

娴姐听到这里，手疾眼快地把两枚戒指拿到自己手里："先生，您要是不能证明这枚钻戒是您的，我们可不能让您拿走。"

男人急了："这就是我的戒指！"

他要抢回来，难免和娴姐争夺，完全不顾孩子还在边上，工作人员赶紧帮忙拉开人。

陈溺见状也看明白了，市侩人钻着空子想占便宜罢了。

她轻嗤了声，而后伸手过去揪着男人的衣领，装作帮忙劝架的样子："先生您冷静一点，别弄伤人了。"

她的手趁乱扒拉，原意只是想接应娴姐出来，但无意中手劲大了点，一把薅下了一顶头发。

是的，一顶。

在场几个人都惊呆了！

陈溺也吓了一跳，晃了晃手，才发现手上拎着的是那位家长的假发。

争斗暂停，那位家长蒙了几秒，暂且没继续扒着娴姐不放手。

从陈溺手上把假发拿回来，他尴尬又气愤地喊道："你们、你们太过分了！"

以往陈溺暗戳戳干这种缺德事都能得心应手，凭着一张单纯软糯的脸蛋，装装无辜就能过去了。

但这次不知道是怎么了，她盯着他那颗锃亮的秃头特别想笑，然后还真就没憋住，跟着边上的工作人员一块儿笑出声了。

"臭娘们儿，你是故意的！"男人被她们笑得恼怒，挣开边上的工作人员就要上前打她。

陈溺没来得及动作，突然手臂被一只手往后扯了一把。

她被迫往后退了两步，再抬眼，面前换成了一个高大挺拔的身影，完全把她笼在身后。

男人的吼叫声霎时消弭，一脸痛苦，对着横亘在他和陈溺中间的年轻男人说："疼疼，你放开我！"

江辙攥住那男人的手腕，捏得骨头和皮肉几乎错位。

他脸色沉沉，眼神森冷："放开你？那你这手是不是该挥人家女孩脸上去了？"

男人疼得直喊，而他腿边的小男生被挤到墙角，惊恐地看着他们这群大人，眼眶里泪水在打转。

陈溺走过去捂住小孩的眼睛，急忙喊停："江辙，你快松手。"

江辙偏头，看见她的动作，凌厉的眼低垂，望向男人，像警告又像叹息："这年头做父母是不是很容易？"

娴姐适时拿着手机准备拨打110，同时叫来了警卫："先生，您要是坚持继续闹，我们只能先报警了。"

这话才是最后通牒，男人眼神闪烁了一下，从陈溺怀里把小男生拉走，终于不再耍心眼儿："那枚素戒是我的，拿过来！"

临走时小男生还在哭，男人一路骂骂咧咧的声音渐远。

……

陈溺把公事处理完，又吹干了刚才在水里浸湿的头发，刚从海洋馆出来，手机就响了起来，是一串陌生又有点眼熟的数字。

她犹豫了一下，刚想接起，电话又挂断了。

"是我的号码。"路边长椅那儿，江辙把手机收回去，站起来走向陈溺。

"你怎么会有我的手机号？"

"我找你同事要的。"他说得直白，又冠冕堂皇，"仪器方面有其他问题可以直接沟通。"

陈溺压根儿没想存这个号码，干脆道："不用跟我沟通，有事我会让老刘转告。"

她语气很平淡，就像在跟一个陌生的乙方交谈。

旧情人相见难免尴尬，但他们之间好像没有这个阶段。跳过了针锋相对和叙旧情的步骤，说客套又不算客套，只是格外冷漠了。

江辙望着陈溺的脸，视线怎么也移不开，喉咙发干："你——"

不同于他那七拐八弯的心思，陈溺直截了当要绕开他，解锁了路边停着的车："我还有约，先走了。"

"陈溺。"他喊住她，明明穿着一身得体的西装，手指却无所适从地蜷了两下，表情晦暗不明，"我刚回国没多久，也没见过其他人，有时间能不能一起吃个饭？"

陈溺还没来得及拒绝，突然从旁边走来一个很高挑魅惑的女人，穿着黑丝袜，踩着双十厘米的高跟鞋。

她直奔主题，扑向江辙："江辙！好久不见，你还是一如既往的帅气！"

两人都被这突如其来的女人弄得有些愣怔。

陈溺倒还好，只是倚在车边用带着点好奇的目光打量着他们。

江辙则是满头雾水，推开她："你是谁？"

"我是七七啊！是被你甩了的前女友。"女人涂着丹蔻的指尖戳戳他胸口，媚眼如丝，缠着要抱上去。

江辙忙着躲开她，看向一边的陈溺，忙着辩驳："我不认识她。"

陈溺就以一种看八卦的旁观者态度在车边望着，傍晚风大，一缕发丝吹到她唇边，蹭了口红。

看见他求认同似的往自己这边看，陈溺冷笑了一声："哦，这样吗？"

女人不甘心他这样说，边和他眨眼边说："你怎么能说不认识我呢！我们当初一起在麻省念书的时候，可要好了。"

江辙压低眸，语气疑惑："麻省？"

"啊……就、就是北边那个省，我们一块儿上的理工大学啊！"女人看他终于愿意接自己的茬，连忙一股脑儿全倒出来，"还说不认识我，你身高一米八八，老家在帝都，家住在安清，现在在南港一家科技公司就职，还不爱吃香菜，是不是？"

陈溺看热闹不嫌事儿大，顶着张乖巧的脸替他点头："嗯，全对上了。"

江辙："……"

女人顿时得意起来："那当然，说了我是他前女友啊！"

"妹妹，你是不是想追他啊？"女人演技其实很夸张，捂了捂嘴，"那你要和姐姐公平竞争哦！"

江辙懒得搭理这不知道从哪儿冒出来的疯女人，只在乎陈溺："你跟她应什么？说了我不认识她。"

陈溺扯了扯嘴角，不甚在意的样子，她轻描淡写地呛他："江爷前女友这么多，记不清也不足为奇。"

一次两次都这样，江辙终于还是忍不住。

极具压迫感的身影覆过去，强势的荷尔蒙气息贴近，他紧绷的下颌微动："我在你眼里，就是这种人？"

"你就是。"陈溺被他这种具有侵占性的目光看得无端恼火，语气也尖锐起来。

她在他面前极少服软，也不用对旁人温柔伪善的那招来对他。她是被他惯着过来的，哪怕是在他冷峻的眼神下也半点不认输。

旁边那女人完全沦为背景板。

一开始疏远陌生，两人在这一刻已经完全不客气。

江辙低头，额头抵着陈溺柔软的头发，彼此的气息交缠在一起，一靠近，总能挑起身体熟悉的记忆。

他侧了侧脸，眸光落在她微微嘟起的唇珠上。她擦了一点点口红出来，唇线被发丝刮乱了。

男人有些粗糙的指腹在她唇边轻轻蹭了蹭，嶙峋的喉结滑动了一下："有空一起吃饭吗？"

突兀的手机铃声响起，他松开一只手让她接电话，只是直勾勾的目光依旧在她脸上寸步不移。

陈溺看了眼来电："喂，李家榕？"

"海洋馆的事还没处理完？我爸妈都等急了。"

"有点意外耽搁了，我现在过来。"她抬腕看了一眼表，也没避开眼前的人，确认了一遍，"是中上环那家法式婚纱店吗？"

字眼太刺耳，江辙猛然抬起深黑的眸，情绪浓烈，手掌无意识地将她手腕攥得更紧。

电话挂断，陈溺确保江辙听见了自己要去的地点，也直截了当地回答他的问题："没空吃饭。"

"你去婚纱店做什么？"

她嗓音凉淡，一双明亮的月牙眼弯了弯："当然是拍婚纱照。"

趁他呆怔的片刻，陈溺甩开他的手，把人往边上的女人那儿一推，毫不留情地说："送你，我早就不要了。"

"……"

白色奥迪车再度从自己眼前开走，把他远远甩在身后。

江辙甚至觉得明明才见面，怎么自己一直在看着陈溺离开的背影。

确认陈溺已经走得很远，刚才还娇滴滴做戏的女人立马恢复正常："怎么样？老板，我演得不错吧！哎哟，刚才我在外边找了你好久，还好你朋友发来的照片和你真人一模一样，你站在这儿可太显眼了！"

江辙一言不发地睨着她。

"以后还有这种活儿，再联系啊。"女人完全不会察言观色，塞张专业扮演的名片在他西服领口，"不过你这张脸……姐和你假戏真做也可以的啦！"

江辙磨了磨牙："谁让你来演这一出的？"

几分钟后，项浩宇几个人兴致勃勃地打来电话邀功："哥几个想了想，还是得支持你！毕竟你只有我们了！"

"……"

"怎么样，怎么样？怕陈妹觉得你没市场，我们特地给你找了个美女当你前女友缠着你！陈妹有没有危机感？"

"你们找的？"他声音冰冷。

贺以昼接过话，乐呵呵补充："是啊江爷，反正吹牛又不犯法！我还让那美女吹自己是名校高才生。吹了，我多给点小费！"

江辙舌尖顶了顶腮帮，停顿半晌，本来打算不追究，忍了又忍，可贺以昼他们轮班倒似的，在那儿叽里呱啦地说了一大堆。

他压抑着火气，一字一顿地打断："你们几个，别让老子再看见了。"

第二章 / 她的眼泪

再给我一次机会

1

从海洋馆开车离开，中途陈溺又收到了李家榕的消息。

他说时间太晚了，摄影师赶着下班，只能再约明天。

好不容易有个周末还得起早，也许是出于抱歉，次日早上李家榕来接陈溺时还拎了袋早餐。

想着反正过去影楼那儿还要重新化妆，陈溺干脆只洗了把脸便下楼了。

行驶在车流中，马路上的晨风倒还算清新。

陈溺坐在副驾驶上，长发披在脑后，一条宽松背心长棉裙，露出的锁骨和胳膊都白得晃眼。她眼下有淡淡乌黑，脸色显得有些苍恹，看上去像是从被窝里刚起床。漆黑浓密的长睫扑扇几下，小口小口地吞咽手上的煎饺，动作一如既往地不紧不慢，目光却是难得一见的呆缓。

片刻后，陈溺眼都没眨，余光瞥见李家榕："你再跟看猴子一样看着我，我们今天在这条路上可能会上新闻。"

简而言之，会出车祸。

李家榕顿了顿，收回视线："你昨晚没睡好？"

"熬夜看了部电影。"她嚼完煎饺，把垃圾装好，又抿了口牛奶，"黑眼圈很明显吗？"

"嗯。"

陈溺木着脸："那待会儿化个妆就好了。"

她这几年的小性子在他面前耍得越来越明显了，尾音拖着，跟喝醉酒了似的，比学生时期可爱不少。

李家榕弯了弯唇，扯开话："月底局里有个小活动，有上面的领导要来，你上个节目？"

陈溺也很直接："不跳。"

进局里前两年她倒是跳过两次舞，但现在年纪大了，新人又这么多，她才懒得再出这个风头。

李家榕象征性地挽留了几句："别啊陈科，我们局里有才艺的人本来就不多。"

"那你上去跳吧。"陈溺眯了眯眼，像只慵懒的猫睨着他，"我妈以前在校外给学生开小灶的时候，你不是常去偷窥吗？你看了这么多遍，也该会了。"

"咳咳！你说什么'偷窥'？那叫……十几岁的少年拥有欣赏美的权利。"饶是现在左右算个小领导，李家榕也没能在她面前把"稳重"这两个字贯彻到底。

陈溺面色无波："行了行了，我又不到处说你这些黑历史。"

"……"

真就能被她哽到心塞。

临近目的地，李家榕斟酌着问："对了，昨天九洲科技那个工程总师是你什么人？看你们那样子，以前有什么交情？"

"就……"陈溺低了眼，没想瞒，"谈过恋爱的交情。"

"噢！是不是那个……当年你骗你妈也要偷偷跑出去见的人啊？"李家榕如梦初醒，恍然想起来两人刚上大一那会儿的事。

只是他当初只在夜里和江辙擦肩而过，并没看清江辙的模样。

陈溺被他这么一说，反倒笑了："好像是。"

他这说法其实让她有些情绪低落。多好笑，当年江辙确实是她骗妈妈也要偷跑出去见面的男生。

李家榕戏谑不已："你这长辈心中的乖宝宝好不容易谈个恋爱，居然看上个这么野的。"

男人最了解男人，有些人见第一面就能看清他身上的特质。

就像江辙，齿少心锐，长相和同龄人相比也一骑绝尘，一看就是学生时代很受女孩喜欢的类型。

李家榕很快察觉到这个话题不适合继续深聊，但又忍不住多嘴："那你对他还有感觉吗？"

陈溺只觉得他的话像天方夜谭，不由得自讽地笑笑："你知道近七年的分离，意味着什么吗？"

意味着两个再要好的朋友都会有各自的生活圈。

即使还待在对方的联系人列表里，却会从无话不谈慢慢变成点赞之交，最后回归到陌生人的距离。

更别说一段学生时代的恋爱。

再如何刻骨铭心，也会被身边不断出现的人代替。生活不是童话剧情，没有日复一日的思念和等待，只剩一天天能感受到的淡忘。

陈溺貌似陷进回忆里，恍惚间有一声鸣笛把她拉回来："毕业五年多，我对大一入学的第一天都没什么印象了。"

那时候总觉得是人生迈入新阶段，每一秒都会记忆深刻。

但其实不是，那些日子太普通，普通到她甚至记不起来经历了什么。

"我喜欢你。"李家榕突然开口说。

"啊？"陈溺愣了几秒，下意识坐直了点，随即摇摇头，"没可能。我不是这么迟钝的人，你也不是情绪这么内敛的人。"

他眼尾含着笑："你看吧，我们认识十几年了，你对我的告白第一反应居然是分析。"

"所以呢？"

李家榕轻飘飘道："你说和他分开七年已经变得陌生。但你昨天对他那态度，显然就是在他面前很有安全感，不设防的那种。"

陈溺的尖锐、敏感、理智和软刺是因为自小经历和别人不同，慢慢养成的，她从小就习惯了戴着伪善、冷淡的面具。

但在江辙面前，她永远都是直来直往地展现好坏和喜恶。

"也许。"陈溺没有想否认的意思，"他喜欢过我一阵子，我单方面记了好多年。"

"他这人怎么样？"

陈溺想了会儿："很爱玩啊。到现在也一样。"

我行我素，浑不吝，凡事全凭自己心意，像只浪荡野性的飞鸟，完全孤独，也绝对自由。

出现是这样，不出现也是这样。

婚纱摄影店二楼临窗的位置，茶桌边坐着一个男人。

一条长腿屈着，身上穿着件深色休闲外套，懒散地斟着杯茶。他眉目立体凌厉，偏长窄深的桃花眼下有一颗淡色小痣，衬得这张脸有点不好惹的妖孽感。

但他独自在这种成双成对的场所坐了快一个小时，经过的人难免会多望上几眼。

立在面前的手机屏幕里，项浩宇几个就差负荆请罪："小江爷！这回我们绝对不扯你后腿了。"

"是啊江爷，你要是想买下这几家婚纱店，提前跟哥们儿我说一句，我去看看能不能和那个房产商筑叔要个折扣价。"

贺以昼对着镜头："对，不就是中上环那几家婚纱店？我查过了，今天陈妹就在这家有预约！都帮你打点好了哈！"

江辙皱眉："你们这么兴奋干什么？"

"我？"贺以昼望了一眼屏幕外还在憋着笑的其他两位兄弟，把愉悦的心情藏好，"谁兴奋了！谁愿意看你吃瘪啊？想当年你……嘟——"

总算清静了。

江辙把手机收起来，指尖敲着茶桌，眼睛往窗下马路看过去，视线聚焦在某辆停下的车那里时，脸倏地沉了下来。

下了车，李家榕把西装外套披在陈溺身上："才刚立夏，大早上不冷？"

陈溺的起床气很奇怪，别人没睡饱是发脾气，但她是一睡醒就暂停思考，更别说会不会考虑早上冷的问题。

"谢谢。"

李家榕指着婚纱店门口，意有所指："是我该谢谢你。"

披着那件长到自己大腿的西服，陈溺打起点精神，揉揉脸，如同奔赴战场："走吧。"

这家婚纱店在南港市很有名，摄影师拍过不少明星，也拿过不少奖，所以难约。

店面虽然在CBD中心区，但室内面积很大，装潢华丽辉煌，一楼是婚纱，二楼拍夫妻、家庭合照。

李父和李母都在楼下等了有一会儿了，见他们过来忙迎上去。

"爸，我不是让我妈晚点来吗？"李家榕搀扶着母亲到饮茶的长沙发上坐着，"我和陈溺还没挑好婚纱呢，待会儿还要化妆。"

李父叹气："你又不是不知道你妈，谁拦得住她。"

李母眼里含着笑，牵过陈溺的手："我高兴，想早点来看小九换漂亮的裙子。"

陈溺和李家榕对视一眼，哄着长辈："婶，那我先一套套换给您看，让您满意了再拍。"

"欸，好，好。"

很快就有导购顾问过来向陈溺介绍，李父则被李母推着去陪儿子选合适的西装。

展柜里的几套白色婚纱都十分漂亮优雅，陈溺在李母的催促中换了其中一套。

几分钟后，更衣帘被拉开，她捏着裙边走出来。

这件法式婚纱轻奢、复古。裙摆很大，铺满她身后。缎面蕾丝面料，摸上去很柔软。

一字肩的设计更突出她领口处的白皙锁骨，肩膀薄直瘦削。胸口是小V领，露出的胸线恰到好处。

裙摆边缘的钉珠在室内白炽灯下闪闪发亮，衬着陈溺那张脸精致又柔和。

陈溺还没来得及化妆，但好在五官精致，咬着唇时稍稍抬眼，就有点犹抱琵琶半遮面的韵味。

她也是头一次试婚纱，走出来时还有点不太自信。

但李婶看得心花怒放，拍着手掌："哎哟，小九真漂亮，跟你妈斗了这么多年啊，还是我赢了！"

她和陈溺的母亲潘黛香在胡同里是出了名的不对付，两个更年期妇女从比衣服、比车比房再到比孩子成绩。

没想到这把年纪了，两个孩子在一块儿了！说到底还是她大获全胜。

边上的导购也立马赞同道："陈小姐肤色白，素着张脸也吸睛，穿上这件婚纱就跟要拍广告的小明星似的。"

"哎，咱再试另一套。"李婶不听这些花言巧语，不急于定下来。

她拿着手机往后站着，慢腾腾地拍了好几张照片，指着另一套说："等我拍完再换换这个，我让家榕过来瞧瞧！"

陈溺唇边漾着淡淡的笑意说好，耐心地站在那儿等她拍。

余光瞥见左侧一个身量修长的人走过来，她表情未变，声音跟牙缝里挤出来一般："等会儿，等你妈妈拍完。"

人影就站在那儿不动了。

陈溺正纳闷对方为什么不回话，侧头一看，对上了江辙冷峻的脸。

他身后还有一个导购问他看上了哪一套。

江辙目光直直地望着陈溺身上的婚纱，漆黑的眉压着郁气，从上到下地扫了眼，他下颌微扬："就这套。"

2

江辙没想过会有这么一天，身边那个清纯的小女孩会在几年后穿着婚纱站在自己面前，做别人的新娘。

看着陈溺干净漂亮的一张脸，他好像又看见了十七岁的陈溺，用她那双素来清冷的眼不冷不热地睨着自己，像看着个陌生的局外人。

他眼眸深深，微抿着唇线："这位小姐试过的，我都要了。"

"……"

导购有些尴尬，虽然撞婚纱款式难免，但明赶着上去撞的还是第一次见。

不过这是上面经理打过招呼的会员顾客，今天她来的时候他就在楼上一个人坐了许久了……不好把不满表现得太明显，导购委婉道："先生的未婚妻是和陈小姐身形相似吧？不如您把您妻子的身高、尺码告诉我——"

"好啊。"江辙眼尾稍扬，一张脸沉到晦暗不明时却蓦地笑了一下。

陈溺对他这种痞坏的挑眉表情特别了解，果然，下一秒他直勾勾地盯着她的脸，开始报数字。

"身高一米六五，腰围五十五厘米，胸围……"

视线未变，他还要继续。陈溺被激怒般瞪过去，声音不大却很有力度："闭嘴。"

一边的导购总算看出点端倪，降低存在感站在一边。

走上前的是拿着手机正要发图片到朋友圈的李婶，虽然没听见他们在聊什么，但李婶也看得出两人是相熟的关系。

长辈目光都很毒辣，李婶往男人那儿打量了一眼："小九啊，这是你的朋友？"

陈溺想摇头否认。

但江辙不让，人模狗样地在她张口之前问候上了："阿姨好。"

陈溺咬了咬下唇，凝着气："你别说话，阿姨才好。"

江辙垂眸看她："你跟我说话，我会更好。"

李婶本来是笑着的，但看两个小辈互相掐着，又觉得哪儿不对劲。她迟疑地问："是小九的什么朋友啊？同事还是……"

"妈！"李家榕及时过来拦住她深究的话，看了一眼旁边的男人，低了低额，打招呼，"江工。"

江辙瞥了他一眼，只模糊地记得这是陈溺局里的一个小领导，好像姓"李"。

他直言："私底下喊我名字就行。"

工作是工作，私事是私事，他们都应该把公私分得很清楚。

李婶见他们这样，疑心更重。

她缓慢地拉着陈溺的手和自家儿子的手放在一起，挤出个笑说："小九的朋友也来选婚纱吗？那别耽误人家了，我们换我们的。"

江辙就这么盯着两个人握在一起的手，沉着眼不让开，下颌微动："阿姨，您看这两人适合在一块儿拍婚纱照吗？"

陈溺恼了："你能不能离开这里？"

气氛异常僵持胶着，饶是李婶再不懂年轻人的弯弯绕绕也看了个大概明白。她慢慢放开两个孩子的手："家榕，你和小九之间这算什么事儿啊……"

老太太并非感受不到两人手交握上时的僵硬生疏。

何况自己的未婚妻遇上感情瓜葛，自家孩子怎么能一句话都不说，就干站在那儿还傻愣愣地朝情敌问好。

"好了，别唠叨小九了。"身后的李父看出陈溺的为难和尴尬，走上前，像解围般拉过妻子的手，"家榕这都是为了让你放心跟我去瑞士养病。"

年前李母被查出中晚期乳腺癌，瑞士那边都安排好了医院、医生和疗养住的房子。

李家就李家榕一个独生子，他当然也是为了尽孝道，才撒了个善意的谎言。

李家榕神色黯然，抱歉地澄清："对不起妈，你总说担心我快三十岁了还没成家，我才让小九陪我演了这么一出。"

"你们都知道是假的？"李母蹙着眉头看向陈溺，"你妈妈也知道？"

陈溺低着眼，很快认错："李婶，对不起。"

气肯定是气的，李母看着一家人都战战兢兢地观察她脸色，她表情更难看了，怎么能想出这么个损法子来哄她！

她稳住心神，看向杵在一边的江辙，短短长长地叹了好几口气："小九，你和你朋友聊聊吧。"

陈溺换下婚纱再出去，狭小空荡的休息室里只剩下江辙一个人。

手机上，先行离开的李家榕发来消息：【我妈没让我送她回去，先让她冷静冷静吧。你也别带情绪跟江工交谈，跟他没什么关系，这件事是我没办好，你们好好说。】

"满意了？"陈溺立在门框那儿看着江辙，半句好话也说不出口，"需要我提醒你，我们已经分手很久了吗？"

江辙漆黑的眼眸黯了一刹，他其实也没想这么多，只知道那男的是她领导，又在想她会不会是被父母逼着去相亲。

但不管是哪个原因，他都做不到旁观着她和另一个男人拍婚纱照。

陈溺讽笑："江先生前女友这么多，没必要单单逮着我来拆散吧？"

"我问过你同事，他们都说你是单身。"

她冷冷道："我为什么要把私生活展露给同事看？"

"你要是真和他在一起了，那为什么两个要结婚的人，他连给你披个衣服都不敢碰到你肩膀？"江辙往前几步，极具压迫感的身影笼着她。

男人冷厉带着攻击性的五官越靠越近，江辙偏了偏头，目光直视她："陈溺，你骗不了我。你身边现在根本没别人。"

他不是没见过她喜欢一个人的样子，怎么可能不知道她是单身还是正热恋。

她对江辙这人一直没什么信心，包括此刻，被他三番五次打扰才能确定不是自己在自作多情。

他看透她，也不给她退路。他粗粝的指腹紧握住她手腕，手指上的薄茧擦着她白嫩肌肤，引起灼热感。

陈溺没想过能挣脱开，索性也不挣扎："所以呢？"

她仰着头没什么所谓地看着他，轻轻笑着，眼里却是空洞的冷意："我身边有没有其他人和你有什么关系？你不像是不明白这个道理的人啊。"

江辙愣了一下，手上力度松开了点。

陈溺轻舒口气，很想像当年那样，以一种轻松的姿态说清楚："我不知道你为什么过了这么久突然回来了，也不知道你回来这样对我到底是什么意思。"

她说到这里，觉得人真是年纪大了，眼眶都容易酸。

眼泪接二连三地忽然从脸上滑落下来，像断了线的珍珠。

江辙手上沾到她滚烫的泪，感觉自己的心像被狠狠地揪了一下，又像被人狠狠揍了一拳，闷得难受。

时间的藤条在他背上鞭挞，渗进骨髓里的疼痛让他慌乱不堪。

他们分手时，她都不见得会哭成这样。江辙突然意识到她现在止不住地难过，都是因为自己的出现打扰了她。

现在回头想想，他们之间，总是陈溺在迁就他的胡搅蛮缠和玩乐心态。

有多少个清晨，她陪他突发奇想起来看日出，又有多少次，他让她在不擅长的场所里玩乐作陪。

内敛文静、不爱引起别人注意的陈溺，在那时总是迫使自己大胆、公开而热烈地表达爱意，无条件地顺从他，向他妥协。

江辙伸手去擦她脸上的泪，他本就不擅长哄女孩，前一秒还紧逼不放的样子荡然无存，只是慌忙无措地呢喃着"对不起"这几个字。

"从小到大，我一直都是一个人走，我一个人走了好久好久。"陈溺侧了侧脸，避开他抚向自己脸颊的长指，"后来你陪我走了一段路，我也想过走不到最后，大家会散。"

他们之间实则说不上谁陪谁。

从你情我愿的放纵开始，只是中途发觉爱不对等，她终于强迫自己及时止损。

"我偶尔想你，偶尔烦你，一晃也打发了这么些年。"她移开视线，抹了把泪，把话说完，"但我没有再想过去爱你了。"

江辙喉间艰涩："可我们以前——"

陈溺笑了一下，语气渐渐冷静："以前算你的年少轻狂，我的一时兴起。"

没人比陈溺更狠心，江辙怀疑她知道要怎么说才能往他心口插上一刀，所以才没有顾忌，说出这样伤人的话。

"你当初跟我在一起，只算一时兴起？"

"嗯。"她不想表露不耐烦，但字句逐渐刻薄又不留情面，"要我说得再明白点吗？你当年……在学校很出名，我只是想试试和这样的人谈恋爱是什么体验。"

她没有犹豫地评价："和你谈了一段，也就那样。"

毕竟那是一段不敢对未来有期待的、随时看得到尽头的恋爱。

江辙对那时候的自己没办法反驳一个字，一颗心被她捏得稀巴烂也不甘愿放手："那再给我一次机会。"

"我不想。"

和太惊艳的人交往过，之后就更难看见别人的好。

陈溺的确再也没有找到过一个像江辙那样的人。

高三时再次遇见的顽劣大男孩，浑然天成的放浪不羁。但哪怕他打扮得再酷再拽，也是个会注意避开盲道停车的乖乖仔。

长相锋芒凌厉，气焰放肆混痞。

这样的江辙，确实在那个春夜吸引了沉闷了十七年的陈溺。

以至于这么多年哪怕是去趟电影院，那些零零碎碎的记忆也急着涌出来。

在他公寓一起看恐怖片，说好的会帮她捂着眼，却总在最恐怖的时候骗她睁开眼，最后吓得人往他怀里钻才罢休。

偶尔去他教学楼陪着上课，被教授点到名时，他偏要举起她的手，在诸多同学的起哄声里懒洋洋地喊着"到"。

在教室外的走廊上，闷热带着蝉鸣声的午后，他把人拉到楼梯口接吻。

他从来都是没个正形的浪荡样子，但也会脆弱地靠在她颈窝，颓丧地牵着她的手。

陈溺不是没想过再回到那时候……她本来就是不容易被打动的人，遇见他时正当年少青涩。

可普通家庭的孩子没有太多试错成本，毕业之后她忙着考公、工作，没再谈过恋爱。这两年好不容易事业稳定了，他倒是突然回国了。

可她一直在往前走，会怀念，但不留恋了。

也许重来一次，她或许还是会重蹈覆辙。

但好在人生一直以来只有一次，不会给她第二次这么难过的机会。

那天把话说完，陈溺的生活好像又回归了以往的平静。

中间有一次实验室里的科员在采沉积物时ROV（水下机器人）出现问题，但不知道是不是刻意避开，来处理的并不是江辙。

陈溺和李家榕的谎话败露后，潘黛香倒是打了个电话给女儿："你李婶啊就是死脑筋，我把女儿借给她拍儿媳照她还不乐意！"

当初为了配合李家榕撒这个谎，两家人都参与进来出谋划策，为的就是让李婶能安心去治病。

"现在好了，人是去了瑞士。"潘黛香碎碎念，"可她还真惦记上要你做儿媳了，老让家榕来家里蹭饭，还总寄些那边的特产过来。这老李婆，是真想跟我做亲家了！"

"……"

说着说着，潘黛香又在旁敲侧击着她和李家榕有没有可能。

她的想法很矛盾：一方面觉得知根知底；但一方面又想着两个人都在同一个单位就职，万一谈不拢，反倒伤感情。

"妈，别想这些了。"陈溺不太在意地把话题扯开，连带着也避开她问到下个月是否有时间相亲的事。

陈溺确实没时间，工作忙得停不下来。

环境监测局的科研院不多，她除了要撰写每年的海洋环境公报，还要带实习生完成一个科室至少三篇 SCI（科学引文索引）的论文业绩。

好不容易闲下来，躺在阳台的藤椅里拿着 Kindle（电子阅览器）看书时，陈溺才看见路鹿给自己发的消息，伴随着点小心翼翼地询问：【小美人，明天你会来吧？】

说的当然是她的婚礼。

陈溺指尖停在屏幕上良久，点了一个字：【嗯。】

路鹿的婚礼在安清市举行，陈溺买了当天的机票过去。

再次回到这座熟悉的城市，总是难免会想很多东西，会想大学附近的美食街、咖啡厅有没有变化，但总归不会特意过去看看。

婚礼在郊外一座酒庄举办，陈溺递过请柬，签名的时候正好看见大家随礼的名字。

还是大学时那群人，项浩宇、贺以昼他们。当然最里面那一桌还有几个路鹿在大学时候的好朋友。

路鹿穿着白色婚纱在门口迎接亲朋，她戴的假发遮掩了短发，盘在脑后。还是张小娃娃脸，和身上的打扮有些违和。

但新娘子哪有不美的呢？她身边鹤立着她的新婚丈夫：卓策。

男人一身正装，领带系得一丝不苟，年龄虽然要比他们大几岁，但看上去玉树临风，给人的感觉是严谨不失风雅的商业精英。

"小美人！"路鹿看见陈溺时，眼神总算有点光了，她抱怨了一句，"一个上午到现在，我脸都笑僵了。"

陈溺礼貌地向她身后的男人点点头，把礼物给她："恭喜。"

"你怎么还准备了礼物啊，太费心思了。"

陈溺一本正经地压低音量："是双跑鞋，帮你逃婚的。"

"啊？"路鹿还是个小愣头，反应慢半拍，任陈溺说什么就信什么。她表情立刻纠结起来，有点快哭了的意思，"溺溺……可是我不能跑。"

成长就是在你不喜欢的婚礼上准备一双跑鞋，但你依旧会乖乖戴上婚戒。

联姻这种公司之间互惠互利的事，陈溺不懂，但也大抵明白商人之间的潜藏法则。

不过她没预料会把人弄得那么难过，忙打开礼盒："骗你的，是'落日飞鸟'的典藏版专辑合集。"

一旁的卓策往她们这儿看过来。

路鹿对上他视线时板着脸，语气尽量严肃，吸吸鼻音："我送我朋友过去。"

"我们的宾客名单是我哥帮忙拟的，你的位置应该是跟他们排在一桌了。"说到这里，路鹿担心地看了一眼陈溺的脸色，"江、江辙哥还没来，如果他也坐那桌的话，你就换到白玉玫瑰那一桌，那桌是多出来的，都是些散客。"

她避之不及的样子让陈溺觉得有些好笑，"嗯"了声，问她："项学长他……"

路鹿急忙开口打断："他挺好的，是我以前不懂事！都过去了。"

她急着粉饰太平，好像那时候的暗恋心酸都是一场梦。

"知道了。"陈溺推着她回去时，又从包里拿出两张创可贴，"找个椅子坐下贴上这个，你的水晶鞋磨脚了。"

酒庄的大厅堪比五星级酒店，豪华大气，光是陈溺眼睛能大致数清的就有二三十桌摆在红毯两边。

陈溺人还没走过去，项浩宇他们那几个人就在大声喊她名字了。

明明都是一群事业有成的大男人了，凑在一起却还是嘻嘻哈哈的少年团。

陈溺错眼看见一个高挺身影从偏厅门那儿进来，她下意识想去路鹿刚才说的那一桌，刚转过身，不留心撞上了侍应生端来的香槟。

"不好意思，小姐！真是不好意思，弄湿您衣服了。"

这种场所的侍应生服务意识都很强，立刻带着陈溺去了洗漱台那儿找来了吹风机，嘴上还一口一句抱歉。

"是我不好意思才对，没认真看路，给你们增加麻烦了。"陈溺接过她手上的吹风机，让她去忙自己的事儿。

外头已经在放烟花，她这个角落却很冷清。

陈溺今天穿得很简单，鹅黄色长裙，白 T 打底衫。香槟倒在了她小腿那儿，洇湿了裙角和帆布鞋里的袜底。

她吹完裙角，正要低头脱鞋时，一双手托起了她的脚，帮她把鞋脱了。

江辙半蹲在陈溺身前，低着头，脊背稍弯，后颈的衬衫领口下露出几截消瘦的骨骼棘突。

陈溺愣了一下，试图把脚收回来。

男人岿然不动，手上帮她脱下袜子的动作也未停。又有一段时间没见，江辙整个人不像之前的不可一世，反倒有几分无力感。

"陈绿酒。"他许久没这么喊她，抬眸没什么情绪地说，"错的是我，你躲什么？"

3

回忆哄骗我但凡失去也是美，

用你一分钟都足够我生醉梦死，

如怀念也是有它限期，明日我便记不起。

从未来再见，

遗憾旧时不太会恋爱，

愿我永远记不得我正身处现在……

宴会厅的放碟机里悠悠扬扬传来粤语的老歌，是陈奕迅的《月球上的人》。

歌词放在这儿多应景，可今天的主角毕竟不是他们，对这场婚礼来说，这歌显得突兀、不合时宜。

路鹿还是那个被娇纵的大小姐，但好像她的叛逆也只到选择这种缠绵苦情歌作为婚礼伴奏上了。

她丢掉了以前爱戴的圆框眼镜和夸张可爱的首饰，即使前一分钟还看见新婚丈夫在酒窖和女秘书亲吻也无动于衷。

"放什么歌都无所谓，反正大家都不会太满意，是吧？"她脸上还是挂着笑，眼神望向台下某一桌的位置。

卓策不慌不忙地整理着领口被蹭到的口红，语气一如既往像哄那个比自己小五六岁的妹妹。

他抬起手，冰凉的长指在她脸上轻轻抚过："嗯，这是我们的婚礼，你想放什么就放什么。"

洗手间外面，吹风机的轻慢气流停止。

陈溺把袜子穿好，一言不发率先走出来，后面跟着被踹了一脚膝盖骨的江辙。

她没再躲开，坐在了项浩宇他们那桌。

苦情歌的音乐终究被长辈们喊停，路鹿站在台上听两家家长说着一系列从早背到晚的话，脸上表情如常。

陈溺安静地注视着路鹿，也时不时看看项浩宇的反应。

当年生分得太快，她甚至不知道路鹿有没有把少女心事全盘托出。

但看如今两人的反应，项浩宇好像一直不知道台上这个穿着婚纱的妹妹心系过他这么久。

"干什么啊？"项浩宇正喝着酒，猝不及防被踢了一脚椅子，回头，"江爷？"

江辙下巴抬了抬："换个位置。"

"我这位置有什么好的，还背对着婚礼台。"项浩宇不情不愿地起身跟他换了位置。

江辙在那儿落座，目光瞥向左手边的陈溺。

她视线忽然又不停留在这里了，再次投向了刚才他坐的那个位置。

她到底在看什么？有什么好看的？

他往后靠在椅背上，散漫地抱着臂，又喊了句："浩子，我们换回来。"

项浩宇捡起桌上的干槐花就往他身上丢，才不惯着他："你当今天是你结婚呢？比新娘还事儿多！"

陈溺听到这里，侧首看过去："新娘怎么事儿多了？"

"……"

本来这是一句很平常的调侃，但被她这么重复地问了一遍，好像项浩宇犯了什么十恶不赦的大罪一般。

他们对陈溺的印象还是她大学时那样，性子有点软，不太爱引人注意。

桌上贺以昼他们几个惊讶地对着口型：谁惹她了？

项浩宇也很迷惑，他记得自己也没拿江辙和她的事开玩笑啊。

不过陈溺冷声冷气的样子还挺严肃，他也笑着解释了一下："嗐，路鹿这孩子娇气，昨晚跑我房间来哭了一宿，说舍不得家里人。"

黎鸣接腔道："正常啊，要嫁人了。别说大家都这么大了，我昨晚还梦见我们几个刚上大学那会儿。"

话题一抛开，很快就延展出读书时候的各种窘事。

"你们这些都不算什么。记不记得我们小江爷被家里的迈巴赫送来学校那天，咱们宿舍门口都被围得水泄不通！"

"是是是！女的慕名来看他那张脸，我倒还能理解，可男的也一窝蜂拥过来……我挂在床头的红内裤还被人一起拍了发网上去了！硬把我姥姥给我买的本命年内裤说成是江辙的。"

江辙："……"

"有这事，我记得！当时小江爷每回穿的潮牌都会被咱们系男生疯狂模仿，然后上热搜。那段时间，整栋楼的晾衣竿上一大片红色内裤。"

"哈哈哈哈哈哈哈哈哈，神经病啊！"

一张桌子上几个人都笑得捧腹开怀，就连陈溺也忍不住弯了弯唇。

江辙见她笑了，干脆也跟着笑，端起眼前的红酒抿了几口，懒得让他们闭上嘴。

"还有那时候，我们江爷刚从男校上了大学，就跟放飞的野马似的。我们学校论坛有个帖，专门用来猜他交的下一个女朋友是谁！"

桌上有人想起这个八卦，说："你们记不记得有个叫'方晴好'的女孩？"

"记得啊！"贺以昼说，"她那时候算是我见过的追江爷追得最猛的女生之一，不管风吹雨打，都在我们楼下守着人下来，搞得我们江爷那时候总住外面公寓。"

"她还挺会制造舆论压力，当时在论坛那个帖子里狂刷自己的名字，哈哈哈！"

酒宴穿插往事，众人吃吃喝喝，很快褪去不少陌生气氛。

路鹿没让陈溺做她的伴娘，那一群穿着低胸伴娘服的女孩似乎都是她们这类圈子里的塑料姐妹，还有几个带着单反相机来拍照的网红。

陈溺突然想到十八九岁，在某个山庄里。

她和路鹿躺在床上，房间里开着天窗，两个人抬头看着夜晚山林间的星空，说着只限闺密间的未来畅想。

路鹿那时候还不敢说得太笃定，扭扭捏捏地开口："希望有一天我结婚了，我哥会在我的婚礼上起到一个很重要的作用！"

陈溺当时轻笑着逗她："哦，你这个'很重要的作用'不会是做新郎吧？"

"我可没这么说啊。"说完她又忍不住笑，拿肉肉的婴儿肥小脸去蹭陈溺，"到时候，你会是我最好的伴娘啦！不过，说不定那时候你都和江辙哥结婚了。说，刚才你在他那儿待了这么久，都干什么啦？哎哟，你脖子上这个印……"

暌违多年，物是人非。

她和江辙现在隔着不过一尺，却已经近似陌生人。

而这场婚礼上，项浩宇也确实如路鹿所想的那样，起了不小的作用。

听说他一手包揽了婚礼策划。

午后和煦的阳光从镂空玻璃窗落下，几道光影落在椅背和地面上。

江辙掀起眼皮，沉默地看着在自己面前喝酒的女孩，想让她别喝太多，但又没有立场和身份。

他手臂从桌上垂下来，随意落在身侧，低眼看见陈溺被日光照耀的影子就在自己手下。

婚礼台上干冰沸腾，雾气飘飘，主持人正在念着贺词。

一对新人在数不尽的烂漫玫瑰中交换戒指，台下高朋满座，纵饮欢歌。

而江辙盯着地上的阴影良久，伸出了白皙修长的食指，看上去好像是影子代替他碰了碰陈溺的侧脸。

再抬眼，陈溺正面无表情地回视他，显然看见了他刚才的幼稚动作。

他难得有些心虚，错开她的视线，欲盖弥彰地咳了两声，腕骨突出的手掌端起桌上的酒杯一饮而尽。

身边人突然起身离开，往新娘休息室走去。

江辙瞳孔微缩，错愕地回头看向她快步往前的背影。

边上的黎鸣推推他手肘，揶揄地眨眨眼："挺会的啊，拿了陈妖的酒杯直接上嘴？"

"……"

休息室里很安静，化妆师等人都在外面喝酒。

陈溺在帮路鹿补妆："哭肿了眼睛，待会儿拍照就不好看了。"

路鹿脸色差劲："好不好看都无关紧要了，这场婚礼的重点是越隆重越好，不是新娘和新郎有多恩爱。"

陈溺长睫颤了颤，稍低眸："他对你要嫁人这件事，一点反应也没有吗？"

路鹿知道她说的是谁，摇摇头："我不知道，我哥一直以来只希望我过得好就行了。"

陈溺"哧"了一声，指腹在拧开的口红处抹了几道，慢慢揉散至醺红色，不动声色地抹在路鹿裸露的后颈和锁骨往上几寸的位置。

看上去好像是手指用力过度留下的伤痕。

路鹿被摩挲得有些痒，虽然不知道她在干什么，但也没躲开。

"我记得你说过项学长在大学毕业后，就从家里搬出来了吧？"陈溺停下手上动作，端详了一会儿。

"嗯，他以前总强调我们家对他恩重如山……其实我知道他现在不再寄人篱下，心里好受很多。"路鹿转过头，瞥见镜子里自己的脖子发出一阵惊呼，"小美人！"

"嘘。"陈溺做了个让她噤声的动作，如远山黛的细眉稍弯起，"晚点擦掉。"

"但是这个位置会不会让人误会啊？"路鹿不太理解陈溺为什么弄在这里，看着看着又笑了下，"别人看见了，还以为我挨卓策打了呢。"

"那他会打你吗？"

"他敢吗？我们路家还不至于穷途末路到为了稳定股市就送女儿上门被羞辱。"说到这里，她想起刚才在酒窖看见的场景，迟缓地顿了下，"不过大家为了利益领结婚证，最多各过各的。"

陈溺似懂非懂地点点头，笑得浅淡："这样啊。"

出来前，她正好碰上婚礼的另一位主人公上楼，慢悠悠的脚步，像是被长辈强制催着来看看他的新娘，多不情愿似的。

陈溺没留心差点儿撞上他，看清人后才淡声说了句："不好意思了。"

婚礼进行到这里，两位新人都不在大厅。

只剩觥筹交错的交际宴，钢琴演奏者和小提琴乐队还在尽心尽力地弹奏浪漫二重奏。

陈溺回到餐桌时，才发觉这张桌上只剩两个认识的人了。

她刚才的位置已经被一个穿着伴娘服的姑娘占了。

那姑娘看上去对坐她身边的江辙很感兴趣，两指捏着高脚杯，手腕跟承不住力气似的，时不时晃着杯口。

江辙兴致恹恹，漫不经心地应着对方的搭讪，不管是提到在美国读书那几年，还是现在在做的工作，语气都没什么起伏，看上去敷衍得要命。

陈溺往那儿看了几眼，才发觉原本自己放在椅子上的包现在被放在了他腿上，她不得已拍拍他的肩："包。"

江辙转过身，也不知道是不是故意曲解她的意思，喉结滚了下，重复着反问一句："要抱？"

"……"

他单手支着脑袋，是真当来喝喜酒的，短短一段时间里还喝了不少。

虽然他不上脸，但神情看得出异样。他眉峰微微挑着，嘴角往里陷，本就有些妖孽的泪痣在微醺的眼神下显得更慑人心魄。

边上坐着的那伴娘见他这略显浪荡的模样都愣了下，明明刚才他还四平八稳地不太搭理人，这怎么还带双标的？

但显然两人是认识的关系，姑娘也识趣，错身回了自己那桌。

陈溺却没再坐下，只朝着项浩宇喊了句："项学长，刚刚鹿鹿腿有点酸，就回休息室待了会儿。然后卓先生上去了，好像不是很高兴的样子……"

项浩宇皱着眉，闻言站起身："不是很高兴是什么意思？"

"我也不知道，可能嫌鹿鹿休息太久了吧。"她咬了咬唇，声音降低了点，"我下楼的时候还听见他们在争执。"

"我上去看看吧，鹿鹿就是容易耍小性子。"

一边的江辙听到这里，也跟着起身："我也去。"

"你别去。"陈溺挡在他前面，在他不解的注视下语塞片刻，"人家家事，你凑什么热闹。"

他冷哼了一声："那孩子也是我看着长大的。"

陈溺听见他这话觉得有点好笑，明明只比她们大一岁，却故意说着老气横秋的话。

她抿了抿唇，岔开话题，指指包："给我。"

江辙反应过来，撩起眼皮碰瓷，眼眸深深："我帮你看着包了，你送我回酒店。"

"……"

"你喝醉了吗？"他喝没喝多从脸上都看不太出来，陈溺只能稍俯下身，耐心地对上他的瞳孔。

江辙没挪开，一动不动地盯着她安静乖顺的脸。

她站在日光里，鼻尖小巧精致，长长的睫毛在日光下翻迸颤动。妆打得很薄，就唇瓣上淡淡抹了一层唇蜜，肌肤更是白得有种清透稚嫩感。

他唇线抿直，眨了下眼，道貌岸然地说着无耻的话："再放任我这样看下去，我要忍不住亲你了。"

宴会吵闹，但陈溺还是听得很清楚，立刻往后退开两步。

啊，还是这么乖又好玩。

江辙偏头靠在椅背上，眼睑下方是睫毛覆着的淡淡阴翳。他脸上隐隐约约带着笑，抱着她的包耍无赖："陈绿酒，你送我回去。"

陈溺环顾四周，黎鸣那几个人对上她的视线就赶紧躲，生怕被抓过来。

她低首看向眼前这个半醉不醉的人，没好气儿："走吧。"

泊车员开了车过来，江辙示意泊车员直接把车钥匙给陈溺。

坐在副驾驶，他就跟个大爷似的："开车啊。"

"等会儿。"她没开过跑车，不太敢贸然上手，斟酌检查了会儿才上路。

假期出行的车辆多，好在大家看见这类落地价八位数的车时都会下意识地避让，不存在故意抢道、变道这种事。

陈溺开车算稳当，眼睛认真地看着前边。

初夏的天气不算太热，微风里飞来一只白色带斑点的蝴蝶。

车停在红绿灯前，那只蝴蝶就一点也不怕生地停在陈溺握住的方向盘上。

她用手挥开，蝴蝶扑棱着翅膀飞起来，过会儿又停下来。

五十秒的红灯里，陈溺就这么一来一回、乐此不疲地和这只蝴蝶周旋。直到身边一只修长有力的手伸过来，轻易捏住了蝴蝶翅膀。

陈溺："……你放开它。"

"哦。"江辙听话地把蝴蝶从自己这边的车窗口放了出去。

红灯结束，车继续往前开。

陈溺没问他为什么住在酒店不回家，也觉得没必要问。

常青藤海归，科研人才受邀回国，开着上千万的车，又入职国内五十强的公司，他能惨到哪儿去？

车停在酒店的停车场，一路沉默的气氛对她来说不算什么，但旁边的人已经沉不住气。

酒精伤脑，让他迫不及待。

一下车，陈溺就被压在了车门上，后腰被男人的手臂禁锢住。

"陈溺。"他喊她名字，气息里是红酒的醇香。

酒味真的很浓郁，陈溺甚至渐渐相信他确实喝了不少。她冷静地等待他的后文："嗯。"

"你想我吗？"

"……"

她偏开视线："不想。"

他知道是意料之中的答案，却还是忍不住心往下沉："我想你了。"

"和我无关。"

江辙低低地笑了声，不同于平时的流里流气，声线很颓然。

他的自制力在她面前一向很差，他勾下颈，单手托住她的脸，温热的唇蓦地吻了上去。柔软的衣料下藏着她纤细的腰，这会儿都被一只手臂裹紧，贴着他硬邦邦的胸膛。

陈溺知道自己推不开，但也不给任何回应，即使被他含吻得下唇发麻，情绪却没有半点波动。

江辙终于觉察到无趣，稍稍退开点，唇贴着她嘴角。

他还想继续时，陈溺轻轻挪开脸，只淡淡一句就让人溃不成军："死性不改。"

她向来是一针见血，一张嘴继续挑衅着他的尊严和傲骨："你这么缺女人——"

江辙伸手把她嘴捂上了，听不得她这种伤敌一千自损八百的羞辱。

陈溺不留情地咬他的手指关节，硬生生地咬破皮尝到血腥味才松口。

可江辙只拧了下眉，面色还是平淡。他指腹抹过她唇上蹭花的口红，不松手，抱住她喊魂似的喊她名字，声音里只剩无可奈何。

他的下颌贴着她骨骼凸起的肩胛："我不信我们没可能了。"

她凉声哂笑："夏天我想看见雪，你觉得现在可能会下雪吗？你在机场能等到船吗？"

陈溺把车钥匙塞进他外套口袋里，摸到一包瘪了的烟盒，他的烟瘾真是越来越重。

她若无其事地转开眼，再推开他时没费多大力气。

其实重逢以来他们真的变了很多，陈溺以为上次在他面前掺着半分真心话装模作样地哭了一场，这场破镜重圆的戏码就能到此为止。

可江辙还是一样，想不明白这么多，消停了一段时间，看见她人在面前又再度忍不住。

笑话，他怎么忍得住。

她当初在他公寓收拾东西，在阳台落下了一件白色吊带。他想人想得紧时，一件衣服都能让他发疼。

从停车场附近出来打车，陈溺倒是碰着了个熟人。

是刚从酒店退房的傅斯年。

毕业后，他进了一家外企，做着高管，拿着厚禄，一天到晚到处飞着出差，两人的联系也逐渐变少。

一见上面，他还是喜欢以说教的口吻劝陈溺跳槽和他一块儿干。

"……是，体制内稳定，但薪水和我们这儿比不了啊。"

傅斯年说了半天见陈溺没什么兴致听，又换了话题："这几年我人也忙，连个女朋友也没空谈。说来，我妈前几天倒还聊起你了。"

这话说得有些模棱两可地暗示了。

傅斯年这些年确实没时间谈恋爱，之前因为公司业务倒也和陈溺接触过。

说白了就是综合各方面因素考量，发现这个邻家妹妹其实也出落得亭亭玉立了，正好两个人条件也合适，就想着能不能有进一步发展。

但从大学遇上开始，陈溺对他就一直很冷淡。

看了眼手机上打的车还差两分钟就到了，陈溺不太想继续周旋，打断他："斯年哥，我们没有熟到能聊到单身不单身这种事上去。"

"小九……"

陈溺话题一转："你记不记得我家刚破产卖房子那段时间的事？"

傅斯年微怔："怎么了？"

"那会儿我爸在帮我办退学手续，我看见教学楼下你和那群同学站一块儿了。"

像是想起来了，傅斯年脸色有些难看："你听见了？"

十三四岁的孩子，说起坏话来毫不顾忌。

被高利贷追到教室来，因为还债穷到连陈溺的首饰都要放到二手市场去卖。对这样的家庭，和彼时是只高贵白天鹅一般而后坠入淤泥的陈溺……那些人带着恶意的嘴里能有什么好话。

"'她妈妈好漂亮，可以去……'"陈溺面无表情地复述。

傅斯年急于反驳："我当时一句话都没说！"

"对，你一句话都没说。"

她笑了下，傅斯年也舒出口气，跟着放松下来。

下一秒，陈溺带着凉意的话语如期而至："可是斯年哥，你怎么能什么都不说呢？"

患难见人性。

他们彼时是感情要好的邻居，但在那种墙倒众人推的时候，他没入人群中，沉默地站在对立面做帮凶。

陈溺当天晚上直接买票从安清回了南港，不过只离开一天，跟相隔了好几年一般。

因为对安清太熟悉了，每一条长街和随处遇见的旧人，都在提醒她在那儿上的四年大学、谈的第一段恋爱。短短的一天，心里却掠过太多事。

好在第二天是周末，不用去上班，陈溺也放纵自己睡懒觉睡到自然醒。

洗漱完，她在烤箱里热了两块吐司，酸奶放在盘子边，坐在中岛台那儿慢条斯理地用早餐。

盘子前边的 iPad 正在播放美剧，她顺手打开了手机，平时没几句话的小区业主群里，今天消息刷了 99+。

还有好几个人 @ 陈溺的门牌号，让她赶紧起床。

【也不知道昨天半夜什么时候来的，这造雪的机器都没声的，早上七点才走。】

【六月飘雪啊，整这出！我和我家老头可是认真研究了一下这片雪，就是顺着 5 单元 4 楼开头那几家去的。】

【哪家姑娘被有钱的后生仔追求了吧？市中心滑雪场的雪也没这么大啊！这雪景整得从那儿过一趟，空气里都是冰冰凉凉的。】

【我怎么寻思是 403 那户？上回见过一次，那楼里就她一个单身漂亮的小姑娘。】

……

陈溺把嘴里那口吐司嚼完，趿拉着拖鞋走到阳台往下看。

自己这栋楼下聚集了不少人，都在底下拍视频和拍照发朋友圈。

这场雪还真是专冲着她这户来的，平时挡住街区视野的那棵香樟树上都积满了皑皑白雪。

她伸手碰了碰，冰冷的雪还在雾化。

"夏天能看见雪吗？"

她呆愣了一下，知道这是哪儿来的了。

4

陈溺站在那儿欣赏了不到一分钟，也没去管这场突如其来的雪，直接给小区物管发了消息让他们喊人来清理。

她把阳台门刚关上，路鹿就给她打了一个视频通话。

这姑娘反应一向比平常人慢小半拍，这会儿终于明白了陈溺昨天的举动有啥用意，才把电话打了过来。

陈溺看见路鹿身后的背景还是那间婚房，就知道自己做了无用功："他一点反应都没有？"

"有的，他急得要打卓策。"路鹿笑着摇摇头，"是我解释了……我觉得还是算了吧。"

她在大学只读了三年，却是爱意表露得最赤裸的三年。

是根木头也该懂了。

项浩宇误以为她被家暴，会暴怒，会不假思索地抡起拳头打对方。

他无条件纵容她撒娇任性二十多年，这些年连个女朋友也没找过。两个人朝朝暮暮的相处里，他怎么可能会不知道她心思？

他只是不敢接受，也觉得让她嫁给卓策会比跟他在一起好。

路家的恩情压着他，道德伦理压着他，这些年来无缘无故的自卑也压着他。

几年前她喝醉了去亲他，吓得他毕业后再也不敢回路家。

路鹿有些无奈，认命了："他没错，是我的错。我不该动这个心思，弄得两个人都回不到从前。"

陈溺撑着脸在视频这边听她絮絮叨叨念着项浩宇的好，良久后笑了笑。

她还坐在厨房中岛台的凳子上，晨光从厨房窗户一侧打在白皙的脸上，漆黑眼眸被染得泛着棕红色。

她这种纯净的长相，笑起来都好温柔。

路鹿看着她的脸，仿佛也被感染，笑着问："你笑什么呀？"

"笑一个傻子，"她语气里是不掩饰的心疼，"傻到擦着眼泪也要替那个人说好话。"

"没有，说到底是我一厢情愿、自作多情。"

这通电话打过来，当然不只是为了说自己的事。

路鹿有些犹豫地开口："小美人，江辙哥回来是想跟你复合吗？"

"嗯。"陈溺不太想聊他，装不在意，答得也敷衍。

"我知道你上回肯定也不乐意搭理我。"路鹿抿抿唇，"其实当时我家里生意也出了很大问题，现在才慢慢在转圜的关键当口。"

这事是从江辙家开始的，那年江家被恶意举报，因为税务方面的问题被调查。

上面摆明了有人要故意整江家，一点点差错都能给揪出来。

江老爷子又是一身清廉的退休老将军，自然不管儿子这边的事。

大院里一家被查，牵一发而动全身。

江嵘唯恐自己这只出头鸟被狙，几十年心血付诸东流，早早带着李言拿了绿卡，还急着把一大部分产业调到海外去。

最后又舍不得儿子，捏了个幌子说自己在美国查出病了，让好友女儿接江辙过来。

人接过来，还把他护照骗了。

在外留学到读研那几年，江辙压根儿回不来。他作为公司二股东，被限制入境，公司的陈年旧账被查了很长时间。

路鹿起初也被送到美国过了一段日子，看着江辙抽烟、酗酒，颓得像条狗，总算知道什么叫一物降一物……

家里生意上的破事，再加上自己的事，他整个人像垮过一次。

路鹿那时候也不懂事，只会为姐妹讨公道。

她对着江辙骂："你不会遇到像溺溺这么好的女孩了，也不可能再和以前一样能随便接受一个人，你活该孤独终老！"

江辙醉在烟雾缭绕里，闻言也只是很无所谓地点头："好。"

……

"你当初把联系方式都断了，一脸要断情绝义的架势，可能也没办法了解他的近况。我怕你觉得江辙哥在国外很潇洒……"路鹿叹口气，"他也不容易，这种家庭一旦落马，其实很难在国内发展。但政策一放松，他就急着回来了。"

不是以江氏地产的公子爷身份回国，而是靠自己往上读书的能力和不断钻研的科研成果，被想请他回来交流技术学术的各大高校诚邀回来的。

这些事路鹿不说，恐怕以江辙这种性格他也不会提。

他不爱表达软弱，霸道地藏着真心又傲娇得死要面子。旁人总说他是天之骄子，可熟悉一点的人都知道，除了"骄"，还有"娇"。

"我没有想为他找些身不由己的理由，你那时候决定分手肯定也有自己的原因。"路鹿说到这里，停了一下，"溺溺，我只是不想你有遗憾。"

小区业主群里又刷屏了一大堆消息。

先是分享上午拍的雪景照片，又开始抱怨是谁这么没眼力见儿，居然喊物管给清理了。

陈溺刷完消息，也没去阳台再看一眼。

她本来想着晚点和倪欢她们一块儿出去吃个午饭，正好高中也放了暑假，可以带上倪笑秋。

但才忙着打扫了一遍房子，母亲潘黛香就打来了电话，一张口就在哭："小九。"

"怎么了，妈？"陈溺以为出什么事了，急忙拿起车钥匙，边往楼下走边问。

"你爸爸，你爸爸他又去赌钱！"

陈父立马在那边大声争辩一句："说了多少次，我不是赌钱！你别跟小九胡说八道！"

潘黛香哭哭啼啼地骂他："你这跟赌钱有什么不一样？好好一个家好不容易过得好了点，又被你给败成这样……"

陈溺捏紧方向盘，听得烦躁，声音隐隐带着愠怒："到底怎么回事？"

"小九，你是不是在开车呢？"陈父接过电话，好声好气地跟她说，"先好好开车，爸爸真没去赌钱。"

没人比陈三愿更清楚赌博有多容易让一个家分崩离析，这次还真是潘黛香冤枉他了。

但也没好到哪儿去，虽然不是赌博，却是被骗了。

几年前陈父捣鼓水产养殖，不算大生意，但好歹挣了点。加上陈溺工作稳定，也有往家里寄钱。

人一有闲钱就存不住，总想着回到以前那种日子。

但陈三愿天生不是做生意的料，几十年前是走大运，站在了赚钱的风口上才狂捞了一笔。

现在他还想着用之前那种方式，亏损是小事……被人哄骗几下，把水产生意的下一轮融资都给投进去了，又是一次血本无归。

陈溺听着头疼，揉揉太阳穴："那今天不是要提渔场的货吗？钱没了也没去提？"

"钱交是交了，就是又要麻烦你了……"陈父的话语变得断断续续，"哎呀，你先回来，回来再说。"

车停在胡同门口，陈溺也顾不上跟左邻右舍打招呼，拔腿就"嗒嗒"地往楼上跑。

家里虽然还住着三室两厅的老房子，但环境比之前改善不少。

门没关，陈溺还没进门就远远地喊了句："爸？"

"啊？"正在客厅沙发上坐着的江辙下意识抬头，应了声。

"……"

她蹙着眉："你在这儿干什么？"

江辙头颈笔直，短发利落，穿着一身黑色运动服，拉链拉到锁骨下，露出清晰的下颌线和嶙峋的喉骨。他长腿屈在茶几边，身前还放着一杯喝了一半的茶，看上去坐了有一会儿了，坐得还挺舒适，跟在自己家似的。

没等江辙开口解释，陈父从房间出来："小九，回来了。"

怕她误会，江辙站起来，先说了句："我正好碰上你爸爸追人，就搭了把手。"

"是，我看见劝我投资那人了！追到小巷子里——"陈父有点不好意思往下说，"那孙子还找了帮手来，还好我碰见了小辙。"

江辙在边上适时补充："已经报了警，人也被抓进去了。但陈叔应该是碰上传销组织了，不确定能不能把钱拿回来。"

陈溺越听，脸色越沉："亏空的钱怎么补上的？"

陈父支吾开口："小辙说是你的朋友……刚刚你闵叔叔催我拿钱，他就帮我垫付了。"

想来进一次货的钱也不少了，陈溺拿过单子看了一眼："我这个月之内会把钱取出来还你。"

江辙："不急。"

她淡声赶人："我急，钱我会尽快还给你。今天的事谢谢了，没其他事，你就先回去吧。"

"小九，你别急着赶人走啊。"陈父说，"我还想留他在这儿吃个午饭。"

陈溺捏着手机的手慢慢攥紧，跟要爆发了似的，快语连珠地骂："吃什么午饭啊，哪有心情在这儿给他准备午饭？您就是不长半点记性，我妈现在还在房间哭，您天天瞎弄什么投资？上回是一条腿让人弄折了，再来一次怎么办？！"

知道自己女儿平时的温顺模样，此刻也实在是被气得不行了。

陈父被她说得不敢出声，低着头难为情。父母越老，犯了错就越容易依附孩子。

一笔不大不小的钱没了就没了，反正是已成定局的事。

但陈溺是真的容忍不了他一次次为了贪图小利犯大错，丢完钱还要赔上自己的身体。

房间内的潘黛香也听见了陈溺在发火，平时越没声的，生起气来越是吓人。她开了门，嗫嚅道："小九……"

边上的江辙拍拍陈溺，安抚道："消消气，人没事就好。"

本来家事乱糟糟，不该让一个外人掺和，但潘黛香心细，瞥见江辙下颌那儿被划开一个血口子，忙让陈溺去储物间拿消炎药和创可贴。

陈父去菜市场买菜了，等陈溺拿了医药箱出来，就瞥见江辙和她妈妈坐在沙发上相谈甚欢。

这人真是有本事，能把哪个年龄段的女人都哄得开怀。

见她走过来，江辙侧头："我来这儿之前不知道陈叔是你爸。"

简而言之，真是偶然遇见。

"哦。"她应得冷淡。

潘黛香笑了下，缓和气氛："小辙和我们小九是什么样的朋友关系啊？"

陈溺："公事上有合作。"

江辙："很多年的老朋友。"

潘黛香："……"

这两人同时开口，说的答案却是南辕北辙，差得不是一星半点儿。

江辙眼皮耷拉着，补充说："好友，现在在公事上恰好又有合作。"

"噢。"潘黛香看了一眼没反驳的陈溺，又说，"这孩子在读书时候身边也没几个朋友，你们认识多久了？"

江辙："算上第一次见面，有九年了。"

陈溺在一旁打开医药箱，眼睛垂下，很轻地眨了眨。

"那你们是大学同学了吧。"潘黛香不动声色地继续问，"你好像要比我们小九大一岁，是她学长？"

他没脸没皮地开玩笑："是，刚开学小九就说我是长得最好看的学长，所以愿意多跟我亲近。"

陈溺听他胡言乱语就不由得脱口而出："你放屁。"

潘黛香在边上听得不舒服，瞪她一眼："小九，你这么大个人了，说话要讲礼貌。"

"好的，妈妈。"陈溺乖乖应了，过了几秒，换了措辞对着江辙重新说，"您放屁。"

江辙嘴角翘了翘，英气立体的眉稍抬，带着点疑惑看向她，眼里是藏都不藏的惯宠。

潘黛香一巴掌拍到陈溺背上，用眼神警告她好好说话。

也不知道这孩子今天怎么回事，平日里挺乖一女孩子，今天情绪大是大，可怎么对着自己的老朋友还这么戗？

陈父硬要留人在这儿吃饭，还让陈溺好好招待人家。陈溺想了半天终于弄出个理由："不行，我还有事。"

"你有什么事啊？"

陈溺瞎扯："你们不记得我还要去南洲岛的庙里还愿吗？"

被她提起，潘黛香才有了记忆。

当年陈溺还叫"陈绿酒"这名字的时候生过一场大病，他们夫妻俩除了请高人给她改了名字，当初还去了寺庙里求福袋。

按说这个愿不应该都快二十年了才去还。

但之前那座庙迁了，最近潘黛香才知道原来那家庙的主持现在在南洲岛上的一个小庙里。

上了年纪的人都迷信，尤其是潘黛香。

她一听也是："那你去吧，小辙在家吃个饭。"

江辙婉拒了："陈姨，我陪小九一块儿去吧，正好我也想去求求佛。"

潘黛香也许是少见正当年轻有为的男人信这些，起了兴趣，问了他一句："你想求什么啊？"

陈溺在玄关处的动作一顿，听见那人慢悠悠地吊人胃口。

他语气缓慢，视线往门口那儿看，声线低沉又带着点吊儿郎当："想问问佛祖能不能把我攒了二十七年的生日愿望给兑了，求个姻缘。"

两人一前一后出了小区门，陈溺回过头："把你银行卡号发我。"

他懒声提醒道："你把我拉黑了。"

陈溺面不改色地拿出手机把他的号码拉出来："好了。"

"我想用微信发。"

她听出他得寸进尺的意思："你找碴儿？"

"不加算了。"江辙插兜跟在她身后，眉梢都透着股松散，"我就喜欢你欠着。"

陈溺闷着气，几秒后转过身把二维码递给他。

好友申请出现在新消息里时，她瞥见他还是那个号，这么多年了连头像也没换过。

通过好友申请后，江辙也没急着把卡号发她，反倒发来了好几张截图。

是一些航班信息，上面的目的地全是些沿海城市。

她停在车前，问他："这是什么意思？"

"这些城市的机场和港口都在同一个地方。"江辙走近她，低了眼说，"夏天的雪看过了吧？那我带你去机场等船。"

"……"陈溺看着他下颌被自己贴歪的创可贴，有些怔。

他单手撑在她身后的车顶上，声音缓缓："你说的不可能的事儿，在我这儿都是可能的。"

悠长的夏日，绿意盎然。

胡同口有两棵大梧桐树，阳光从罅隙里照射下来，投在两个人之间，像一道说不清道不明的分割线。

但江辙偏要再朝她靠近一步，越过那道线，他后脑勺逆着日光："那我和你还有可能吗？"

陈溺刚要说话，又被他截停："算了，你说了不算。"

"……"

他动作很快，拉开她径直坐上了副驾驶位，厚着脸皮还要客气一句："麻烦了。"

"你上我车做什么？"

"我说过了，和你一块儿去拜拜佛。"

陈溺气得摔开车门，坐到驾驶位上，被他的厚颜无耻逼得骂他："神经病。"

面前一道阴影覆盖，江辙凑过来盯着她的嘴："陈绿酒，你来来回回就会这几句？"

他现在就跟打通任督二脉似的，满血复活，活像二十出头那会儿的无赖。

陈溺语顿："你再继续跟我说话，就滚下去。"

他痞痞地做了个拉链封嘴的动作，靠在椅背上，痞得不行。

不过这一路到后边，车里还真算得上和谐，安静得像没半个人似的。

南洲岛的那座庙在山脚，群山环绕，寺庙面积不大，但暑期的香客很多，香火正旺盛。

庙堂门口有一棵百年的参天大树，枝干上挂满了红色丝带和木牌。

陈溺下车之后就没管过江辙，错身和来往拜佛的人擦肩而过，没那好奇心去看经幡和木牌上的俗愿。

她只顾着找当年那位方丈，还自己的愿。

江辙也没到处乱逛，两条长腿迈进去，只静静地鹤立在偏殿等她。

潭水悠悠，人群熙熙攘攘，他听着耳边喃喃梵语，突然回想起过去的声色犬马、百无禁忌。

童年时的乖戾孤傲，少年时的放荡不羁。

时光割裂，生途淬凝成土，从光鲜沉到谷底也不过寥寥几年。

又想起有年暑假，他和陈溺途经一个小佛寺。

他以观光玩乐的心态踏进去，她明明也不信神佛，却嗔他嘴上无忌讳，没有半分敬畏心。

往事在这一刻重念起，他总觉得有些讽刺。

江辙眼睛被香火气熏得发涩，隔着缕缕青烟和被清风刮乱的香灰，远远地看向陈溺低眸时的干净侧颜。一如那些年里，她望着自己时，总是安静又专注。

他忘了说，他已经很久不敢再谤佛，怕佛听到，对她不好。

第三章 / 心疼
想要你在这儿

1

从寺庙还完愿出来，陈溺瞥见庙前那棵大树下不少香客正在系红丝带，上面用毛笔字写着各种愿望。

大树另一侧，一堆人里，个子最高的那个男人正把写好的红丝带挂上去。

他侧脸立体，鼻骨高挺，一双寡冷的眼难得染了点世俗温情，望着树上的红丝带时，深情得跟在看什么情人一样。

他挂完自己的，边上还有人请他帮忙把姻缘木牌挂高点。

江辙这人的气质太闲适散漫，整个人看上去带着点漫不经心的痞气，连带着眼尾那颗淡色小痣都有点不正经的斯文败类味，在一群诚挚祈祷的香客里显得格格不入。

回过头，陈溺也没等他。

正要开车离开时，他倒是来得及时。

也没抱怨她没等自己，江辙自顾自地系上安全带，问她："你小时候生的什么病？"

"不记得了。"陈溺脸色很淡，随意地回他，"我是早产儿，出生的时候很小一团，随便一场病都能要我半条命吧。"

江辙愣了一下，声音有点犹豫："听说早产儿容易智力发展不全。"

"……"

陈溺真想开着这车把他一块儿载到海里去。

他手指摩挲着下颌那个快要掉了的创可贴，索性撕开了，回头看了一眼缓缓驶离的庙宇："这庙真有这么准吗？"

"信则灵。"

江辙习惯陈溺冷冰冰的敷衍样，反倒一笑："那你完了，我把我俩名字写那树上了。"

陈溺轻扯了扯嘴角，要不是她看见他求的是平安符，还真要信了他的胡话。

来时正当下午，走时已近暮色。

两边的车窗都降下一半，略带着潮湿咸味的夏日海风从南面吹进来。

陈溺今天出门走得急，家居白衬衫上衣外加了个浅色马甲，随意穿了条高腰牛仔裤。头发也没整理，一开窗被吹得更凌乱。

她生得清纯，不化妆比化了妆更清妍秀丽。典型的南方淡颜女孩，喜欢这种长相的总被迷得移不开眼。

江辙也不知道当年自己是怎么了，历届交往的女朋友都不是这种类型。可就跟被风迷了眼似的，偏偏觉得她够劲又够妩媚。

想起她那时候一点也不像个乖乖女，骂人"蠢货"时，发丝都在较劲嚣张。但和自己谈恋爱时，说来也是真的乖顺。

陈溺余光瞥见他在看自己，开着车也没转头："开一下你前边的储物格。"

江辙问："拿什么？"

"发圈。"

他从一堆杂物里找到了一个小发圈，没等她停下就上手帮她绑。

陈溺对他没打招呼的靠近僵了几秒，等再反应过来时，长发已经被绑好了，她只好说了声"谢谢"。

"陈溺，我以前是不是对你不够好？"他这种性格的人，受着万千宠爱，很难有对一段过往恋情反思的时候。

陈溺想说不记得了，张了张口却是一句："挺好的。"

"是吗？"江辙手撑着窗口，垂下漆黑浓密的睫毛，侧首看着她，"你是不是记反了？"

红灯前，陈溺停下车，回视他："没记反。只是和你在一起太累了。"

两个人在一起，看着是他感情热烈。

其实他懒怠又冷颓，一直是很无所谓地在谈恋爱。

他习惯了独来独往，也没想过和谁能长长久久。什么都要她推一把，不主动问就不会提，更别说时刻记挂着告诉她。

他被逼急了才会跟施舍一般表露出几分真心，可始终太迟。

他生得太好了，又在和人相处时总被惯着。和女生交往上也顺风顺水，没吃过恋爱的苦头。

玩世不恭的大男孩，爱起人来都太不认真。

"那真是辛苦你。"江辙偏过头，恍了恍神，冷峻的脸上有了几分说不清的疲感，"你这几年过得好不好？"

她不答，只问："你呢？"

"还不错。"他低着眼，没捕捉到身边人微不可闻的叹息。

车开进城区，安静的车里出现一阵突兀的电话铃声。

陈溺没来得及连蓝牙，看了一眼来电显示，直接按了免提。

李家榕声音很空荡，似乎身处空间狭小的地方："你在哪儿啊？"

"回了趟父母家，现在回去。"

"那个、那个我帮你把绵绵接回来了。"李家榕停顿了下，说，"我现在在你家浴室。"

陈溺还没说话，边上的江辙忍不住开口："什么变态，你跑人家姑娘浴室去干什么？"

"谁的声音？"李家榕不解地问，又猜测，"江工？"

陈溺瞪了旁边这人一眼："能不能别说话？"

"不不不！你让他说！"李家榕如同病急乱投医，好不容易逮着个男的，急忙喊住他，"江工，你接电话！别开免提……有点事请你帮忙。"

江辙眉头稍扬，看了陈溺一眼，后者点点头："你接吧。"

江辙把手机拿起来放在耳边，拽得二五八万似的："什么事儿求小爷？"

陈溺听他语气不由得扯唇笑了笑。

没过多久，就听见他音调都变了，咬牙切齿，不屑中带着几分不可置信："你让爷给你买内裤？"

"……"陈溺也是一脸迷惑地转头看他。

江辙舌头顶了顶腮帮，听着那边说话，眉头越来越紧蹙，冷呵了声，而后挂断。

陈溺抿了抿唇，很难忽略刚才听到的话："他……在我浴室里做什么了？"

江辙侧过头，盯着她好一会儿，扯到别的话题："你房子的备用钥匙就这么给他了？"

"嗯。"陈溺愣了下，解释说，"因为之前交代过他……所以他到底怎么了？"

话说一半又顿住，她想着实在没有必要和他说这么详细。

江辙看出她的疏远，"咮"了声："他说他裤子被绵绵咬破了，让我在楼下超市给他买一条。"

"啊？没咬到哪儿吧？"

"没，绵绵是谁？"他嗓子里压着火气，但知道陈溺不会哄他，只能自己安慰自己。

"我养的狗。"陈溺没听出他的不高兴，她现在脑子里只有浴室那个连内裤都被咬烂的男人，"那我待会儿把你载到楼下超市那儿，你给他买……"

"那当然得我买。"

江辙表情很难看，一方面想着幸好今天他在这车上，另一方面又有点憋屈。

憋屈到在小超市里只随手拿了条休闲裤，买贴身内裤时，他甚至在童装内裤区停留了会儿。

最终是理智战胜怒火，他给那个姓李的挑了条成人的。

进门前，陈溺看着江辙手上的袋子提醒了声："我养的那条狗有点怕生，而且很凶。要不这东西，我给他拿进去吧？"

江辙低着头在看手机信息，是医院那边发过来的。

须臾后他回过神，在走廊上把她往门口一抵，低眸看着她，说："你拿进去？他想得美。"

"……"

不知道他在别扭什么。

陈溺没法，开门动作很轻，往屋里看了眼。

绵绵嘴上还戴着止吠器，一见陈溺进屋，立马朝她扑了过来，黏人得不行。

绵绵体形不大，刚成年没几天，但力气很大，对着陈溺总是热情高涨。

她差点儿被扑倒在地上，是江辙手臂环着她才站稳。

江辙打量了一番眼前这条罗威纳，背上和侧身是黑色，肚子是棕褐色的毛。四肢肌肉发达，毛发短直，挺优良的品种。

但这类品种的狗也确实凶悍，算是所有犬种里攻击性最强的品种，也难怪厕所里那部位的裤子都被咬破。

江辙略有疑问："你管一条罗威纳喊绵绵？"

陈溺"啊"了声，怕绵绵的注意力放到第一次见面的江辙那儿。

她一边用手顺着狗狗脊背的毛，一边不太自信地说："它小时候很乖的，性格很好。"

这狗是陈溺捡的，在郊区捡到它时是条一个月大的小残疾狗，给了根火腿肠就一直跟着她了。

作为世界上最凶猛的防暴犬之一的罗威纳，陈溺想把它带回市区收养还费了不少劲儿。

虽然养了两年，但绵绵越长大越是一副生人勿近的样子，所以前不久还送去了驯犬师那儿做行为纠正。

不过想到李家榕把它接回来都被咬坏了裤子……陈溺看了眼边上的狗笼子，引着它进去。

江辙站在客厅，朝这屋子看了一眼，还挺简洁的，家具也不多。视线不小心投到阳台那儿晒的衣服，他轻咳了声："你浴室在哪儿？"

"那儿。"陈溺手指了一下，起身去厨房里倒了两杯水放在茶几上。

浴室里的李家榕换好裤子，高声喊了句："陈溺，你把绵绵关到笼子里没有？"

"关了！"她一回头，发现江辙又把狗弄出来了。

让她吃惊的是，江辙居然能像驯犬师那样拍拍地板就让绵绵乖乖蹲下起立。

男人半蹲着，背脊稍弯，腕骨清晰凸出，手指修长且骨骼分明的手搭在狗的耳朵上，随心所欲地揉着它。

她有些呆滞："你、你当心它挠你。"

"没事，它确实乖。"

以前江老爷子那儿的哨兵养的军警犬全是罗威纳这个犬种，江辙从哨兵那儿学了不少驯服凶悍犬类的方法。

陈溺看着任他搓磨的狗，好像都能把止吠器拿下来了。

但下一秒，李家榕整理好自己从浴室出来。

江辙回头看他，撩起眉峰笑，一松开手，手底下的绵绵又朝着浴室那个方向冲了过去。

2

"绵绵！不可以！"

陈溺吓得睁大了眼，正要过去拦住它，手腕被半蹲在地上的男人扯了一把。

"急什么？"江辙把人拉到自己身边来，略挑眉。

他卷着舌头朝绵绵吹了声口哨，而后手掌放在地板上敲出了几下长长短短的响声。

李家榕就看着眼前两条前腿扒在自己裤子上的绵绵在下一秒慢慢松开了爪子，把凶狠的獠牙收起，软趴趴地跪在地上。

竖起的耳朵和那只折了的耳朵一样，耷拉下来。

"江工，厉害啊。"李家榕小心翼翼地避开绵绵，从另一边绕过来，坐到沙发上很自然地端起水杯喝了一口。

陈溺松了口气，看着他腿边放着的袋子，担心地问："除了裤子，没咬到其他地方吧？"

李家榕尴尬地摇摇头："没。也怪我粗心大意，忘记它那只耳朵摸不得了。"

绵绵那只左耳应该是出生时被压过。被陈溺带去兽医院做体检时，耳骨已经断了，所以左边这只三角形的耳朵要比右边的更下垂贴面些。

不过罗威纳犬的耳朵在平时都是贴着面部，寻常时，不认真看都会忘记它这处是残疾的。

她缓了缓神，把绵绵喊过来。

她人坐在地上，手臂环住它，碰了碰它的耳朵，低喃了句："是不是又疼了？"

"可能是。不过它脾气比上回要好多了，看来送去驯导还是有点用。"李家榕低头看陈溺动作温柔地揉着绵绵的脖子。

奇怪，她从小到大，对动物总归要比对人热情。

陈溺扯了扯狗脖子上的项圈，想起来问："哦，你车后座没掉上毛吧？"

"哈哈哈，这次没有了，你不是给它吃过药了吗？"说到这里，两人又想起上回有段时间带绵绵去广场遛弯，掉了一后座的狗毛。

绵绵这么不待见李家榕也有原因。一岁大的时候，他没留心，给狗狗喂了太多牛奶，疼得它在地上滚了上百圈。

这狗记仇得很，后来哪怕他再献殷勤，绵绵也不爱搭理。

江辙蹲在一边摸着绵绵后腿，没说话，也插不进去这话题，只能看着两个人说说笑笑，都是他们朝夕相处共同经历的事，是他参与不进去的曾经。

他也沦落到这么一天，只能在边上做陪衬，听着喜欢的女孩和其他男人谈笑风生。

绵绵似乎是被他摸舒服了，主动从陈溺怀里出来了点，脑袋拱向他。

江辙勾了勾唇，撸撸它下巴问："我把止吠器摘了？"

陈溺有点犹豫地看了眼沙发上坐着的李家榕："先别摘吧，我不确定它还会不会张口。"

"……"

边上的绵绵就跟听懂了人话似的，委屈地摇了摇尾巴，屁股一撅，彻底钻进江辙怀里。

狗狗耷拉着脑袋的样子的确可爱，反差感大，温驯得像只小绵羊。

李家榕穿着这随手买的裤子也不舒服，不打算多待："狗带到了，那我先回去了。"

陈溺还是有点抱歉，跟着站起来："改天请你吃饭。"

这就约上了？

江辙扯了扯嘴角，也站起来打断他们："走吧。"

陈溺不解地看他："你自己走就好了，为什么催他？"

"我能放心一男的待在你屋里？"他颇为理直气壮，下巴扬了扬，"把钥匙还给她。"

李家榕被江辙这么一提醒，才把备用钥匙交给陈溺。

虽然不清楚他俩现在是什么进度，但他也没贸然问："别请我吃饭了，中秋一块儿回你父母家。"

想着李叔和李婶都去了瑞士，他家里也没其他人在，陈溺点头，笑得恬静温和："好啊，我爸妈肯定也想着你过来一块儿过节。"

江辙在边上听得更不是滋味了，手放在李家榕肩膀上把人带了出去，往后招招手："留步，不用送了。"

陈溺："……"

本来也没打算送。

小区外边那场雪经过七八个小时的曝晒已经化为乌有，陈溺回头看了眼早上掉落那团冰块的窗口，连水痕都没留下。

楼道那儿传来去而复返的脚步声。

江辙倚在门那儿，低下头，露出一截骨骼清晰的白皙脖颈："陈溺，我这段时间要回安清，有事手机联系。"

门口那大片倾泻的暮光被高大身影遮盖，陈溺正半跪在地板上倒狗粮的动作一顿，蓦地听见这句话，下意识抬眸看向他。

江辙眼睛漆黑，目光专注，直接炽热，不加半点掩饰，好像没听见她回应就不打算挪开眼。

陈溺不动声色地避开，低下眼，胡乱点点头。

等门被关上，她才回过神来想着：真稀奇，他刚才是在给自己报备行程吧？

周末过得很快。

陈溺的工作是朝九晚五加双休，休息时间很自由。

而倪欢也好不容易把放暑假的倪笑秋甩在家里，约着陈溺去逛街，难得有点姐妹时间。

南方城市的夏天，温度能达三十八九摄氏度。

就这样炎热的天，临近学校的十字路口，依旧有不少穿着校服的学生在外面跑来跑去，相约图书馆学习，共骑一辆自行车或机车。

"都说学生时代才有夏天，这话是真没错。"倪欢手上握着两个冰激凌，一个树莓味，一个巧克力味。

陈溺手上则捧着一杯切成小块的冰镇西瓜，小口小口地吃着。

"说真的，我对大学时候的事记得不清楚了，反倒是对高中印象很深刻。"倪欢慢悠悠地晃着步伐，回忆起来。

"高一、高二还没有高考的压力。我们学校又舍不得装空调，午休靠在桌子上啊，吹着微风，打打瞌睡，就差不多觉得青春是这么开始的……

你呢？我都没怎么听你说起过中学时候的事。"

不知不觉，两个人走到九中附近。

连绵的绿荫铺在头顶，阳光在树叶罅隙中投下光影点点，喧嚣的蝉鸣在空气里起伏。

陈溺的中学时代实在乏善可陈，小乡镇的初中除了肆虐的流氓地痞，其他实在没给人留什么印象。

高中她在班里也没有交过很好的朋友，独来独往，很是无趣。

但陈溺停下了脚步，随手指了指路边的老公交站台，轻声道："从那里开始的。"

不是所有人期待的炽热盛夏，也没有晴朗明亮的日光。那天雨很大，让人淋了一场就难忘。

倪欢倒是缠着陈溺讲过和江辙第一次见面的场景，她好奇："为什么不是那个时候喜欢他？"

英雄救美，这不是更应该让人心动？

陈溺笑了笑："你会在自己糟糕的时候，喜欢上另一个看上去也挺糟糕的人吗？"

人在黑暗处，只会竭尽全力去握住光。

倪欢拿着两支冰激凌为这个答案鼓鼓掌："还真是……现实。"

于是她问："那现在的感觉呢？"

陈溺停下，思索了几秒，说："不知道。"

哪怕是听路鹿说了江辙这几年在国外的生活，陈溺也没什么想法。

他的过去，不是出自本人叙述，她一点也不同情。而他的现在，好像也已经和她无关。

倪欢叹口气，换了个话题："昨天收到我们单位夏乐念的结婚喜糖，搞得我也想谈个恋爱了。"

"夏乐念？那个空降实习生，她不是刚满二十岁吗？"

"是啊，刚到法定结婚年龄就急着领证了，我觉得她就是奔着响应国家生三胎的政策去的。现在的年轻人啊……"

陈溺淡声道："你想去谈段新恋情，那也挺好。"

倪欢虚心请教："哪里好？"

"就比如现在，你要是有男朋友就不会扯着我在大热天出来轧马路了。"

"好哇！陈溺！你现在都会讲冷笑话了！！！"

"……"

安清市，第三人民附属医院。

病房里的呼吸机正骇人地响着，病床上的女人苍老赢弱，手腕的伤口被白色纱布紧裹着。

江辙坐在窗口的一张椅子上，长腿屈着，外套丢在一边。

他整个人很颓，黑长的睫毛稍稍垂下，英俊的侧脸逆着光，五官半陷入阴影里，立体又冷冽。

那天黎中怡醒来，精神比往日都要好。

她没有发疯，也没有尖叫，靠在床头很平缓地对自己的孩子说话。十多年来，好不容易有一次母亲的模样。

只是她记忆顺序颠倒，记性也很差，来来回回聊的都是江辙十四岁前的事。那些事太遥远，江辙已经记不清。

唯一一次提到他后来的事，是问他前几天在自己生日的时候，是不是带过来了一个女孩子。

"她们以为我没看见，其实我瞥见了！"黎中怡面容憔悴，但笑得像个孩童般天真，描绘着印象里那个女孩的样貌，"小鹅蛋脸，脑袋才到你胸口这里。长得好白好乖的，眼睛最好看了，长长细细又很亮。"

江辙沉默半晌，开口："妈，您说的是我大学时的事。我今年二十七岁了。"

黎中怡愣了一下，跟没反应过来似的去看他的脸，神思恍惚着，重复了一句："你二十七了呀。"

儿子都二十七岁了，她却觉得他的二十岁也不过是前几天的事。

长期的药物和治疗让她神志不清，她抬起手看了眼满是疮痍的皮肤，皱巴巴的，像在宣告着她的寿命和衰老。

黎中怡别开眼，又问他："你都这么大了，那你结婚没有啊？"

"没。"

"是不是……之前那个女孩子不好？"

"她没有不好。"江辙低着眸，艰涩地牵动了下嘴角，"是我高攀。"

3

南港一入秋，最先警惕起来的是海况预报部门。

东海东部有二到三米的中浪到大浪区，南部湾有零点六到一米的轻浪。

办公室里，助理正在报告最近的日程安排："东海那边今天浪太大了，不宜出海。原定的基线调查和无机污染物监测项目只能往后挪挪。"

陈溺说行，看了看时间："那我带新来的那两个实习生去南部湾出海，下几个 CTD（温盐深仪），你安排一下港口的运作船舰和仪器。"

"但是陈科，局里新的 CTD 还没更换完。"助理有些为难地说，"剩余的旧 CTD 都在科研院里。上回黎院士的学生借走了，还没还回来，催了好几次了。"

CTD 是大型自容式监测系统，平时他们带上船出海做监测要一同才能返航回来。

这东西平时都囤在海洋局里，属于"僧多肉少"的状态。

但这"肉"体积庞大，每次被借走都会留在科研院躺灰，硬是要这边的小领导亲自去院士那儿讨才能被重视，差人送回来。

"那我走一趟吧。"陈溺起身拿了包。

助理问："要我开车吗？"

"不用，你领着那两个实习生去南部湾把海洋浮标给放了。"正要出去前，陈溺侧了个身，"新的CTD还没换好，有去跟那边的总工程师沟通吗？"

小助理一根筋，直接说："这又不是核心技术问题，不归总师管啊。"

"……"

瞥见陈溺脸色微沉，她忙补充一句："可能其他工程师会帮忙跟进一下进度吧。只是这两个月江工貌似都不在公司。"

"不在公司？"

"对，之前过去好几次都没见过他人，就问了一下。您找他有什么事吗？"助理殷勤道，"我去调一下他的联系方式过来。"

陈溺稍愣住，回过神："没事，不用去。"

联系方式她倒是有，只不过从来不聊天。她只主动要过一次银行卡号，结果江辙把他公寓门锁的密码发过来了。

他不正经，她也懒得接腔。

开车到科研院时，陈溺本来想打电话问问黎院士现在在不在院里。

但她运气不错，刚到门口就看见黎中鸿骑着单车出来了。

年过半百的黎院士儒雅风流，依旧有着健朗身体和良好视力，一眼就看见了陈溺。

听完来意之后，黎中鸿立刻拿出手机打电话，吩咐学生去办。

见他行色匆匆，陈溺把事说完也不打算多加打扰。正要回去时，却被他喊住了："小陈科长，今天忙吗？"

"那得看您是要吩咐什么事了。"

"提不上吩咐。"黎中鸿像想起来点什么，问她，"我们初次见面的时候，你对着我很亲切，甚至在一大堆院士里，独独给我倒了杯茶。我一直在想你是不是认得我？"

陈溺迟疑片刻，如实说："我在您母亲家里的全家福照片上见过您。"

黎中鸿诧异了片刻，明白过来："我听我母亲提过，你是阿辙那时候的小女朋友？"

她抿抿唇："……是。"

"那这个忙怕是有点勉强你了。"

陈溺抬头："您说说看。"

黎中鸿说起来还有些窘迫："我不会开车，也不懂一个人怎么去坐飞机，现在秘书也不在身边，但我今天要赶去参加家姐的葬礼。"

"家姐是指……"陈溺没意识到自己的唇有些发白。

她才注意到面前这位中年男人虽然站得笔直，但眼睛已经红了。

怎么能没半点觉察？

从回国碰上后就对着自己死缠烂打的人突然消失了几个月。

江辙说他要回安清的时候，她就该想到那个医院里的女人。

只是她如今确实对他太过冷漠，不闻不问，浑然把他当成生命以外的人。

从机场到医院那段路程，陈溺按着手机良久，不知道应不应该给江辙发个消息或者打个电话。

但他向来倨傲，什么都没说，好像也不打算把这件事告诉其他人来分担苦痛。

消息比陈溺想象的要走漏得更快。

大中午，新的娱乐新闻冒头，居然已经有了"女星黎中怡病逝"这几个大字，不少娱乐圈的艺人发着悼念前辈女神的微博。

黎中怡退圈前就是全民女神，在圈里又没什么难听的绯闻。

退圈后几年她也常在公开场合分享自己的美好婚姻，也因此，到现在的热度也不减当年。

医院门口挤满了记者的车和直播摄像头，大门口调集了很多保安，连只蚊子都飞不进去。

好在还有侧门通道，黎中鸿刚下车，就有接应的人来把他领走，避开那群记者。

事情发生得太快，陈溺还有些蒙，捏着手机在荫处坐下。

她没进医院，和那群所谓的粉丝、记者一样等在大门外边。一两个小时过去，没有一位工作人员出来说话。

人群开始嘈杂，打着关心的旗号议论起来。

先是说到哪些表面和黎中怡交好的明星没来探病，几十年前的圈里绯闻重新被议论起，再扯到这位女星病重的原因。

"你们不知道她老公已经定居美国了？把她一个人留在医院，不是感情破裂就是财产分割出现矛盾了呗，这些豪门不都这样？"

"我还听说一个小道消息，她不离婚是因为家里那位想和其他人去爱尔兰登记！这黎影后还真是铁骨铮铮，自己人生被弄恶心了，她死扛着不离婚，就是不让人好过。"

"我亲戚在里面做护工，说住317病房的这位女明星不知道自杀多少次了……这叫什么命，当年谁不羡慕她？谁能想到内情居然是这样的。"

"所以才劲爆啊，比热搜上那群小爱豆公布恋情要劲爆多了！昔日光鲜女神高嫁豪门却是被骗婚，还乐呵呵地给人生了个儿子。感觉这个儿子也能扒出来做个采访什么的——"

"是啊，说出来不好听，但我稿子真的早就写好了。等医院这边有咽气消息就发，我们新闻社总算能拿个头条了，今年的业绩就靠今天。"

……

陈溺手心出了一层薄薄的汗，那些恶心的、江辙从未向她提及的字眼，在这一瞬间无比清晰地落入她耳朵里。

下午五点，一位自称江氏地产负责人的男人站在医院门口向记者宣布"黎中怡女士病逝"的悲痛消息。

一时之间，医院大门口的记者们举着长话筒蜂拥而上。

死讯不足以令这些冷血的机器痛惜，八卦和求证才是网民悼念的动力。

"十分能够理解您的心情，但请问网传影后黎中怡和丈夫江某早已婚变一事是真的吗？"

"黎中怡女士的儿子和原配丈夫还在医院里吗？可不可以请他们出来讲句话？"

"能不能正面回复一下：有消息称黎中怡的丈夫早就带着情人去了国外定居？所以江嵘先生，即黎中怡的丈夫此刻真的在病床边吗？"

"真的假的啊？黎中怡女士的儿子现在在哪儿，不出来为母亲说明一下情况吗？"

……

熙熙攘攘的记者把几位安保人员和江氏代表助理围得水泄不通，直播镜头把这些疑问、八卦都毫无保留地播了出去。

生在一个信息发达的时代，上千万的浏览量只在几分钟之间。

陈溺站在不远处，听见那位助理艰难地扯着公鸭嗓和那群人对抗："大家不要以讹传讹，你是哪家报社的？江氏会无条件追究刚才胡乱造谣的记者的法律责任！

"黎中怡女士已经退出娱乐圈将近三十年了。死者为大，家人何其无辜，希望各位在写新闻报道时谨慎下笔。"

侧门那儿相对大门来说冷清不少，一个穿着一身黑色西装的中年女人往四周张望了会儿，走上前："请问您是陈溺小姐吗？"

陈溺望了她手上的男士外套一眼："嗯。"

"黎先生让我过来接您的。家属哀痛，把你暂时忘在外边了，还请谅解。"

陈溺摇摇头："我不要紧的。"

"行，您喊我'于姐'就好。这边快上车。"她看了一眼注意力不在这边的记者们，忙把陈溺领上一辆加长版黑色轿车里。

车窗贴了防窥膜，从外边看不到里边，里边倒是能把外边的混乱瞧得一清二楚，这辆车的前后都是差不多型号的车。

陈溺看着坐在自己对面的于姐拿着手机打了个电话，淡声说了两个字："出发。"

车队一启动，那群记者就跟反应过来了似的，一窝蜂拥了过来。

陈溺止不住往后看："于姐……黎院士呢？"

"你是想问黎先生还是想问这件外套的主人？"于姐目光直视她，把外套放到她腿上，"我看你好像见到我开始就一直在盯着它，是小江爷的朋友？"

江辙的外套确实很有特色，清一色的潮服和名牌。就算是正装，也会在领口处用金丝线绣上他名字的英文字母缩写。

陈溺有些尴尬地拿着他的衣服，也不再扭捏："是。他还好吗？"

于姐叹口气，没正面说："殡仪馆的人早在一个小时前就已经把人接走了，如果我们待会儿甩不掉记者，还得麻烦你和我们的车一块儿过去一趟。不过你可以一直待在车上。"

从医院到殡仪馆只用半个小时的车程，本来家属的车是不能开进馆里的，但或许他们早就跟里面打过招呼。

车一路畅行无阻，记者的车倒是毫无疑问地全被拦在外面。

殡仪馆的丧葬礼节都特别重，刚进去陈溺就闻见了爆竹和香火的焚烧气味。

车停在后院，于姐边接电话边下了车。

陈溺从车窗里看过去，心情有些焦灼。

她打开手机，点开今天的头条和热搜。正式的报道都已经出来了，八卦小料也不胫而走。

她不知道该不该去想那些记者说的话……

江辙没跟她提过，就连路鹿发来的消息里也表示不知道这事。

她下意识地想屏蔽这类消息，但又忍不住往这个方向想，好像越来越合理。

她当初好奇又感到不理解的——为什么黎中怡会因为一个出轨的男人对自己的孩子也这么怨恨，甚至希望江辙不存在。

如果真的是因为被骗婚骗孕，那么这些过分偏激的情绪好像都有了解释。

而江辙在跟她说这些事时所有的不自然和紧张也都有了解释。

司机在车里抽了根烟，呛人浓烈的味道让她眼睛发酸发疼。

不知道过了多久，车门被拉开了。

陈溺下意识抬眼，男人撞进眼里。

江辙脸色苍白冷峻，额发长长了，遮住部分眉眼，在眼睑处扫荡出阴沉沉的暗影。他脊背稍稍弓着，站得不太直，配上下巴的青茬和干裂出血的嘴唇，显得潦倒又落魄。

即使有心理准备，但陈溺从来没见过他这副模样，有些愣神，手机没拿稳掉在了地上。

江辙帮她捡起来，目光放到没灭的屏幕上。

陈溺自然也看见了，是她前几分钟还在浏览的娱乐周刊号发的文章。

她赶紧伸手拿过来，正想说句话时，江辙出声了。

他的声音很沙哑："是真的。"

骗婚骗孕的父亲，出轨后和情人移居国外，他狼藉阴暗的出世……这些都是真的。

江辙上了车，坐在陈溺对面，下一站显然是去墓地。

身后尾随的记者已经少了很多，他忘了让陈溺中途下车，而她也没提。

空气静谧得可怕，陈溺手指僵硬地紧绷着，攥着手上的外套。

她有些庆幸自己在这儿，但又不知道这一刻该不该在这儿。

嚣张又不可一世的少年，虽然已经成长为顶天立地的男人，却也没有了半分能后退的防线。

再痛苦也要硬挨，他已经不再是当初那个会靠在自己颈窝落泪的大男孩。

车里有一箱矿泉水，陈溺费劲地往后伸长手拿了一瓶，扭开瓶盖递给他："喝点水，你嗓子都哑得听不清了。"

陈溺对这种事没什么经验，但她有过送别离世亲人的经历，对接下来入葬的流程都很清楚。

顾不得之前这么多隔阂和生分，她稍倾身，帮他整理了一下起了褶皱的衣领。

江辙握住她的手，慢慢放下："你用不着这样。"

"那你自己整理一下。"陈溺知道他在想什么。以他倨傲的性格，这时候他恐怕最不想要的就是被她同情，可她也做不到袖手旁观。

陈溺安抚般说："虽然这话无济于事，但还是希望你节哀。"

他低着头良久，再没开过口。

墓山上已有十几个人在那儿等着了，十几辆车停在山脚下。

陈溺没跟着继续往前走，下了车透气，顺便给表达关心的路鹿也简单地回了几句消息。

傍晚的山风吹来有些冷，她本能地抱紧了手上的衣服。

柔软的衣服布料里有一盒硌人的东西，陈溺拿出来发现是个只剩一根烟的烟盒。

她拿出来塞进自己包里，又从包里拿出随身带的一盒水果味的糖，塞回了他外套的口袋。

做完这一系列事，她走近山梯下的一辆车，靠着车身，舒出口气，心里还是很闷。

耳边蓦地传来黎中鸿和江辙交谈的声音，就在自己这辆车的背面不远处。风太大，陈溺听不连贯那边的话，隐约知道他们说到了自己。

"你外婆那儿，我得再想想该怎么交代。"黎中鸿头发白了大半，人到这种年纪送走亲姐，感伤难以言喻，"小陈还在车上吧，刚才见到了？"

江辙"嗯"了声，声音颓然："您带过来的这个女孩是我念了好几年的人。因为江嵘做的这些破事儿，我从来没敢跟她说过实话。"

"傻孩子，这么大个人了不要想不开。他江嵘是江嵘，造的孽跟你有什么关系？小陈是个很通透聪敏的小姑娘，不会因为这些对你有任何看法。"黎中鸿悲叹一声，拍拍他的肩，"你熬了几个月，现在先回去休息。接下来这些后事都交给舅舅。"

山上那些人的悼念仪式还没结束，黎中鸿又重新踏上了山梯，而江辙站在那儿许久没动。

陈溺本来想默默回到刚才坐的那辆车，但脚刚一挪动，就踩到地上的一个易拉罐。

她懊恼地咬住唇，从车后出来，看向眼前的人："抱歉，你要是不想我在这儿……"

江辙垂眼回视她，英俊苍白的面容脆弱而破碎。

他确实不想。

不想要她的同情，更不想要她的小心翼翼和另眼相看。

但他想要她。

他薄唇开合，说出卑劣的话："想。想要你在这儿。"

忍耐力很强的人眼红，总会无端让人觉得心疼。

陈溺走上前，垂着的手缓慢抬起，踮着脚很轻地抱了他一下。

第四章 / 再来一次

陈绿酒,明天我们什么时候见?

1

从安清回来后,陈溺关注到关于黎中怡的新闻全部撤下了,这种高压力下的施压当然绝不仅仅只有财力上的输出。

可即使实名账号爆料的八卦消息全被封锁,匿名账号还是有不少自称知情者的"爆料人士"。

舆论之下,人人有责。

起初是铺天盖地的谈论和猜想,甚至有人觉得这位女星的死因是谋杀。八卦越演越烈,出现在街头巷尾的谈料中。

但随着时间慢慢过去,南港入了冬,这个话题的热度也和温度一样渐渐冷却,每天都有更新的娱乐话题。

送被海蛇咬伤的同事姚甜甜进医院时,陈溺倒是在缴费处遇到了一个熟人,是项浩宇。

也许是因为心里放不下路鹿的事,陈溺对他并没有几分好脸色,打招呼时也只是冷淡地点点头。

临走才反应过来,他在这儿帮谁缴费?

刚打了绷带被护士推着进病房的姚甜甜很快给了她答案，她人还在门口就大喊了一句："哟！江工，这可真是太巧了！"

"……"

也不知道在医院偶遇算什么高兴的事。

陈溺快步往前走过去，看见江辙那刻，才恍然察觉到他们好像又有几个月没见面了。

他消瘦了很多，病号服穿在身上显得松松垮垮，露出一截嶙峋泠冽的锁骨。手上还插着针，漆黑碎发搭在眉间，唇上毫无血色。

见到人，他撩起眼皮，直勾勾地看着陈溺："你生病了？哪里不舒服？"

一旁的姚甜甜礼貌地假笑，扬高手："嗨！"

这么一个腿上打着白色纱布、坐着轮椅的病人还杵在这儿呢。

陈溺见他自顾不暇却还着急问她，心中有些五味杂陈。

她抿抿唇，从护士手里接过姚甜甜的轮椅："我没事，只是陪她来的。"

江辙的手机响了下，是项浩宇发的消息：【兄弟，有陈妹在我就先撤了，不用感谢。】

"……"

把姚甜甜扶上旁边那张病床，陈溺顺手整理了一下中间那张桌子上的杂物。

桌上有个超级大的果篮，篮子里放着一沓小贺卡。

一看就是那群朋友的顽劣手笔，贺卡上写了一堆乱七八糟的祝词：

【小江爷早日康复，浩子 bless u！】

【祝江爷一年抱俩。】

【祝江爷举世闻名。】

【祝江爷千古流芳。】

……

陈溺面不改色地收拾起来放到一边。

心想这群人好歹是高才生，他们的小学语文老师要看见这么胡乱用词，会不会拄着拐杖冲过来把他们胖揍一顿。

姚甜甜坐到床上就闲不住，问道："江工，您这是什么病啊？"

"饮食不规律，胃痛。"

陈溺闻言瞥了江辙一眼，不明白他这些日子到底怎么过的，居然能因为没好好吃饭胃痛到住院。

江辙无疑也瞧见了她的眼神，说不出来是什么滋味，但心虚地避开了。

这间病房里只有他们两个病人。

姚甜甜平时就是个小话痨，在海洋局其他单位那儿也有不少朋友。

这一住院，到午休时间，同事们一茬接一茬地来看望，倒显得边上的江辙无比冷清。

陈溺侧过脸，才发觉他已经睡了。

她缓步走上前，正抬手帮江辙拉上床帘时，他突然伸手拉了她一把，床帘把他们藏匿在这张病床上。

另一张床边还是很嘈杂，姚甜甜在讲下海时碰到的那条一米多长的海蛇。

而陈溺猝不及防地单膝跪在了床边，手本能地撑着床头。

身下人脸色苍白脆弱，看上去好像在被她霸王硬上弓一般。

"你装睡？"她紧皱着眉。

江辙勾唇笑了下，对她的指责没半点愧疚："嗯，想让你陪我。"

陈溺瞪了他一眼，正要出去就听见外边姚甜甜大嗓门地喊着："陈科呢？她人去哪儿啦？"

有人笑："陈科也来了？哦对，你和陈科一起出海还能被咬，你肯定冲在她前头了。"

"是啊，陈科本来交代过我要待在安全海域的……"姚甜甜尴尬地笑笑说，"对了，我隔壁床是江工，就那个九洲科技的大帅哥总工程师！"

"人家床帘拉这么严实，应该是睡了，大伙儿都小点声。"

"……"

早不小声晚不小声，偏偏在这时候，陈溺要是现在拉开床帘出去，估计都说不清了。

江辙得逞似的松开手，往边上挪了点让她坐上来，窄深的桃花眼眯起："很甜。"

陈溺不解："什么？"

他压低声提醒："我口袋里的糖。"

她想起来了，不自然地"哦"了声，屈腿坐在床边上。

狭小的空间最容易滋生暧昧，外面是热闹的，显得他们之间刻意保持的安静有股禁忌感。

其实这段时间，他们的关系已经缓解不少。

度过了那段尴尬陌生的时期，江辙在这几个月也会给她发消息。

一来一回的交流里，两个人都谨慎地没再提过之前那段感情，要不要继续下去好像成了两人无形中默契保持的一条不能触碰的底线。

江辙躺在床上，看着她低垂的眼睑，没忍住伸手去碰。

快要碰到时，手被打开了，陈溺偏开脸，脸侧一绺头发掉下来，扫过他的手背。

她望向病床另一边的洗手间，动作慢吞吞地往床那侧移过去。

江辙知道她要干什么，稍坐起来用手扶着她的腰，声线有些沉哑："别摔了。"

"摔了也怪你。"

她恶狠狠地撂下话，从床上越过去，猫着身进了边上的卫生间，出来前还特地"哗哗"洗了个手，重重关上门。

她走出来时，却也没引起多大注意，七八个人朝她问了声好，到上班时间又要赶回去了。

一拨人刚走，姚甜甜的未婚夫和陈母又拎着午饭过来了。

潘黛香手上也拿着保温食盒，说："妈给你熬了鸡汤，刚去单位找你，家榕说你陪受伤的同事来医院了，正好你同事那口子也来了，家榕就叫我们一起走。"

姚甜甜和她未婚夫长得很有夫妻相，笑起来时就跟两座弥勒佛一样。

潘黛香看着小夫妻这么恩爱，笑着坐在边上问起了男方是干什么的，家里人情况怎么样。

中年妇女的通病就是爱打探这些消息。

她甚至还问了问姚甜甜未婚夫身边还有没有年龄合适的单身男性，一脸想给自己女儿做介绍的样子。

陈溺在一旁听得乏味，本来想跟她说说旁边这张床上也是认识的人。

但床帘掀开，床上空空如也。

卫生间一道高大的影子被日光拉长，沉默而料峭的身影立在那儿——更像是躲在了那儿。

陈溺愣了一下，在自己的印象里，江辙极少有这种时刻。

他那天在墓山，整个人像一张绷到极限的弓。

而此刻又像是完全把坚硬外壳卸下了，不见荣光耀眼，取而代之的是不敢见人的胆怯自卑。

陈溺意识到是因为她妈妈来了。

他没办法坦然自信地像普通人那样，见到朋友长辈能去攀谈自己的家庭和近况。

可是她觉得，那么骄傲的人不该因为她而自卑。

病房渐渐安静下来，姚甜甜被她未婚夫推出去晒太阳。

陈溺送母亲出去，在走廊里从她手上接下那份鸡汤："妈，你还记得江辙吗？他也在病房里，就边上那张床。"

"小辙怎么了？"

陈溺皱着眉："胃病，刚才他睡着了就没让你看。"

"年纪轻轻就有胃病，你也要注意，工作别太拼命了！"潘黛香对江辙印象不错，拍拍手上那份鸡汤，"把这个送过去吧，你想喝就回家喝。啊……他还有家人在身边吗？"

陈溺摇摇头："没有。"

后来那几天，潘黛香交代她来医院就捎上一份汤。

陈溺都照做。

就连江辙的主治医生都打趣是不是女朋友天天送营养汤过来，所以病好得这么快。

只是这种话也只能当玩笑开开，大家都有眼睛看到。

陈溺每次来给江辙送汤时的态度都不算亲昵，例行公事般要解释一句是妈妈嘱咐的。

住了快一周，姚甜甜康复出院了，病房里又住进了新患者。

而陈溺一如既往地把熬了几个小时的鸡汤送到，拉开帘子，看见江辙正在把电脑合上。

他又在忙工作。

她凉声开口："你们公司连正儿八经的病假都没有吗？"

江辙挑了下眉："这事只有我办得好。"

门口医生恰好带着实习生进来查房，陈溺回头看了一眼，把他电脑收好："你这么强的话，也可以一个人住院，那我明天不过来了。"

"我不可以。"他说罢还咳了两声。

"那你找朋友陪你。"

"哦。"他真就拿起手机打电话了。

过了几秒，陈溺的手机响了，她径直接通，说了句"我没空"就挂断了。

江辙安静地举着被挂断的手机，抬眼无辜地看着她。

陈溺不惯着他这套，随口说："江爷这么多前女友，发展发展也能用。"

"啧。"他只当没听见，把手机丢到一边，捂着脑袋，"头好像还有点痛。"

正往他们这床走过来的医生脱口而出："你是胃病，什么时候转移到脑袋上去了？"

江辙："……"

陈溺听着，在边上笑，眉眼弯得像一轮月。

也许是这口气渐渐松下，她难得愚钝一次，没看清他眼底的勉强和疲惫不堪。

陈溺说不过来，第二天还真没过来了。

一方面是江辙也快要出院，已经不用每天一份汤这样伺候着；另一方面是她得出海工作一周。

下午，江辙久未响过的手机来了一个海外的陌生来电。

刚接通，那边就传来李言狂躁的声音。

几年过去，李言早就从那个文雅知性的人变成如今歇斯底里的怪胎："听说你妈死了，开心吗？"

江辙背靠着床头，脸上没什么情绪。

"她死得真好，谁让你们都容不下我们！"李言声音逐渐变大，像质问一般，"你就这么见不得真爱吗？"

听到这里，江辙语气很淡："你所谓的真爱就是以毁了别人的人生为代价吗？"

"我毁了谁的人生？你最没资格说话，没有你爸你在哪儿啊？生你养你不感恩，还害得你爸这个样子！你真是和你妈一样贱！"

"你说你们是真爱？"江辙冷冷清清地笑了声，嘲讽道，"你错了，江嵘最爱他自己。否则你觉得他为什么要一边和你在一起，另一边又骗我妈给他生孩子？"

打着恋爱自由的噱头，却又不甘心自己绝后，于是欺骗无辜的另一方为他生育。

就这，也能被美化为真爱？

只是他知道，在牵扯到另一位无辜女性加入时，江嵘和李言就已经都不配装可怜。

李言已经失去理智，咬牙切齿地诅咒："你少胡说八道！你也该去死，你这辈子都会和我一样，不能和你最爱的人永远在一起！"

江辙听腻了这句话：去死。

好像很多人都这么说过，让他去死的人多着呢，多李言一个吗？

可他不想继续听下去，拉黑这个号码，拔掉了手上的针管。

病室里太寂静了，他想去见见陈溺。

临近年底。

南海航海保障中心南港市航标处与南港海事局、海洋环境监测中心联合开展春节前安全巡航检查工作。

联合巡航组除了检查港口码头作业区和导航标志位置，还要前往人工岛确保附近船舶是否保持了VHF（甚高频）有效值守。

航行中不仅有记者拍照，还有无人机在船舰顶上盘旋。

跟在执法船身后的是九洲科技推出的水面无人艇。

江辙就是在两方工作人员交接时上船的，他甚至没穿救生衣，身上被海浪打湿了一大半。

陈溺被老刘从众多执法人员里喊出来，见到江辙的那一刻简直又惊又气："江辙！这是海巡执法船，哪个港口放你出海的？"

她戴着白色海员帽，穿了正规的执法制服。长发盘成丸子头压住，额前有些细细小小的绒毛。一双眸子瞪圆了，有些严格，唇色为了上镜涂得很红，和平常的样子相差挺大。

江辙站得笔直，定定地看着她说："我是内部人员。"

出海对他来说可太容易了，一张工作卡，再说几句监察系列无人船上的舰载设施中有系统 bug（漏洞），没人会拦一位科研人员。

"你本事真够大。"陈溺怕把其他同事引过来，嘱咐老刘别把他带进船舱里面，"手机给我。"

江辙也没问要干什么，直接递给她。

"免得你一直给我打电话。"陈溺想着他肯定是从医院偷跑出来的，没给他好脸色，"在外面等着，半个小时后靠岸就回医院去！"

江辙没笑也没其他表情，只是有些贪婪似的不移开视线。

最后他被老刘拉到船帆下的一张椅子那儿。

"江工，你就在这儿等着啊。"老刘忙着和其他人一块儿去开会，也不好说太多。

海域在潮汐来临时海浪都特别高，江辙脚下打过来一阵又一阵浪。

他没往后退开，反倒爬上栏杆，坐在船板一侧，往下看着泛白的阵阵浪花和见不到底的深蓝色海水。

其实李言有些话也确实被他听进耳朵里了，尖酸刻薄的——

"你懂什么是爱吗？你爸对你这么好，你把他害成这样！你就是个冷血怪物，活该你妈都想掐死你！

"你以为你妈活成这样全赖我们，你不也难辞其咎吗？

"我和你爸当初怎么求的你？我让你别跟她说，是你要说的！你不想我和你爸好过，那实话实说把你妈逼疯了的感觉怎么样？"

是他对他妈说的。

如果那天他没有看见向来受人敬重的父亲和李言纠缠在一起……

他人没走出门，被李言捂着嘴抱回房间，他们身上的气味让他闻着想吐。

江辙冷眼看着苦苦求自己保密的父亲和李言，同意了。

可在第二次发现江嵘又把人带进书房时，他还是跑向了黎中怡的卧室，敲响了那扇门。

黎中怡在生育他时遭遇过大出血，早就没有了怀孕的机会。

他是她这辈子唯一的孩子，但这唯一的孩子是被骗婚生下的。

江辙的存在提醒着她可悲可笑的一生。

……

什么算原谅，什么算放下。

他好像从出生起就作为一个罪恶体，可他又有什么错？

从他十四岁开始到如今。

有人因此死去，有人为此受伤，有人以爱为刃，一遍遍剖开他的胸膛。

游艇上的广播电台中，播音员在进行名句朗诵。

"一切都是颠倒的：善良成了白痴，仁爱变成无用，怯懦装扮成理性。美命定了要被践踏和毁灭，恶却肆无忌惮。"

他不无辜，他被三方无止境地掣肘纠缠着，做命运的傀儡。

可最后只有他出不来，带着全部的起因经过苟延残喘，挣扎无果，永远无法治愈。

胆怯者戴着随心所欲的面具太久，分不清是真的漫不经心还是无能为力。要多好的结局，才配得上这么多年的颠沛流离。

　　太累了。

　　这恶心透顶的人生真的太累了。

　　就这样吧，都到此为止。

　　远处是不着边际的青灰色，海面上的云翻涌着。重来一次，伊卡洛斯还是会在无人在意的一角坠落。

　　阴晦无光的水里，即将溺毙的人在底下迷路，无船来渡。

　　他回头瞧不见岸，只有汪洋深海。

　　船舱里开完会，大家都闲了下来，聊天的聊天，拍照的拍照。

　　江辙的手机从来不设锁，但相册里有锁。

　　陈溺坐在椅子上百无聊赖地捏着他手机，知道不应该偷窥这个秘密，可手不由自主地试了一个密码。

　　他这么懒的人，估计连相册密码都和公寓门的密码一样。

　　果不其然，打开了。

　　只有一张照片，被他锁在里边的是一家三口的照片。

　　江嵘、黎中怡和十岁出头的江辙。

　　他看着是放下了，可他在这种爱恨交织里该怎么两全？

　　陈溺脸上的表情都僵住了，她怔怔地看了片刻，心里莫名慌张，胸口是前所未有地闷。

　　有哪里不对。

　　她觉察到不对劲了，下意识站起来要出去。

　　她得先找到江辙。

　　她的脚步迈出船舱那一刻，也许是为了避免海漩或礁石，船身重重地晃荡了一下。

　　浓稠暮色下，船桅那儿传来急切的呼喊声："救生员呢？"

　　"救生员在哪儿？有人坠海了！"

2

　　人在万念俱灰时的想法都很奇怪。

　　比如江辙在船身颠簸动荡那一下明明可以抓住栏杆，但他没有。

　　他觉得自己被堵着了，出不来了，所以任由自己掉下去。

　　边上已经没有其他人能再叫动了，所有的救援设备和搜索队就在这艘船舰附近，不会有比这更令人安心的救援环境。

　　跟拍的记者们反应也很快，立刻在甲板上架好三脚架。

　　人被捞上来时，男人的身体被冻得冰冷。

　　在场几十个人看见他们的小陈科长跪在地上给落水者做人工呼吸。

　　海洋局的科员大都考过救生员资格证。

　　陈溺动作很规范，手劲出乎意料地大，一下又一下，用力压捶他积水的胸腔。

　　有科员让船继续往岸边开，联系岸上的救护车。

　　汹涌的浪花一阵阵打过来，陈溺后背都被打湿，一次次胸外按压后，终于换来眼前人短暂的苏醒。

　　所有人都松了一口气，有人大声喊了句："准备靠岸！"

　　陈溺看见江辙唇在动，她稍稍俯身，耳朵贴过去。

　　他的嗓音微不可闻，只剩出气声："陈溺，我没想通。"

　　呛到海水里再慢慢清醒是件很遭罪的事，把水从肺部挤出去，氧气重新灌入只在几十秒之间。

　　江辙对这过程渐渐模糊，只记得抱着他的人的泪好凉，是咸的。她好像很害怕，手也在抖，但他已经没了力气去抱她。

救护车里，医护人员在为江辙做基本的保暖和供氧。

陈溺也被套上一件厚重外套，怔怔地在一边看着江辙垂下来的手指，他平躺在那儿一动不动，像是一切都结束了一样。

她突然想起自己大学毕业的前一天，去了江辙之前怎么劝她也不愿意去的跳伞基地。那是她第一次，也是唯一一次想要体验从空中下坠的刺激感觉。

没有归属感，大脑是空的。

她试着去理解他，渐渐变成了他。

江辙这几年确实过得不好，他被压抑得太久了，到处都乱糟糟的。

坏掉的东西要修复，坏掉的人也是。

陈溺握住他冰凉的手指，脸颊贴在他尚在跳动的手腕脉搏那儿，不知道是安慰他还是安慰自己。

既然你对现状不满意，那就当死过一次了。

不要紧的，重获新生总要付出代价。你别怕，我们一定能重新来过。

医护人员用担架抬人进急诊室的速度非常快，凌乱无序的脚步和滑轮在地板上摩擦，所有的慌乱都在门关上的那一刻尘埃落定。

陈溺抬手捂住了眼睛，眼泪控制不住地一直在掉。她把下唇咬得生疼，强迫自己清醒，后背靠在墙上，身体慢慢滑落。

她没了半分力气，直到李家榕赶了过来。

"没事吧？"李家榕大步跑过来，握住她肩膀，"陈溺，你没事吧？"

"没事。"她摇了摇头，喉咙好像哽住了，声音全哑。

李家榕来之前看了救援视频，全程很稳当。

如果他不知道里面躺的是江辙，那他大概真的会无私心地夸陈溺一句救援得当。

他扶着她站起来，说："你的包，还有江工的手机也被老刘一起拿过来了。"

江辙的手机屏幕亮了几次，全是未接来电。

陈溺缓了缓情绪，手抹过泪，蹙着眉接过，点开了未读消息。

是丘语妍。

李家榕顿了一下："他是意外落水吗？"

"什么意思？"

"我看见船舱里的监控了……"他语气里带着几分不确定，"你跑出去的时候，还没有人呼救，你像是早就料到了？"

陈溺冷着脸："今天人工岛海域附近的浪最高有二点八米，船舱内的海浪蓝色预警响了，我出去巡查也不行吗？"

察觉到她的尖锐，李家榕连忙抬了下手："行，别急啊，我就是随便问问。"

两个负责人就这么站在急诊室门外等了几个小时，终于等到门被打开，医生出来说明情况——

施救工作很到位，但还需要继续住院观察几天，给胸肺拍片。

李家榕垂着眼向医生道谢，下一刻发现身边人要离开："陈溺，你去哪儿？"

她转过身，理所当然地开口："回家。"

李家榕挠挠后脖颈，指指从他身边推进监护病房的江辙："那他呢？"

"你别管了，回去写你的报告。"陈溺顿住脚步，"对了，记得让船上那几个记者把拍摄的视频给删了。"

"为什么？作为水上救援视频在局里内部传阅也不行？"

陈溺面无表情地看着他：你说呢。

李家榕站直，微笑："懂了。"

项浩宇接到陈溺的电话时，人还在出差回家的路上："陈妹，你怎么有空给我打电话？"

她单刀直入："江辙爸妈的事，你知道多少？"

他的声音犹豫起来："这得取决于江辙告诉了你多少……"

有这句话就可以了，至少证明他了解得会比其他人多。

陈溺没浪费时间，直接问他："能不能告诉我丘语妍和江辙的关系有多好？"

"我跟你说过啊，一点也不好！"说到这话题，项浩宇可来劲了，"你那时候因为她和江爷分手真的惊呆我们这一伙人了。要不是黎姨和她妈是闺密关系，她当年又……唉，总之，你信我一次吧，江辙和她真的没什么。"

他很闲，零零碎碎说了挺多。

陈溺换完湿掉的衣服后看了看时间，打断他的话，挂断电话后给他发了一个医院地址。

江辙的手机依旧在振动，从下午三点到晚上九点，这几个小时累积了58 条消息，27 通未接来电。

丘语妍最新的一条信息是：【你人死哪儿去了啊？不管了，我问过晚葭姐你的地址。我已经下飞机了，现在就来你们公司！】

陈溺冷着脸看了几分钟，用江辙的手机给她发了一个离大厦不远的咖啡厅位置：【别去公司，来这儿。】

丘语妍不知道大晚上为什么还喝咖啡，翻了个白眼到指定位置讨才发现，原来是所谓的原配来了。

女孩跟大学时相比，似乎只是衣着上有了变化，气质还是没变，乌眸红唇，背薄端正，天生就不会是太热络的人。

她对陈溺印象不算深，但几年前只觉得这女的挺蠢，自己还没干什么她就闹着和江辙分了。

或许因为自身阅历和年龄都在眼前这位之上，丘语妍很随意地把包丢在一边，坐下就跷着个二郎腿了。

"你们复合了？"没等陈溺开口，她捂着嘴笑了笑，"你别太在意我啊，我没想掺和你们。"

陈溺抱着手臂往后靠着椅背，点点头："确实没必要在意一个他讨厌的人。"

丘语妍脸色慢慢变了，冷笑了一声："你疯了吗？你说江辙讨厌我？"

陈溺语气无波无澜："碍于两家关系没说，但你这种时不时弄点麻烦找他帮忙的人，正常人应该都会讨厌。"

"是吗？我觉得他挺喜欢我的。"

陈溺没对这话做评价，反问："那你呢，喜欢他？"

丘语妍本来想说一句"他也配"，但触及陈溺的目光，她故意开口："是啊，我喜欢他。怕我跟你抢？"

"别玷污'喜欢'这个词。"陈溺声音很平静，"你只是喜欢这样桀骜的江辙对你低头而已。"

她的视线很像一个人，看向自己时带着点厌恶和不加掩饰的讥讽，还真不愧是一对——丘语妍被激怒，咬着牙破罐破摔："你说得对！可能我确实不喜欢他吧。谁会喜欢这么一个垃圾？"

"垃圾？"

"你该不会不知道前段时间被江老爷子撤下的新闻吧？"丘语妍用舌尖顶顶腮，"全世界的人都能骂他爸，只有他江辙不配！我有一次激他说，你这么看不起你爸，那你听你妈的话去死吧。"

陈溺撩起清薄的眼皮直视她，面色无虞地重复一遍："你让他去死？"

她紧握的杯口晃荡出几颗水珠在桌面上，没人在意到。

"是啊，我不明白大家为什么不怪他？他爸就是为了要个儿子才盯上黎姨的，他活着就是个错误啊。"

丘语妍真心觉得够讽刺好笑，想到了一件更好玩的事。

她不慌不忙地端起眼前的水杯喝了一口，存心要看陈溺反应似的笑着说："哈哈哈，然后你猜怎么着？我没想到他那时候真的想过死。

"……不过命大，他爸瘫了，他还活得好好的。李言这么温柔一个人，现在都恨惨他了！"

她死了，他残了，还有一个心理扭曲和一个索命的。

陈溺眼底晦暗不明，指尖轻动，把滴到桌上的几颗水珠抹干了。

挂钟上的分针从"3"转到"5"，外面下起了小雨，打在玻璃墙上。

直到说得嘴皮干了，丘语妍也没发现她有其他反应，终于觉得无趣："没劲，江辙到底在哪儿？我回国了，他不得给我接风洗尘？"

"你是听见他母亲去世的消息，才被家里人催回来吊唁的吧。"陈溺嘴角扯了扯，"在这种时候羞辱他，让你很有快感？"

丘语妍语塞，懒得和陈溺纠缠下去，拎起包，愤愤骂了一句："有病，不知道你在胡说什么！"

她踩着高跟鞋往外走，上了门口那辆车。

陈溺也回了车上。

雨刷器晃晃悠悠，她看着前边不远处那辆保时捷的前灯亮起，红得刺眼。

"让他去死是吗？"

陈溺的手慢慢抓紧方向盘，眼睛通红，唇边轻飘飘地溢出来这句话。

寒风凛冽裹挟着冬雨，路上已经没有冒雨前行的行人。

她踩下油门，胸口起伏着，眼睛却没眨一下，等和前面那辆车距离不到两米时，手终于有了动作，往旁边一甩，一个避之不及的急转。

车身惊险擦过那辆保时捷的车头，发出刺耳摩擦声。

她整个人被安全带勒紧，弹了一下。

3

陈溺一直挺不喜欢自己这个揣摩人心理的本事。

她居然能和丘语妍这种神经病共情上。

高高在上的刁蛮公主碰上一个软硬不吃的大少爷，从起初的朦胧好感到被忽视的恼羞成怒。

以为窥见天之骄子的阴暗秘密，就能看见他的落魄，看见他匍匐在地的一面。

但江辙没如她愿，在防备、伪装的状态下依旧活得恣意悠然。

是不是这种没怎么经历过挫折的人一遇挫都很容易暴怒、怨恨？

不喜欢她，她就讨厌他。

不如她愿，她就费劲地贬低、羞辱他。

陈溺觉得自己的脾气已经够好了，但谁能和一个心理偏执的疯子讲道理？

显然没有人。

她想让江辙清醒点。

他没亏欠任何人，不需要抱歉，也不该受制于一个丘语妍。

她从进警局开始就把车险公司、律师电话交代了，面对丘语妍的控诉，她半个字也不承认，只说是开车失误。

一整天下来累得要死，陈溺在警局里那张硬质冰冷的床上安安稳稳地睡了一晚。

大半夜，值班室里的几个警察面面相觑，很不理解。

没见过被人告进警局后比他们几个还清楚流程，关键是还能睡得这么安心。

江辙在医院重症监护病房观察了二十四小时后，被送进了普通病房。

他感觉自己做了一场很长的梦。

他们一家三口在游乐场玩，妈妈笑得很美，被人认出来了，于是她在和热情的粉丝合照。

画面一转，变成了江嵘和李言背着全家在卧房做那种龌龊事。

再转，泳池里全是黎中怡的血，有人捂住他的嘴往暗处拉。

他却拼命挣脱，头也没回地跳进这个血池里，一点点看着自己溺毙。岸上有人在哭，为他难过地哭。

江辙忽然想到了江嵘，他的父亲。

江嵘越对他好，他就越恨江嵘。

江辙每天都在极力控制着自己心里的天平。

不能往江嵘那边倾斜一点点，否则都是对母亲的背叛。

江辙烧了几个小时，从这浑浑噩噩的梦里睁开眼，发觉床头立着个脸色阴沉的项浩宇。

两双眼睛一对上，项浩宇开口了："江爷，咱俩是一条裤子穿到大的人，我也就懒得嘲笑你追妹子把自己摔海里这种小失误了。"

"……"

前段时间江辙母亲去世，江辙在安清光是处理遗产就忙得不行，两个人也很长时间没见了。

这一见面，真兄弟还得先戏谑几句再说正事。

"啧啧，想当年我们小江爷对女孩那是勾勾手指，这队伍就能从这儿

106

排到美国去。”项浩宇摇摇头，一脸无奈，“现在吧，被人甩到海里头，无人问津。”

江辙稍稍坐起，靠在床头，语气很冷：“有屁就放。”

项浩宇："告诉你，你别急啊，陈妹差点儿把妍姐给撞了。”

也许是听见陈溺的名字排在丘语妍前面，江辙眼皮耷拉着，显得很淡定："丘语妍回国了？”

项浩宇把桌上的水端给他："昨天回的，不知道怎么就去找陈妹了。哦，对了，陈妹傍晚的时候还找我问你和妍姐关系有多好？”

江辙扬扬下巴："你怎么说？”

"实话实说啊。咱们这四个，除了鹿鹿那单纯的小傻子，都算知根知底了。”项浩宇是打心眼里不喜欢丘语妍，皱着脸，“妍姐那人的德行你又不是不知道，我估计肯定是她先挑事，激怒陈妹！咱陈妹温温婉婉一小姑娘……”

江辙摸了摸桌上，没看见手机："陈溺现在人呢？”

"拘留了。”项浩宇耍了个小聪明，摸摸鼻子，“告诉你，你别急啊，陈妹差点儿把妍姐给撞了。”

江辙皱眉："她疯了？”

项浩宇笑了笑，只一句足以拨千斤："因为谁？”

"……”

陈溺那样的性格，和丘语妍能有什么交集，又能和丘语妍结什么仇。

那她这么做，还能因为谁？

江辙不敢顺着杆子往上爬，也不会因为这事就靦着脸去找陈溺和好。

他知道一码归一码。

到警局大门口那儿时，先在那儿等着江辙的却是丘语妍。

项浩宇见他们有话要说，也不当电灯泡，先进去找警队队长了。

丘语妍脑袋上绑着白色绷带，那时候她本来正低头对着镜子抹口红呢，车猛地晃动一下，她没系安全带，脑袋就这么直直地撞向了副驾驶的车门。

"你来这儿干什么？来保她？"丘语妍气冲冲地问江辙，手握拳砸着他胸口，"你这个女朋友是不是脑残？难怪跟你这种人都能凑一对！"

江辙压低眸，隔着袖子捏住她手腕甩开："我倒想问问你跟她说什么了，能把她气成这样？"

"我把你在美国过的那些烂日子告诉了她而已。"丘语妍恨声道，"你放心，我一定会告到她坐牢！"

江辙磨了磨牙，冷眼道："告，你千万要告她。"

丘语妍没料到他会赞同自己，盯着他顿了顿。

江辙乏味地牵了牵嘴角，压低嗓音威胁："你多年前把人打成聋子的那个同学现在住在江城吧。"

丘语妍脸霎时白了："你、你是怎么知道这件事的？"

哪有什么事在一个大院里能被瞒得天衣无缝？又有谁会喜欢一个从小就恶意满满、愚蠢恶劣的校园施暴者？

丘语妍当然不可能再指望了解了自己真面目的江辙，会在从小到大的相处中对她有丁点好感。

"你恐吓不到我！"丘语妍慢慢反应过来，捏紧衣角，"她爸收了我家的钱，我们早就和解了。"

"收了钱就算和解吗？真要是和解了，你觉得丘伯父为什么带你移民？"他声音低沉，像鬼魅般暗哑，一字一句地喊她名字，"丘语妍，做错事，就要随时做好被受害者讨公道的准备。"

之前江辙确实不想跟丘语妍计较。一是两家人关系不错，丘父丘母现在年年都会给江老爷子拜年送礼。

二是当年目睹母亲在泳池里割腕那一幕时，是旁边的丘语妍帮他喊的救护车。

这么多年两人虽然没半点情分，但也一直是井水不犯河水，他对她的小作小闹都视若无睹，她要钱也都会给。

可她不该不知天高地厚，想去碰陈溺。

丘语妍急了："江辙，你不能这么对我！你别忘了当初是我……"

"我没忘。"江辙沉着一张脸，凌厉而阴恻恻的眼神把她要说下去的话打断，"可她已经死了。你也回你爸妈身边去，别再出现在我面前。"

警局大厅里，进去传话的警员木着张脸出来："江先生，陈小姐说拒绝你保释她，让你……"

江辙看出他的为难，慢悠悠又把握十足地接过话："让我滚？"

警员意外地看着他，点点头。

"你跟她说，"江辙舔了舔唇，清清嗓子，"说我知道错了。"

这话一说，项浩宇都要多看他一眼。

有生之年能看见江辙这么心甘情愿地吃瘪认错，这两人的状况他现在是真有点摸不着头脑了。

他推推江辙胳膊："欸，你做错什么了？你不会欺负人家姑娘了吧？"

江辙表情恹恹，反手推开他，一点也不委婉："事儿都结束了，你有没有觉得自己在这儿很多余？"

项浩宇面色如常："行，OK，我走。"

真是把过河拆桥玩得很会！

江辙在大厅又等了十分钟，拘留室的门打开了。

陈溺被人带了出来，她有些憔悴，眼下有淡淡乌青，头发也有些乱，表情倒是一如既往地冷淡，她抬眼看向不远处的江辙。

江辙穿着件黑色的大衣外套，衬得五官冷硬俊朗。

他外衣半敞，手插兜，朝身后的支队长颔首示意了下，边脱下衣服裹着人边往外走。

"身上有哪儿不舒服吗？"他问。

陈溺摇摇头，睡久了倒是有些头晕，昏昏沉沉地从暗处走到光亮的地方时，只觉得异常刺眼。

她往边上的公交站台那儿走，声音很低："我想了想，还是想告诉你，你妈妈是公众人物，如果想让你父亲身败名裂很容易。但她爱你，不想让你一辈子背负那样的名声。"

江辙跟在边上默不作声，良久后点了头。

"我要回家，你回医院吧。"陈溺坐在公交站的长椅上，回头看他。

一个病人，一个刚"出狱"的人，分不清谁的脸色更惨白无力。

江辙身上只剩一件低领毛衣，冷冽白皙的锁骨在寒风中被吹得稍微泛了红。他半蹲下身，把她身上那件大衣的扣子扣上。

她人就这么点大，被他的大衣罩上，显得更娇小。软糯的脸蛋没了妆容加持，更显年轻。

扣子快扣到最后一颗的时候，通往陈溺家的公交车停下了。

她站起来，从包里摸出他的手机递给他："我走了。"

一辆公交车，有上有下。

后门关上，江辙在车要开动时起身，站在前门那儿，长腿跨上去喊了句："陈绿酒，明天我们什么时候见？"

陈溺坐在靠近后门的位置，有点蒙地抬眼，没太听清他的话。

也许是因为最后一班车，大家都不急。

热心司机和车上大妈都最喜欢看这种小年轻的戏码，纷纷帮忙传话："小姑娘！他问你明天什么时候见？"

"……"

陈溺觉得有些尴尬，和门口的人对上视线，随口说了句："早上六点。"

第五章 / 约会
他好像也没有动心得太晚

1

陈溺那句"早上六点"真的只是随口应了句，但她也想到明天一大早打开门就会看见江辙蹲在自己家门口。

为了避免这种感情牌，也为了彼此都保持理智状态，她在公交车驶到最后一站时才下了车，直接回了父母家。

临近年底，渔场的生意比平时兴旺不少。陈溺家里开的小超市也还没关，只是平时开张的频率越来越少了。

陈溺这次把之前攒的假全请了，这一歇直接能歇到元旦节后。

全国的父母可能都这样，起初看子女回家都开心得不得了，好吃好喝地供着。

但陈溺真闲了几天后，潘女士坐不住了。

吃过晚饭，潘黛香手里拿着几张照片，把陈溺拉到房间："小九啊，你目前还没交男朋友吧？"

陈溺摇摇头。

潘黛香面上一喜，立马克制地压回去："这也是巧了！前几天胡同口周姨、钟婶她们在张罗咱们市里的优质男性脱单，硬说要给你……"

陈溺无情地打断她的表演："妈，我都听见你喊她们帮我介绍了。"

潘黛香一点也没有被拆穿的尴尬，从善如流地把照片拿出来："那你来挑挑？"

她把照片摊开放在桌上，带着点雀跃一个个解说。

陈溺的视线在书桌边的校牌上短暂地停留了会儿，低眸，轻轻叹口气，随手点着一张照片："就这位吧。"

"真答应了？"潘黛香生怕她反悔，忙按住她的手说，"这个叫蔡嘉懿，比你大四岁，开了家律师事务所。那妈帮你去安排了哈！"

陈溺点头："嗯。"

试试吧，看看别人是不是也可以。

潘黛香的动作非常快，立刻跟对方约了这周末见面。

陈溺虽然是第一次相亲，但没吃过猪肉也见过猪跑。

也没太紧张，她就化了个挺日常的妆容，穿着裙子配棉衣外套，挎着包就去了。

约好的地方是陈溺订的，就是前一晚倪欢给她发了家网红店，是一家泰国汤粉餐厅。

她到时，订好的卡座已经有人坐在那儿了。

蔡嘉懿本人长得很端正成熟，或许是年龄和阅历上的加持，他在这种有些吵闹的小餐厅里也格外稳重大方。

他帮陈溺拉开椅子，点单时也尊重她的意见。看陈溺点了杯青柠苏打水后，他还特地说了句今天天气冷，要温的，算是把人照顾得面面俱到。

避免无聊，他先开口："陈小姐平时有什么爱好？听歌吗？"

"听。"陈溺本来想说"落日飞鸟"这个乐队，但他们实在小众朋克，于是她干脆说了周杰伦。

很巧合地，这家餐厅正在放周杰伦的《你听得到》。

歌手唱到 2 分 10 秒，是一句很含糊的词。

蔡嘉懿皱了下眉，笑着说："不可否认他很受年轻人欢迎，但我对词这么模糊的歌没太多了解。"

确实，听到这句时很多人都会说周杰伦忘词在乱唱。

但后来，陈溺倒是因为某人的一句"倒着听就不会错"而特意去了解过。

所以那句含混不清的歌词，其实是倒着听才能懂的浪漫。

不过陈溺倒也没解释，她不紧不慢地咬了一口虾米卷，没接话。

沉默地吃了几口面，蔡嘉懿看了一眼她温和淑雅的穿衣风格，猜测道："陈小姐听钢琴曲吗？像德彪西之类的？"

陈溺翘了翘嘴角，说："我听 Lakey Inspired，是个来自洛杉矶的独立音乐人。"

"……"真不该从音乐品味入手。

这顿晚餐下来，陈溺倒也没想象的那么排斥。

这家店的牛骨汤底很香，汤色清澈，甜味和鲜味也适中。

而眼前的男人做什么都很得体，时不时讲讲他事务所的奇葩案子来烘托气氛。

三十多岁的单身精英，西装革履，梳着一丝不苟的大背头。就连分开时，这位蔡律师还坚信他们两个相谈甚欢，相约下一次见面。

但陈溺淡淡笑着，婉拒了。

江辙在陈溺家楼下蹲了几天，没蹲到人。

后来在倪欢的朋友圈看见闺密新动态，才知道人去她那儿住了。

想到当初他把她身边的人都加了好友，而她倒是爽快，卡一销户，什么都重新来过。

江辙也没强求一定要见到陈溺，他现在的状态太糟糕了。

陈溺也在给他时间冷静下来。船上坠海那件事，在别人眼里只是意外，但他俩都心知肚明。

她能救他一次，不能救他第二次。

人生海海，左不过是一次次潮落后又潮起，他总要找到自己的那份英雄主义。

江辙在南港住了几天院，在帝都养老的江爷爷把人喊回去了。

江儒闵近耄耋之年，身体健康的原因之一就是履行老伴走时那条劝告：儿孙自有儿孙福。

何况他也不是没干预过儿子感情上的事，当年他死活要让江嵘和李言分手。谁也不知道大家走到这一步，他这一举动产生了多大的推力。

江儒闵不是不想管，是不敢管了。

人在高位待久了，无事也一身轻。

不过敢在和他下棋时还这么心不在焉玩手机的，就这不孝孙一个。

江辙回大院这段时间，一天能发十几条朋友圈。吃什么，穿什么，今天的日程表都发在上面。

故意发给谁看的，圈里那几个好哥们儿也都心里有数。戏谑的、骂他的都有，他不为所动，依旧每天发个不停。

但刷到陈溺的最新动态时，江辙冷着脸把这几天发的全给删了。

她只晒了一本书的扉页，书名叫《做人先学会闭嘴》。

看着自家孙子把棋子都下到棋盘外时，江儒闵忍不住了，拍拍桌子："我记得你几年前跟我说过有个女孩子挺好？"

江辙头也没抬："分了。"

老爷子重重地哼了声："以后不确定的关系就别在我跟前说了，就会戏弄老头子，还以为你能把人带回家。"

江辙不慌不忙地把那颗棋子重新下好，懒声道："我那时候也以为能带她回家。"

看他时不时看手机的动作，老爷子问："又在等消息？是同一个人？"

"嗯。"

老爷子多见多识广一人啊，当即就下了判断："肯定是伤着姑娘心了吧，自作自受！"

江辙没否认："我是。"

老爷子哂了句，没理他，过会儿又见这浑小子起身，说："爷爷，今年跨年我不在家陪您了啊。"

其实老人家对公历年也没这么多讲究，前几年也没见他回国陪过，但还是很给面子地问了句："不陪我这老头跨年，是打算去人家姑娘面前讨嫌？"

"没。"江辙长腿抵着门，低着眼说，"她不想见我，我就不去她面前晃了。"

跨年那天晚上，倪欢临时被安排值班，家里就剩下放了假的高中生倪笑秋和躲相亲的陈溺。

两个女孩在家闲着玩牌玩了一天，陈溺良心发现，觉得不能让一个花季少女跟着自己这么养膘似的宅下去。

她看了下时间，把电视关了："港口晚上九点钟不是有烟花秀吗，去不去看？"

倪笑秋抱着 iPad 点点头，立马跳起来："那我们吃了晚饭再出去吗？"

"去外面吃吧。"

"那我要吃法餐！就那家我姐一直舍不得带我去的 Le Marron！"喊完，

倪笑秋又放低了声音，小心翼翼地问，"行、行吗？"

陈溺被她的反常弄得有些好笑："什么行吗？行啊。"

倪笑秋见她笑了，终于敢上手挽着她一块儿出去。

她知道陈溺其实挺温柔又很好相处，但每次陈溺不带什么情绪时，就跟含着口仙气似的，身上那股不怒自威的疏离气场比她亲姐还可怕。

倪欢这房子离港口不远，跨年夜哪儿都人满为患。

陈溺也就没开车，打算和倪笑秋一块儿走二十来分钟过去。

中途陈溺给倪欢发了个消息，结果一分钟不到就看见她截屏发了朋友圈：

【这无语的人生。有的人能去码头看跨年烟火秀，还要去吃人均一千六的法国菜。有的人却只能痛苦地值班守岗！】

"……"

"陈溺姐，我姐说你这几天心情不好，让我别烦你。"倪笑秋人小鬼大，拍拍胸脯，"你可以说出来，我帮你分担分担！"

陈溺语气平缓："没有心情不好。"

"你别装坚强了，所有的坚强都是你脆弱的伪装！"倪笑秋咋咋呼呼，"我姐还说肯定是因为你那个渣男初恋回来了。"

陈溺忍俊不禁："倪欢平时都跟你吐槽这些吗？"

见她不反驳，倪笑秋更认定了，老神在在地"开导"："陈溺姐，你要想开点知道吗？"

"想开什么？"

"天涯何处无芳草，何必再吃回头草？再说了，他现在就是一快奔三的老男人！"

陈溺点点头："我就比他小一岁而已。"

"你不是！"倪笑秋欢快地拍着马屁，"你在吾辈心里永远十八，十八岁的姑娘都没你像一朵花。但是那个老男人不一样！"

陈溺抿唇笑："这话也是倪欢教的？"

"我姐哪懂啊，这是我自己琢磨出来的。"她还有些不好意思地挠挠头，"陈溺姐，你要相信你比老男人有市场多了！刚才常祺还找我要你的联系方式呢。"

"常祺不是你的同学吗？"

"对啊——欸？"倪笑秋说到这儿，突然举起手朝左前方指了下，"正好看见他了，常祺！"

陈溺抬眼，朝那边望过去。

熙熙攘攘的人群里，有对长得特别吸睛的高中生。

女生耳朵里塞着两个白线耳机，个子在旁边人的衬托下显得很娇小。她长着一双楚楚可怜的狗狗眼，下眼睑的卧蚕弧度略大，脸上有些婴儿肥的肉感。

而懒洋洋拽着她卫衣帽子的少年生得唇红齿白，额前的漆黑碎发在垂头时半遮了眉眼，但光看锐利冷然的下颌也知道他有副好骨相。

仔细看，少女耳机的尽头是他的外套口袋。

"那个就是常祺吗？"陈溺偏了偏头，"我瞧着他跟边上的女孩倒是挺配。"

"不是啊，你说的男生是许洌。他确实好帅，不过跟我不是一个班。"倪笑秋和许洌不熟，也只是匆匆看了一眼他旁边的人，只顾拉着陈溺往前，"常祺是往喷泉那儿走的那个。"

陈溺把她拉回来："喂，你真要带着我过去和他打招呼？"

倪笑秋点头："打个招呼而已啊，他说他可喜欢你了！"

"算了，我可不想掺和你们这群小孩的事。"陈溺拉着她往另一边走，准备观赏海上烟花。

冬天的衣服厚，人挨着人也没什么察觉。站在码头，远远地就能闻见海水的咸味和夜风里的烧烤香。

不远处的几艘轮渡上，都是陈溺的同事在准备放焰火。

湿冷的晶体打在脸颊上时，陈溺还没反应过来，就听见人群中有人喊了句："下初雪了，下初雪了！"

南方城市就是这样，一点点雪粒子都能让人兴奋起来。

倒数放焰火的时候，不少人已经默默举起手机找好最佳角度准备拍照。

夜色浓稠，焰火从海上腾空而起，斑驳五彩的光把港口照亮，有人大喊着新年愿望，有人安安静静地观赏。

差不多快放完时，陈溺发现最后那几筒的烟花形状有些怪异。

之前焰火的形状都是像花或者星座、生肖，而现在开始放的是一行字：clj，新年快乐。

边上的倪笑秋边拍照边猜测："这个 clj 是什么啊，吃辣椒？春兰姐？初恋九？测量机？"

为了避免她嘴里有更离谱的词出现，陈溺牵过她的手："走了，去吃饭。"

本来就是想看完烟火秀再去订位的，但她们忘了今天日子特殊，很多餐厅位子都被提前预订了。

倪笑秋垂着脑袋从餐厅出来时，还恋恋不舍地一步三回头。

这个时间点，高档点的餐厅应该都被订完了，陈溺想了想："不然去吃鱼仔档？"

"啊……"倪笑秋苦着脸先点头，而后又扼腕，"我的跨年夜，想了这么久的波士顿焗龙虾、莴苣蜗牛、巧克力布丁啊！"

"下次来也一样。"陈溺刚安慰完她，手机就振动了几下，是有来电。

她接通，那头的风很大，男人声音低哑动听："怎么没去吃饭？"

虽然猜到江辙就在附近，但陈溺还是有些恍神了，她下意识往后看了眼。

"在找我？"江辙沉声笑了笑，"在你对面。"

街对面是她们刚走过来的地方，显然刚才跨年的时候，他就在自己身边。

陈溺转过头，那条路很空旷，一眼就能锁定目标。

男人穿着一件黑色大衣，宽肩窄腰，路灯柱下的光笼着他落拓清疏的轮廓，眉眼冷峻，浑身却带着股放浪劲。他靠在石柱栏杆那儿，长腿稍屈，懒散地站着。身前是辆银黑色 SUV，身后是海浪声。

见陈溺不说话，他又问："没位置？我帮你安排还是和我一起吃？"

"都不要。"陈溺看了一下两个人之间隔的那条宽阔的马路，不想往回走了，索性转过头继续往前。

江辙举着手机："那你回去，我让人把餐点送你那儿去。"

陈溺余光瞥见那道身影就这么隔着一条马路，跟着自己平行地走了好几分钟，她没再说话，把电话挂了。

然后她扯了扯旁边倪笑秋的小辫子："回家吧，有人送餐上门。"

过了半个小时，下楼十分钟后又冲上来的倪笑秋提着一份包装华丽的餐点进门，表情有些呆，缓了好一会儿直接大喊："啊啊啊！"

陈溺被吵得转过身："笑笑，你出门碰到鬼了？"

"那男人要是鬼，那肯定也是阎王级别的！"

"？"

小女孩对长相出类拔萃的异性都没多少抵抗力，正是犯花痴的时候："溺姐，楼下那人就是你那个初恋吧？好帅哦！他弯腰把餐点递给我的时候还说'麻烦小朋友'，啊啊啊，我要被苏死了！"

"……"

陈溺倒没想到是江辙亲自送过来了，本来想起身去窗户那儿看一眼，但最终只是接过倪笑秋手上的晚餐放在茶几上打开。

边上的倪笑秋只顾着回味，还给倪欢发语音消息诉说感受，完全把之前说的"渣男"之类的话都抛之脑后。

"好歹他都快比你大十岁了。"陈溺无奈地摇摇头，又恍惚地想起来，"不过我当年好像也是你这个年纪……"

不可否认，有些人确实有让人反复爱上的能力。

没几分钟，手机屏幕又亮了。

是楼下还守在那儿的江辙发的，就三个字：【在吃吗？】

陈溺一本正经地回复：【不在啊，在思考。】

【JZ：嗯？】

她面无表情地打出一行字：【思考为什么一个人不管在哪个年龄段，都能一直吸引到十七八岁的小女孩？】

2

消息发过去，陈溺也没继续看回复。

她盘着腿坐在茶几边上把餐盒和餐具打开，看了眼抱着手机变尖叫鸡的倪笑秋，不太理解地撑着脸："你现在又在笑什么？"

"嘿嘿，姐夫加我了！"倪笑秋刚才没带手机下去，怕江辙记不清她的手机号，还特地多念了几遍。

没想到一上楼发现他真加了。

等她这边一同意好友申请，江辙就发了两张餐厅的二折打折券过来：【下次把你亲姐带去一块儿吃。】

倪笑秋古灵精怪，立刻反应过来：【懂懂懂！给你和溺姐制造二人空间是吧？】

江辙靠着路灯柱，回了句：【嗯，要能给我点有用的情报就更好了。】

倪笑秋非常上道，立刻通风报信：【还真有！我同学上次还找我要溺姐的微信号呢！】

陈溺在一边已经吃上了，听见倪笑秋改口乱喊，她无奈地摇摇头："你这志气。"

那边两人聊得还挺开心，一来一回消息叮当响。

反观自己这儿，快吃完了也没见回复。

陈溺抿唇喝了几口甜橘汁后，拿过餐巾纸："笑笑，快凉了。"

倪笑秋看了她一眼，又打了几行字，终于乐呵呵地舍得过来吃晚饭："溺姐，我觉得姐夫挺好的。虽然以前他是有挺多不对的地方，但人非圣贤，孰能无过啊！"

陈溺俯身，捏捏她的腮帮子："小孩，你知道什么？给你送份晚餐就能卖姐姐了？"

"哎呀，我是说真的！"倪笑秋老气横秋，鼓着腮，"我姐说了，肯给你花钱的男人才是好男人。"

"也可能是钱多没处花。"

"你这话说的……"倪笑秋本来还想替江辙多美言几句，发觉陈溺的手机有人打电话来，立刻指指手机闭了嘴。

陈溺去了阳台一边接电话，一边心不在焉地帮倪欢浇了浇那几盆盆栽。晚上风很大，她的衣角被吹得蓬起，发丝也被吹得凌乱地半遮住眼。

电话那边是江辙吊儿郎当的声音："陈绿酒，没想到你现在还挺自恋。"

"我怎么了？"

他笑了声："什么勾引十七八岁的小女孩，变相夸你自己长得年轻？"

陈溺握着花洒的手一顿，缓慢出声："谁说你勾引到我了？"

"那我还想勾引谁？真没良心。"江辙"哧"了声，舔舔唇，"晚餐吃得好吗？"

"还行。"

沉默须臾，他的语气正式了点："那明天再出来吃个晚饭？我订位置。"

陈溺放下花洒，手欠地摘了片叶子，很随意地回："明天我要回去上班，不知道有没有时间。"

"我在那儿先等着你。"

"你爱等是你的事。"她低头，从这栋楼看下去。

跨年夜的路上没有闲人，楼层不高，一眼过去就能瞧见他。

他那辆车的车灯还亮着，隐约可见香烟猩红的火光。

江辙低着眼，视线放在自己的影子那儿："那说好了，晚上六点半。"

陈溺没回答会不会去，挂电话之前，只不悦地说了句："你出院才多久？又抽烟。"

江辙："……"

谁说这女人心狠？

也就嘴上毒，瞧这多体贴。

他散漫地开口："陈溺，我老婆才能管我抽不抽烟。"

"哦。"她只当听不懂他的暗示，随口说，"那祝你肺病缠身，让你老婆下半生和别人去私奔。"

楼下那点猩红在她说完那句话后，下一刻就灭了。

陈溺的唇不自知地弯了弯，回了屋。

客厅的倪笑秋还在吃，面前立着个 iPad 在看偶像剧，但她总能一心二用，看剧的同时手还划拉着手机。

见陈溺进来，她忙靠过去："溺姐，我在看姐夫的朋友圈！"

江辙这微信用了七八年，除了前些天删的那些东西就极少发过动态，朋友圈往下一翻全是七八年前的东西。

陈溺也没特意去翻过他的朋友圈，无所谓道："能看出花来？"

"能看见你们的过往。"倪笑秋装模作样地擦了把不存在的泪，眼神锁定到一张图片上，"溺姐，你这些年都没这么变。这张图，这颜值和氛围感，截开都能做情侣头像了！"

那张图片的背景是大学的篮球场，江辙坐在第一排观众席的台阶上。

他穿着球服和运动鞋，只有下半身在镜头里，连脸都懒得露。右腿屈着，另一条腿大大咧咧地伸直，踩在球场最边沿的白色实线上。他揽着女孩肩膀的手臂懒懒垂下，还拿着瓶喝了一半的汽水。

而怀里的陈溺坐在他两腿之间的一颗篮球上，乌黑长发披散。她穿着高腰黑色牛仔短裤，白色吊带外披了件宽大的拖到地上的衬衫，一看就是男生的。

她白白细细的两只手掌撑着脸蛋，脑袋稍歪，枕在他一侧立着的膝盖边，没什么表情地看着镜头，像在发呆，眉眼却又莫名温柔。

江辙配的文字是：【你又在想什么？】

陈溺看了几眼，记得她当时没回，但一众同学、学长、学姐都替她回复了，评论清一色是"当然是江辙"这几个字。

以前确实是甜，全校一大半人都知道他俩有多轰轰烈烈，谈得又最久。

江辙是恋爱高手，和他在一起的开心永远大过难过。

以至于大家都觉得他们的分手有些猝不及防，不过后面那两年江辙没再回来，不知情的人也只当是大少爷玩腻就把人甩了。

但稍微想想也会觉得奇怪，哪有人会把前女友一张手握着奶茶的照片当头像用七八年。

"怎么样！"倪笑秋看她不说话，立刻酝酿情绪，"是不是回忆涌上心头，有没有鼻酸感？"

陈溺撇开眼，淡定道："我看你是存心来提醒我年龄大了。"

陈溺本来还能多休几天，但到了年底局里的事情越来越多，在家也一直被下属发邮件和打电话打扰请示，她干脆回了局里。

会议室里，李家榕把交通运输部修改的几条规章解释了，又交代了《海上海事行政处罚规定》的施行。

他关了电脑，拍拍桌子，喊了句："陈科长，赶时间吗？"

长办公桌的几个人瞬间都把目光投向了陈溺。

陈溺抬眼："怎么了？"

李家榕抱着手臂："三分钟你看了十次手表，下班有约会啊？"

人群中有人发出低低的戏谑笑声。

"海事局和财政科研院上周刚签了合作协议。"陈溺脸上情绪很淡，看不出开小差被抓包的尴尬，反倒反讽。

"总监要是把开会时观察我的时间放在提高预算管理水平的事上，月底就不用临时抱佛脚了。"

"……"

时针缓缓划向六点，陈溺在李家榕的语塞中再次开口："该下班了，还有事儿？"

李家榕一哽："没，散会。"

等人陆续走出会议室，陈溺倒是不慌不忙地把会议内容记在电脑上做总结。

一旁的李家榕看不懂她了："你真没约会？"

"你今天问的问题能不能有点营养？"

"……"

他理了理桌上文件，说："不知道为什么，总觉得你今天不太一样，好像心情不错。和江工复合了？"

陈溺下巴抵着电脑，一双清泠泠的眼睛望着他眨了眨："你好八婆。"

她人长得乖，声音温软，说着粗话也显得有些小孩偷穿大人衣服的不适感。

李家榕听了想笑一笑，但又笑不出来："说着说着你还急了。"

"李婶没让我妈给你安排相亲吗？"陈溺看了看时间，语气里带着几分幸灾乐祸，"那位洛女士应该已经出发了。"

人到中年，爱做媒婆的一大把。

潘黛香撺掇自己女儿没成功，很快就换了胡同里另一个目标。

李家榕闻言扯了扯领带，边急着往外走，边给她竖起一个大拇指："算你狠。"

从办公楼出来，陈溺临时被人喊去处理港口渔船救援。

渔船和商船相撞，好在南港支队船艇大队的官兵正在附近水域进行水上舟艇训练，很快把人和重要财物捞起。

陈溺是那片水域的海监负责人，到海警大队走了一遍程序。

事全结束后，天已经暗透了。

港口一片繁忙夜景，海际线一片深蓝色和玫瑰金交接。

即将停泊在码头的游艇、船只都亮起了一盏盏红灯，调度室的高音喇叭还在不慌不忙地指挥各艘船有序靠岸。

倪欢半个小时前给陈溺发了消息问今晚要不要过去在阳台上一起烧烤，顺带拍了张工具都已就绪的图片过来。入镜的人不少，几乎都是倪笑秋的同学。

陈溺回了句"不用"，捏捏酸软的肩准备回家。

回去洗个澡换了身衣服，陈溺看了一眼时间：晚上九点半。

离江辙约她的时间已经过去了三个小时，他这么没耐心的人，可能早就不在那里等着了。

她纠结了一天要不要去，后来还是去了。

这个点已经过了吃晚餐的时间，人已经不多。

陈溺到时，看见那张订好的桌子已经没人了，上面也没有人用过餐点的痕迹，只是一个空位。

正要转身离开时，身后一道高大的影子覆盖住她："来了？"

江辙手上拎着件黑色外套，站在她身后挡住楼梯一角的光，狭长锋利的眼皮耷拉，低眸看着她："是工作太忙吗？我也刚到。"

他倒是挺会给她找好理由，陈溺顺着他的话点点头。

"去那儿坐着，"他扬扬下巴，凛冽气息靠近，"我让他们上菜。"

陈溺刚落座，包还没放稳，就看见他抬手招来了服务员。

那服务员看上去像是打寒假工的大学生，挺天真地问："江先生，菜还要重新上一遍吗？这已经是第五遍了。"

"……"

对面的陈溺意味深长地点点头，小声重复："你说你刚到啊。"

江辙"嗯"了声，完全没有被人戳穿谎言的样，让人照常上餐。

一顿饭倒是吃得挺安静，也许是照顾到陈溺有些疲乏的情绪，江辙也没说那些让人费脑子的话。

吃完了，陈溺看了看时间，十点多了："我要回家了，你还有事吗？"

"我送你。"

本来吃东西就吃得晚，于是江辙把车停在小区不远处，两人走了回去。

途经一个小公园，有老人在路灯下下象棋、打太极，还有一个拿着吉他在路边唱歌乞讨的流浪汉。

流浪汉其实不太擅长唱歌，吉他弹得也十分勉强，过往路人几乎没几个停驻聆听。

他们经过流浪汉面前，正好赶上他飙高音。

江辙掏掏耳朵，"啧"了声："唱的什么玩意儿。"

陈溺脸色有些倦了，但情绪还挺放松："你唱得和他差不多啊。"

"确实。"他罕见地没反驳，突然拿出手机来放在陈溺耳边，"哪有陈小姐的歌声动听？"

"……"

陈溺脚步顿在那儿，仔细听了十秒，笑容淡了："你什么时候录的？"

要不是亲耳听见，她可能都有点难以相信，这居然是大一他们在钢琴房里时，他让自己唱的那首《你听得到》。

江辙扬唇笑了："一开始就在套路你啊，要不然为什么无缘无故喊你唱。"

陈溺迟疑地问："为什么要录下来？那时候我们……也不算很熟。"

"……你问得我有点尴尬。"

江辙笑着把手机收回来，声音蓦地低了几分："哪有这么多为什么？开始惦记，所以就想录。"

他随意笑笑，试图开个玩笑缓解这么严肃的话题："说真的，你唱歌确实可以，我那时候还拿你这段做过闹铃。"

"……"

路边有车流经过，陈溺的停顿让他们陷入了一场诡异的沉默里。

良久后，她说："我其实都不知道你那时候喜欢我什么。"

"……"

是少女的一点点漂亮和乖巧面目下的腹黑，让他感兴趣了而已。

江辙这人生来就似乎和"深情""专情"两个词不搭边，但做出来的事又和看上去完全不一样。

陈溺这一刻感觉他好像也没有像自己想象的那样，动心得太晚。

陈溺正出神。

边上有个卖花的小女孩扯了扯江辙的衣角："哥哥，给姐姐买朵花吧！新年的第一枝花，会有好运的。"

江辙看了陈溺一眼，从小女孩手里挑了枝白色蔷薇递给她。

等那个小女孩走向下一对情侣，陈溺才缓声说："五十块都能买半束了，就你爱做冤大头。"

江辙慢悠悠地开口甩锅："我这不是看见别的女孩手里都有，怕你羡慕。"

"我为什么要羡慕？"

"那你刚才为什么盯着对面那对高中生不眨眼？我以为你羡慕别人有花，你没有。"

"我只是在发呆。"陈溺被他说得有些气闷，抬手把这枝花横着往他嘴里塞。

他也不躲，本能地对她的投喂就张嘴，结果那枝蔷薇茎上的刺，直接划拉了下他的嘴皮。

江辙倒是没出声，也没吐出那枝花。

阑珊夜色下，他破皮的唇瓣出了血，衬得咬着蔷薇的模样极为妖孽。

陈溺也愣了下，没了欣赏的心思，蹙着眉帮他拿下来："不知道躲？"

"陈溺，"江辙忽然认真了点喊她，伸手握住她的手指，低哑的嗓音沾染了萧瑟的夜风，"再让我试试。"

她没同意，也没说拒绝。

江辙又是很会得寸进尺的人，径自垂首揽住她的腰，在她唇上亲了一口。

陈溺没料到他会突然凑近，凝重着一张脸："你只是说试试，我没同意现在就和你谈恋爱。"

"我知道。"他手没放开，高挺的鼻梁骨蹭着她被风吹凉的脸蛋，"这么多年交情，先赊个账。"

陈溺的肩膀被他环住，躲不开，手无意识地掐紧指间那枝花的根茎，在他再想靠近时，抬手扇了他一巴掌。

她力气也没多大，就是脸色很冷，唇珠微微嘟着："还赊吗？"

江辙抿了抿唇，捏起她的手掌又快速吻了下，扬起眉骨笑笑："赚了。"

3

在楼下被江辙无理取闹地缠了会儿，陈溺回屋时才想起今天还没喂狗粮。前几天把绵绵放在父母家，好不容易接回来也没多花点时间与它待会儿。

一开门，绵绵"嗷呜"一声扑了过来。

它顺滑的毛蹭着陈溺的脖颈，明明在别人眼里凶狠又高冷，在她这儿却只会变得黏人又爱撒娇。

"先松开、松开。"陈溺被它扑在地板上，艰难地撑起手臂起身给它弄狗粮。

绵绵在那儿吃东西，她伸手在它脑袋上摸了摸，才发觉它脖子上新挂了一个铃铛。

红色的，圣诞节周边。

一定是潘女士带着它去广场遛圈的时候买的。

好好一只凶猛恶犬，还是只公的，但被这么一衬就跟娇羞小姑娘似的。陈溺摸摸它脑袋，它还讨好地往她掌心蹭了蹭。

陈溺一时兴起，拿着手机给它拍了个小视频，配文：你是 good girl（好女孩）还是 good boy（好男孩）呢？

这只罗威纳犬长得其实并不乖软，陈溺身边的朋友也都对它的凶悍事迹有所耳闻。

记得去年这时候，陈溺住的地方遭遇过盗窃事件。

那时候她还在和倪欢合租，两个女孩在面对匪徒进门时没有半点概率确保能赢，结果绵绵却猛地冲了上去。

虽然那时绵绵还没多大，但它这个品种的犬咬合力都很强，硬生生将那小偷的手臂扯下了半块肉……

果不其然，朋友圈发出去还没几分钟，就有了一大波评论。

【李家榕：也就在你面前是乖孩子了。】

【我有钱你有病：小美人摸狗狗的手手好漂亮噢！】

【项大帅哥：啧啧啧，居然养了只罗威纳犬，陈妹霸气！顺便问问我上面的那位，有空评论好姐妹的朋友圈，怎么不回我消息？】

【倪大侠客：绵绵这玩意儿总有两副面孔，夸它乖干什么！我被它咬破洞的袜子还没给我缝上！】

【笑笑就秋天了：溺姐驭狗和驭夫都挺有一套的，嘿嘿。】

【监测站姚甜甜：是 good girl 吗？它吃东西看上去好香！想抢过来尝一口！】

……

周末晚上，十一点的 Monday Bar 正渐入佳境。

作为南港市最大的夜店，店外停着豪车超跑，明星网红都爱来这儿玩。"我知道你的故作矜持，你知道我的图谋不轨"就是深夜酒吧的代表词句。

黎鸣为给女朋友庆生，在这儿包了半个场，南港市他玩得好的那些好友都来。电音聒噪，台上打碟的 DJ 扬起手和底下人一块儿互动。

他和项浩宇那公司招聘的员工都是 IT 行业的年轻人，能来的也都来了。

这群员工里最有钱的就数吴天扬，家里是做航天生意的，纯属被丢出来磨炼磨炼自己。

他人喝大了更没点距离，揽着一边的项浩宇："项总，你说场下这么多美女，刚还有两个过来塞电话号码的小网红，可你那朋友江爷居然拿着个手机搁那儿刷朋友圈！"

一旁跟着过来的黎鸣搂着女友的腰，端着杯威士忌接了话："他能来都算不错了，你们可能看不出来，曾经是夜店扛把子的小江爷，已经有好几年没进过酒吧了。"

边上的黎鸣女友俏皮地眨眨眼，很好奇："夜店扛把子，有多扛？"

有人接过话："读书时候的事儿，你们玩的这些炸弹、转盘、塔罗牌、国王游戏和梭哈，都是我们玩剩下的了。那时候的小江爷，连我都要避其三分锋芒！"

项浩宇听乐了，点点头："对，这一避就是一辈子。"

"……哈哈哈哈哈哈，滚蛋！"

他们在这儿聊，难免聊到以前一群狐朋狗友干的荒唐事。

本来没人特意往卡座的犄角旮旯里头看，但这会儿几个女生的视线都挪了过去。

坐在卡座一角的江辙穿着套黑色休闲西装，正跷着二郎腿看手机。银边镜框的眼镜两侧还有防掉落的吊坠，绕在耳后，又滑至他利落消瘦的下颌，看上去潮流又帅气。

男人冷淡地坐在那儿，也不参与他们的谈话，只嚼着颗青柠檬味的糖，嘴里发出咬碎的"咯吱咯吱"声。

边上人指间的香烟燃烧，猩红的火星亮着，一闪一闪，青白烟雾从他的腰侧绕过去，蔓延至空气中。

他的安静漠然和这浮华的场子半点不搭，但气质依旧撩人。

朦胧炫目的灯光照过去，男人面前的酒杯里被塞了不少白色字条，估计都是一些名片和联系方式。可显然他不是来这儿交朋友的，半天都没抬一下头，也劝退了不少来搭讪的异性。

吴天扬没点数，喝大了似的，端着几杯深水炸弹就过去了："辙哥！看什么呢？罗威纳啊，你想养狗吗？"

江辙把手机收起，朝项浩宇扬眉示意，指了指身后的小伙子："这是什么东西？"

项浩宇笑着摊手："喝多了的弟弟，照顾照顾。"

吴天扬看这酷哥终于舍得开口说话，立马顺势把人拉起来："辙哥，别浪费你这一身好硬件啊！跟我去舞池转转啊，我做你的僚机！"

边上的黎鸣看热闹不嫌事儿大："去吧去吧，反正陈妹这几天也不理你，哈哈哈。"

江辙单手插兜，轻"呵"了声。

等视线触及舞池那儿的某个身影时，他眼神一凛，抬手把那副没镜片的眼镜从鼻梁骨往下拉，牙齿咬住一侧的镜腿。

吴天扬感觉这哥们儿真的随便一个动作都能耍帅，他们这块地方瞬间成了不少女孩的聚焦点，而他则晕乎乎地顺着江辙盯着的方向看。

摩肩接踵、人头攒动的舞池中央，有个窈窕的身影在跳 jazz。

暗蓝色的干冰腾雾绕起，灯光流转，女孩和另一个女生贴着身子扭动，那腰扭得快让全场人都嗨翻了。

吴天扬算是知道为啥这位哥看得不眨眼了，他不自觉发出惊叹："那个穿蓝白色水手服的姐姐好辣啊，这个腰这个臀，不行我得下去要个手机号！"

"滚，把眼睛给老子闭上。"江辙冷戾的声音从唇齿里挤出来，眼镜往桌上一扔，人跃过看台，直接跳下去了。

吴天扬的酒意都差点儿被那声骂给吓醒了，他后知后觉地回头："项、项总，江爷咋啦？"

"哦吼，老熟人。"项浩宇和黎鸣走过来，靠着栏杆往下看。

两人瞥见舞池里头的人之后，还暗自押了个注，看看江辙是把人扛走还是就在那儿上手。

陈溺今晚本来没打算来酒吧玩，她不是很喜欢这么吵闹的环境。

但倪欢最近说想谈恋爱了，还认识了一个弟弟。弟弟是个上大学的体育生，喜欢泡吧，就把人邀请过来了。

这会儿进了舞池，倪欢也喝得有点多，贴着陈溺跳舞。

场子和氛围一热，陈溺又本来就有舞蹈功底，无师自通，也能在这声色喧嚣的环境里如鱼得水。

江辙眯眼看着眼前的女孩，百褶裙下一双纤细的腿，纯欲冷峭的一张脸，胸口露出大片白皙肌肤。

后边有蠢蠢欲动的男士想挨过去，他大步上前把人扯开。

倪欢感觉到一个高大挺拔的身影覆下，正要回头骂人，看见是江辙。

这男人面无表情时和陈溺有得一拼，冷着张脸，不管是大学还是现在，都让人不敢多开玩笑。

两个人也没交流，她自觉让了个位。

舞池中间一小撮人可能也是在看脸，自动给他俩空出点余地。

陈溺跳着跳着才发现倪欢不见了，正要回头找人，手腕蓦地被禁锢住，身后也贴上了宽厚的胸膛，清冽的男香萦绕在自己鼻间。

江辙的身高在一群人里都是鹤立鸡群的存在，他勾下颈，唇附在她耳边："今天穿这身，是玩 cosplay（角色扮演）？"

陈溺把捏成拳的另一只手松下，转过身侧头："你怎么在这儿？"

她脸上化了个淡妆，清薄眼皮上还有闪闪的蓝色亮片，衬得脸蛋又妖又纯。穿的裙子也很显小，跟高中生偷跑进来跳舞似的。

她的眼睛也灵气得很，咬着下唇，仰头看着他。

江辙睨着她唇上的口红，反问："我在这儿很奇怪？"

陈溺想了想，还挺认真地回答："那还是我在这儿更奇怪。"

舞池喧闹，她说话时怕他听不清，本能地踮脚靠近了点。

江辙顺势搂住陈溺的腰，心情莫名其妙好了不少，挑挑眉："刚才跳得很好看，还跳吗？"

她眼睫抖了抖，顺着问："有多好看？"

靠得近了，江辙闻到她还喝了几杯酒。虽然不至于醉，但至少能灌晕她一贯冷静的脑子。

他突然想到自己其实也没看过几回陈溺跳舞，以前陪她去参加音乐节活动时看过一次，其余时候更是少之又少。

他正了正神，跟哄人般放低音量："都好看，你会什么就跳什么。"

陈溺不知不觉被人群推挤着，脸往他胸口撞了一下，皱皱鼻子："我会的可多了。"

"这么厉害？"

他白色衬衫正面蹭上了她的口红，陈溺脑子一抽，直接用手指去抹，还试图跟他说话转移视线："对啊，我去年还回了学校替我妈代过几节舞蹈课。"

江辙看她自作聪明地用手指刮着他衬衣，憋着笑："可是陈老师，你舞蹈课上教的舞在这里跳不合适吧？"

陈溺白了他一眼，脸颊醺红："我又不是只会跳那几个动作。"

江辙伸手抬起她的脸，碎发下露出一双漆黑轻佻的眉眼："那小陈老师还会跳什么？"

话刚说完，他整个人就僵了一瞬，感觉到陈溺抬腿一点点往他西装裤侧蹭上去。

她完全把他当工具用，吐息很轻，似醉非醉："我还会跳钢管舞。"

第六章 / 回家
我对你没有松过手

1

凌乱五彩的灯光往舞池里打过去，周边环境气氛和舞池的氛围已经到了白热化阶段。

摇盅和骰子的碰撞声，酒杯和冰块的当啷响，重金属的摇滚乐器和漫天飞舞的气氛纸都把这一切推到高峰。

"哈哈哈，大伙儿都来看！"趴在看台上的吴天扬不知道在什么时候戴起了江辙丢在桌上的眼镜框，颇有几分东施效颦的滑稽感。

但他倒是浑然不觉，招手让大家往舞池中央看。

江辙一身矜贵西装，鹤立在人群里，站得笔挺僵直。

身前的陈溺倒是和他完全相反，柔软的棉质衣料紧贴着他的手，脸颊微红，眉眼间透着淡淡的醉意。

她的浓密睫毛翻跹扇动，手被牵着抱住他的腰，仰着小脸有几分被动。

看台上，项浩宇今晚喝得有点猛了，烂醉如泥的状态里还率先发出了无情嘲笑："扑哧！我们辙宝怎么像根钢管啊？得嘞，夜店小王子遇到前女友就变成冷漠机器人了。"

"他真的碰到陈妹就这样。"黎鸣忙拿起手机拍照，一边将照片发在和狐朋狗友的群聊里，一边无奈地摇摇头，"浪子也要变情种啊，想当年在纽约读书的时候看到脱衣秀，他脸上都没半点波澜的。这陈妹才挨着他扭了几下……"

上面的这几位贵客看得开心，撒下了一沓气氛纸。

江辙伸手把落在陈溺头发上的纸拿开，握住她细软腰肢："陈溺，你腿再往上蹭的话——"

他点到即止的话倏地顿住，闷声"嗯"了句。

因为陈溺把放在男人西装裤侧的腿往前挪了几寸，用膝盖抵住了。

偏偏女孩还一脸纯真的表情，歪了下头："不往上蹭了，行不行？"

"……"

她就是故意的，别人不知道她，江辙还能不知道她吗？

她看着总是云淡风轻，其实跟只小狐狸似的最爱藏着坏，损招一大堆。

江辙长指捏起她的下颌，不由分说地吻了上去，咬住她柔软的唇。

久违的温润让他脊背发麻，嶙峋的喉结滚动，他用手臂托住她的腰往角落里退。

"你把我当成什么了？"江辙稍稍停下来，唇没舍得离开，黏着她，也不懂得浅尝辄止。

"爷扛得住别人，扛不住你。"

周边人混在五光十色的浮华里，摇骰子、灌酒、热舞……他们是热吻的情侣还是陌生人在这里都变得不重要。

几十秒的深吻后，江辙以一种占有欲强烈的姿势把人彻底圈进自己怀里，唇落在她滚烫的耳尖上，一触即分。

陈溺忘了换气，憋得脸颊通红，眼睛也含着一汪水。手指被他挨个交叉握紧，十指扣紧。

江辙哑着声音："还玩吗？"

不知道他指的是什么，男人的体温隔着薄薄的衣料让人无法忽视，陈溺羞赧地瞪眼："你就是个流氓！"

江辙低声笑了，嗓音里还有几分沉迷情欲的性感，他戳戳她的脸颊："搞清楚，谁先开始的？"

陈溺咬住他的手指，嫌弃地呸了一口："我没你这么过分。"

"这就过分了？"江辙摁住她的软腰往自己身前靠，低下头，鼻尖亲昵地蹭蹭她脸颊，"那这样呢？"

陈溺被他的厚颜无耻惊到，推搡不动："……你滚啊。"

"让我滚哪儿去？你说工作忙，让我别烦你。"他话语里还挺委屈，动手动脚，"这就是你说的忙？"

她打开他的手："我这几天本来就忙，刚闲下来还没几个小时。"

江辙掐紧她的腰："不忙了不会跟我说一句？宁愿跑这儿来认识些乱七八糟的人是吧？"

陈溺抬眼，面色淡定："你不是这种地方的常客吗？"

"放屁，都多久没来了。"他爆了句粗口，甩锅，"还不是项浩宇求我。"

"项学长？"

江辙冷嗤了声，挑眉："他是项学长，我呢？"

她从善如流，往后退开一步："江学长。"

江辙要被她气死，把人扯回来，霸道又幼稚："不准这么喊。"

陈溺懒得跟他计较，话题绕回去："项学长为什么在这里？他今天没去机场吗？"

他捏着她手指玩，漫不经心地开口："他去机场干什么？"

"卓策被他父亲安排到澳洲分公司去了，路鹿也要跟着去。"陈溺顿了顿，问，"他什么都没说？"

江辙眉弓稍抬："人家两口子过去就过去了，他能说什——"

"废物。"陈溺冷漠的声音蓦地打断他。

江辙后知后觉，缓慢回神："你是不是搞错了？他们是兄妹，结婚的时候都是项浩宇牵着鹿鹿走红地毯。"

她不避不让："所以才说他是废物。"

"……"

江辙他们这一窝，不管是在帝都还是安清，总是一群大老爷们儿带着路鹿这个小姑娘一起玩，没人会花闲工夫去探究一个妹妹的少女心事。

再者，他们这种大家族，女孩要是没和身边的公子哥看对眼，那一般都会默认父母的安排。

总归会嫁个门当户对的好人家，也一样享着富贵荣华。

所以大大咧咧如江辙，确实被狠狠地震惊了一把："鹿鹿什么时候对浩子有心思了？"

"我不信项学长对路鹿一点感情都没有。"

江辙帮着兄弟开口："你别自己想太多，浩子可能真没那个意思。"

陈溺冷眼道："那你问问他，我和路鹿都从他嘴里得不到一句真话。你问总能问出来。"

江辙看她这么较真，只好当着她面给看台那儿的项浩宇打了个电话，开口就是一句："鹿鹿喜欢你？"

项浩宇打了个酒嗝，拿着手机躺在卡座沙发上："你都看出来了？还是陈妹说的？"

"……"还真是。

江辙对这种事情还真没什么经验，他往后捋了把额前碎发："那你对你妹是什么想法？"

酒吧喧闹，也就他们仨会在这种速食关系的地点谈论这种事。

陈溺踮起脚凑过去听，江辙也俯下身，就听见电话那边的项浩宇沉默良久后叹出口气。

"她和卓家那位公子在一起更合适。你也让陈溺劝劝她，我就是个衰人……没必要，真的没必要……"

江辙不想听醉鬼的话，立刻把电话挂了，也不知道用什么情绪来消化这件事。

陈溺抬眼看他，耸耸肩：我说了吧。

"我其实和项浩宇这人也不太熟。"江辙黑长睫毛垂下，捏着她的手腕继续撇清关系，边说边忍不住笑，"我和他这几年也才见这么几面，早就没什么情谊了。"

陈溺不解地扯了一下他的手臂："你到底在干什么？"

"和他脱离兄弟关系。"江辙顿了顿，很不要脸地说了句，"怕你'厌屋及乌'，毕竟我和他不一样，我是 good boy。"

"……"

2

陈溺隐约记得这个"good boy"好像是她在朋友圈里用来形容绵绵的。这人就是厚脸皮，什么都要占一份。

她掀起眼皮："你和项学长有什么不一样的？"

江辙表情收敛，正经了点，缓缓出声："陈溺，我对你没有松过手。"

不管是以前还是现在，他谈恋爱总是随心所欲，不喜欢了就分开。唯独和陈溺在一起的时候，不管是在一起还是分手，主动权全在她手里。

但他没同意过分手，所以回来后也一直死皮赖脸地赖着不走。

陈溺别开眼，很轻地开口："谁说没有松过手。"

就算当初可以解释丘语妍的事，但那天在船上……他还是松手了。

江辙知道她心里对自己上次的轻生态度一直耿耿于怀，他艰难地吞咽一下，往前一步："那是你不要我了。没人要我。"

他心里有个结，缠了十多年也难解开，被母亲的去世刺激，难免会有想不通的一刹那。

陈溺眼睛眨了眨，不为所动。

台上的 DJ 和伴舞重新燃了起来，玩至深夜，看台上的黎鸣为了哄女友开心，给全酒吧敲了三轮钟，请全场的人喝酒。

侍应从他们身边经过，陈溺端了杯香槟喝了一口，酒沫就在唇边，一只骨节分明的手伸上来替她擦了。

紧接着江辙温热的唇蹭上来，亲吻她脸颊。

如果提前看过结局，会不会觉得现在的遇见刚刚好？

想原谅他，把间隔的那几年都当不存在，把那时候被他随意地忽视也当不存在，却又不是很甘心。

总是她先记住，也总是她毫无保留。

爱很短，但遗忘很长。就像她一样，二十七岁还惦记着十七岁喜欢上的人。

当自己觉得付出和回报不对等时，就该及时止损。

可如果现在反过来了呢？

陈溺没躲开，任他亲着自己的脸，低喃一句："江辙，我快二十七岁了，不能再陪你熬一个九年了。"

其实从遇上他的日子开始算，又何止九年。

只是他不记得不知道，她也不想回头看那时候年幼糟糕的自己。

"嗯。"他应声，搂过她的腰往怀里抱着，下巴摩挲她柔软毛绒的头发，"你比以前瘦了好多。"

陈溺抿了下唇，还没来得及说话就听见身后有人喊她。

是倪欢和她的小男朋友，宁楚。

宁楚年纪小，性格开朗逗趣，喝大了一般硬拽着倪欢过来打招呼："溺姐！你和谁在玩呢？"

陈溺转过身，松开男人的手介绍了一句："我前男友。"

江辙："……"

行。革命已经成功，而他还没转正。

宁楚也是个心大的，笑呵呵地说道："是前男友啊！那我同学有希望了，上回一块儿吃饭那个贺可浔你还记得吗？他就一直……欸，姐姐别推我，你拉我干什么？"

倪欢心想：再不拉就来不及了！

避开江辙杀人般的眼神，她边拉着小男友往门口走，边跟陈溺挥挥手："我们要回去了，溺你想回来就回来啊。"

"……"

陈溺看了眼手机时间，和江辙告别："那我先回去了。"

"没来过几回酒吧？"江辙扯住她的手腕，冰冷长指慢慢往上划出暧昧弧度，意有所指地笑笑，"这种时候一般要带个人出去才行。"

陈溺被他摩挲得发痒，皱了皱眉，不接他的腔，仰着张白净的脸蛋无辜地问："江爷看上去挺有经验，带过多少人出去？"

这说的是些什么没良心的糟心话？

江辙被哽得话都说不出来，什么旖旎的心思都没了。

陈溺被他语塞的呆愣样子逗笑，弯弯唇问他："不和我出去了吗？"

他存了点希望，舌头顶顶牙："可以吗？"

她笑得单纯无害："梦里什么都有。"

"……"就知道她又在玩他。

江辙把身上的外套脱下裹在她身上，推人出去："赶紧走，路上注意安全，早点睡。"

把人送上出租车，他又看了眼车牌号才往回走。

他刚转身，正好碰上喝多了的项浩宇跌跌撞撞往外走："陈妹走了？我怎么看见她边上还有一个男人？"

"关你屁事。"江辙一手插兜看他，长指挠挠鼻骨，"话说回来你和你妹这事有多久了？"

他这人恣意浑不吝惯了，从来只关注自己想关注的事，当然也看不见一个少女的暗恋深情。

项浩宇人靠在车头，松了松领带有些恍惚："我也不知道她有多久了……我是个傻的，那时候还只当她不懂事。"

江辙见他那样实在不知道说什么，都说他们这群公子哥会玩，没心，但遇上一个认真的，在那人面前就全都成了白痴。

"阿辙，大家现在都挺好的，别再有岔子了。"项浩宇淡声道，"她别记着我就更好了。"

江辙冷着脸，拽着他上车："醉鬼，回去睡觉。"

江辙开了车窗通风，车里的酒气还是没散。

霓虹灯下，驾驶位上的男人手臂撑着车窗，精致立体的下颌微抬，嘴里说的却不是什么人话："对了，在陈溺面前别表现得和我很熟了。"

项浩宇晕乎着转过头："为什么？"

"她和鹿鹿关系多好你不知道？为闺密不灭亲也能灭了我。"江辙面不改色，"项总，反正咱俩以后在她跟前就保持点距离。"

项浩宇跟醉在酒精里脑子转不过来似的，良久后，给他竖了个手指："江辙，你可真行。"

人在无聊时就容易想东想西，江辙也不例外。

他闭上眼，是陈溺叹息般的嗓音，说她不能再陪自己熬一个九年了。

他想想又觉得唏嘘，九年了，别人孩子都能满地跑了。

他们却在彼此身上消耗了这么多年的青春，怎么谈个恋爱谈成了这样？

在微信列表里翻了翻发小好友，找到个目前家庭美满的兄弟，江辙给他打了个电话："裴部，干什么呢？"

那边的男人似乎是看了眼时间，"啧"了声："你看看现在几点。"

江辙瞥了眼钟，轻笑："我这不是有事请教您吗？怎么了，外交官不熬夜的啊？"

知道他那缺大德的德行，男人叹口气，听筒那边传来窸窸窣窣的起床声，似乎是男人走出了房间，到客厅倒了杯水。

两边都很安静，江辙问他："我喜欢个女孩……"

"你不是被那个女孩甩了很多年了吗？"

江辙被他毒舌到失语，停了一秒，有点恼羞成怒地烦躁道："江晚葭那二货能不能不和你们拿我的事吹水啊？"

男人笑笑："那你自己说说。"

江辙安静片刻，手背搭在眼睛上："我想让她有安全感，想让她觉得能把一辈子托付给我。"

对方戏讽："这话从你嘴里听见，确实稀奇。"

"别听江晚葭造谣了行不行？"他是爱玩，但又不是爱玩感情，"我大学才开始谈恋爱，又不是身经百战。"

"那你够幸运的。"

江辙不满："讽刺我？"

"阿辙，兜兜转转还是那个人，就已经是幸运了。爱一个人是本能。"

江辙怔了须臾，开始思考自己爱人的本能在哪儿。

没人教过他，他生活的家庭环境太烂太狭隘，每个人都在以爱之名进行合法绑架。

他突然想到陈溺，她永远是一副清清冷冷的样子。

她有时候又很俏皮可爱，偷偷笑起来跟轮弯月似的。在一起的时候什么都顺着他，似乎很爱他。

但她现在不敢爱了，她害怕会被再次辜负。因为少年爱人时总是漫不经心，好像没人能住进那双玩世不恭的眼里。

而他对此解释得挫败又无力。

喜欢江辙的人有很多。

见过他阴暗、自卑、烂到泥泞里的人却很少，见过这些还对他一如既往的人更是寥寥无几。

他没有什么是不能给陈溺看的了。

赤裸裸的不堪已经全被剖开，只剩华丽皮囊之下的腐烂灵魂和一个沉浮在光影交界处的自己。

江辙觉得路鹿那丫头虽然傻乎乎，但有句话说对了。

他再也找不到一个像陈溺这样的人，世间虽大，无人似她。

耳朵动了动，江辙疑惑："你那儿什么声音？"

"我儿子醒了,怕吵到他妈妈,我先过去看看。"说完,男人把电话挂了。

"……"

江辙一句"替我向嫂子和峻灵问好"都没说完。

早上回公司，老板在上边做年度总结，江辙在下边拿出手机光明正大地摸鱼，给陈溺发消息：【晚上一块儿吃饭？】

陈溺回得也很快：【要出差。】

江辙还想再问几句，边上的阮飞庭推推他手肘："晚上有个应酬，一块儿去。"

"什么应酬？"

"康奈尔的校友聚会，大家在年底都回国了。"阮飞庭为了不让他拒绝，立刻说，"我帮你把名字都报上去了，不准不来！主办人是饶学长，以前指点你不少吧，人家点名要你去。"

江辙没什么所谓，反正晚上要约的人也约不到。

而阮飞庭他们那伙师哥要江辙去的理由也太简单了。只要往留学群里喊一句"江辙也在"，大部分单身女孩都会盛装出席。

江辙过去时，黎鸣和阮飞庭都给他留了位置。

他找了把椅子坐下，把自己位置发过去，继续骚扰不回他消息的陈溺：

【江城最近降温，行李箱多塞点衣服。怎么还不回我？】

【你这什么破工作，一天下来也没歇着的。】

【上飞机了吗？没上，来找我呗。】

黎鸣瞥了他一眼，看见那一片没有间隔的绿消息，痛心疾首："我的辙，你能不能别上赶着了？"

"滚。"

从江辙落座在那儿，就有不少人的视线都挪了过去。

这人不管是在国内还是国外的圈子里，都是一骑绝尘的风云人物。家世资本半点不缺，工作后也干得出色成绩斐然。

几轮恭维话下来，江辙应付得有些腻烦，有点后悔来这种虚与委蛇的酒局了，无聊无趣，他只能闷着头在那儿自顾自地喝酒。

菜一轮一轮地上，酒也慢慢被喝空。

边上的阮飞庭被人央求着换了个位置，是江辙读研时的同班同学。

女孩靠过来给他倒酒："江辙，听说你现在跟阮师哥在九洲一块儿工作？那个公司不错啊，去年我加州理工毕业的哥哥投简历都没投上。"

阮飞庭没个正形地插话："嘻，我们江少入职就是找个地方歇歇脚。"

"也是，江少爷在美国半工半读赚的钱都不止这点工资了。"边上有男的奉承着，话语里带着点讨好的意思。

江辙勾勾唇没搭理，神色懒散地喝着自己的酒。

他给面子时能让大家都开心，不想跟着一块儿闹的话，谁也别想撺掇成功。

男人的视线落在眼前的酒杯上，喝酒时微仰头，眼神有几分涣散，反正不太专心。

边上那女孩斗胆过去轻声搭话："江辙，在想什么呢？"

他侧首，往边上挪挪位置："想我前女友。"

"……"

女孩有一瞬间的尴尬，旁边有人听见了忙问："奇事啊，江爷想的是哪任啊？"

黎鸣看着热闹，帮他答了："最后一任呗。"

这里头也有从安清大学毕业就和江辙一块儿出去留学的校友，这会儿都摸不准是不是学校里总说谈得最久的那个。

还是阮飞庭自己猜了半天，开口问："陈科长吧？"

"可不是，老熟人了。"黎鸣跟喝了假酒一样，乐得直笑。

有女生问他们："长得好看吗？什么条件啊？让我们小江爷喝成这样还对她魂牵梦萦。"

"我们学校的陈溺？长相和气质完全相悖的那个女生，长得好乖好纯，但是性格像个性冷淡。"

那人还没说完，边上的江辙突然起身撂下酒杯，嗤笑一句打断他："冷你又不冷我。"

黎鸣倒是不怕死："我的辙，那你让陈妹来看看你这副死样子。"

"……我出去抽根烟，你们聊。"

江辙眼皮懒懒耷拉下，推开椅子往外走。

酒楼过道上，青白烟雾混着酒香，有人笑，有人闹，觥筹交错的场合里，一切都变得常见。

江辙又拿出手机刷新了一遍消息，没忍住，打了电话过去。

陈溺没接，挂断后发微信问他：【5号包厢？】

江辙揉了揉眼睛，还以为自己看错了。

下一秒，电梯打开，陈溺穿着短裙、小靴子，乌黑长发打着漂亮的卷，从里面缓步走出来。

离江辙一米远就能闻着这酒味有多浓，陈溺站在他面前，蹙眉："不是让我过来？就为了让我过来看你抽烟喝酒？"

江辙把手机塞回去，把人反压在墙边，手碰了碰她耳垂那儿的白玉耳环："之前就想问你，什么时候打了耳洞？"

"大四。"陈溺打开他摩挲的手指，故意气他，"为了提醒自己有过一段愚蠢的初恋。"

他明知故问："我吗？"

她偏要唱反调，面无表情："不是你——唔！"

唱反调的结果就是被这男人摁着亲，不讲半点道理。

长廊上，还有偶尔经过的送餐服务员。

两人退到墙角，陈溺依旧感觉太过放肆。暖黄的橙灯从顶上打下来，她把人推开，擦着被吻乱的口红，语气讥讽："你是狗吗？"

指间的香烟一路往上燃，烟灰掉落灼烫指尖。

江辙浑然不觉，往前靠近一步，把脸埋入她冷香的颈窝，自嘲道："是，你的狗。"

"……"

陈溺也不知道是不是酒喝太多，让江辙彻底放飞自我了。她还没说话，又听见他在耳边沉着嗓子吐出一句："主人，要不要带我回家？"

3

陈溺就跟听了什么不该听的一样，握拳砸江辙手臂，让他住口："瞎喊什么？"

江辙贴近她颈脖，闷闷地笑："那你想听什么？"

边上的包厢门蓦地被打开，是刚才坐在江辙边上的女生，手上正抱着江辙的飞行服夹克外套。

猝不及防见到江辙整个人压在一个女孩身上，她都被吓愣了。

陈溺背后靠着墙，伸手推他又推不动，侧过身看见那人一直盯着自己："有事儿吗？"

女生如梦初醒，结巴了几下："哦、哦，那个我看江辙心情不好，刚才在里面喝了很多……"

陈溺回过头，问他："你心情不好？"

"没有。"江辙靠在她身上，手臂揽着她肩膀，勉强站直了点，"就是想你了。"

"……"话说到这里，有点眼力见的也该知道退回去了。

女生面露尬色，把他的衣服递过去。

陈溺接过道了声谢，正要扶着江辙离开时，听见包厢里突然像炸开一样发出起哄声，应该是刚才那个女生进去之后跟他们说了什么。

她没管这么多，牵着江辙回了车上，帮他系好安全带。

喝多了的江辙和平时没什么两样，还是一副浑样，更黏人了，但好像一直以来他也只黏她。

他懒洋洋地靠在副驾驶，跟着陈溺车里电台的歌哼唱，沾了酒意和寥寥夜色的嗓音，也混杂着烟味的干哑。

迷离暖色的车灯下，男人脸部轮廓分明。

他侧着脸，凌厉立体的五官有一半陷在暗处，脸上棱角被岁月打磨后，多了些男人的成熟感，却也未改那几分英俊的少年气。

陈溺给他递了瓶水："你家在哪儿？"

他报了地名，是她住的小区。

陈溺压低声音，警告的意味："江辙。"

"在。"他牵动嘴角，眼底笑意荡漾开，"我不记得家在哪儿了，收留我一晚不行吗？"

"不行。"她转过脸，很严肃的模样，"你能不能不要装醉？"

江辙静静看着她的脸好一会儿，哑声拒绝："不能。"

最后还是没办法，陈溺把人带了回去。

有些人总是有得天独厚的优势，都不用死缠烂打，也知道她总会对自己的得寸进尺不断心软、妥协。

门口的绵绵对只见过一次的江辙倒是不生疏，只是很反感他身上的烟酒味，在他进门时吠叫了几声。

陈溺把江辙推进浴室，推到花洒下直接开了水。

刚入春的夜，她开到冷水了，水溅洒到手背上才反应过来把人拉开："你怎么都不出声的？"

江辙愣了两秒："我以为你在给我醒酒。"

"……"她也不见得有这种趁人喝醉就喜欢虐待人的癖好吧！

"你为什么都不给我脱衣服？"他身躯挨了过来，湿漉漉的额发往下滴水，从高挺的鼻梁滑落，"想看我待会儿裸着？"

她也有些呆滞："我、我忘了。"

她是真的忘了，只想着让他洗完赶紧去睡。

狭窄安静的空间总是容易让人想入非非，陈溺往后退到洗手台，再退就直接坐了上去。

她的脚下意识抬起抵住他小腹，有些慌乱："别靠过来了，那你现在脱。"

说完差点儿咬掉舌头，她得先出去。

拖鞋掉在地上，女孩脚指头圆润白皙，江辙高大的身影笼着她，握住她的脚踝往下移了几寸。

"江辙！"陈溺羞愤得要把脚缩回来。

"嗯。"他不让她退开，另一只手臂撑在她身后的白色瓷砖上，舔咬着她的颈侧，"求你。"

他潮湿的黑发在她余光中，清冽的男人荷尔蒙气息萦绕在鼻间。她脚底下是高温，脖颈处却是冰凉的水珠。

脸被托起，唇舌交缠着，陈溺浑浑噩噩地放弃抵抗，手臂环住他精瘦的腰身。

那双一贯桀骜不驯的黑眸里有了她的小小倒影，在白炽灯下更加明亮。他笑着说了两个字，混痞又顽劣。

陈溺有片刻怔神，脸轰地热了起来，人就这么被他抱了下来。

江辙这人本就是在声色犬马场合里最浑的那个，喝得是多，但千杯不醉。被强制弄醒酒后，别的也跟着醒了。

先是缠着陈溺在浴室闹个没完。他太久没碰过她，怕控制不住。

"手怎么这么小。"他低低笑着，燥热的呼吸喷洒在她耳边。

居然还嫌弃她，陈溺白了他一眼："嫌小你别碰。"

江辙勾下颈，含住她耳垂，笑声愉悦浮浪："小也凑合吧，除了你还能让谁碰？"

什么话都被他说了。

他低音炮的哑嗓落在陈溺耳郭，弄得她很痒，正要躲开，又被他搂紧了后背往他身前贴。

把人转向自己时，他拉着她衣服就要扯开。

陈溺今天的外套带着扣子，他也没耐心解。陈溺捂紧衣服："不行，两万三！"

"赔你一百件。"

……

深夜十二点半，陈溺设置的闹钟响了两下。

她睡得不沉，伸手赶紧关了手机。

按理说屋子里都没开空调，这个天气应该会冷。她又本来就是常年低温的体格，但这会儿整个人被江辙圈在怀里，反倒险些出汗。

她人稍稍挪动一下就痛得龇牙咧嘴，好多年没有体验过这种被拆卸组装的酸痛感，她咬着唇又觉得气不过，往后给了身后人一巴掌。

江辙眼皮也没掀开，半睡半醒间握住打他的手掌放在脸边亲昵地蹭了蹭。

陈溺心虚般又温柔地擦擦他的脸，轻声喊他松手："我上厕所。"

江辙是被半夜的雷声惊醒的，醒来时旁边半点余温都没有。他开了灯去客厅，绵绵对着他摇摇尾巴。

一人一狗对视，他问："你妈呢？"

"……"

"绵绵，我是你爸。"江辙半蹲下，自说自话还能把自己说笑。

绵绵无语，转个身又回狗笼子里躺着了。

看了眼外面越下越大的雨，江辙起身把窗户都关好了，阳台上晒的衣服也收了进来。

而后他拿着手机给陈溺打电话，那边的人似乎也刚从梦里醒来似的。

江辙都怀疑自己是不是做了场梦，没好气道："你人呢？得到我的肉体后就跑了？"

　　"江城……"一个半小时的航班，陈溺刚落地进酒店睡了还没十五分钟，嘟囔了一句，"我说了今天要出差啊。"

　　她还挺理直气壮，之前倒是一声不吭。

　　江辙看了眼外面变幻莫测的鬼天气，脸色都沉了："陈绿酒你牛！刚还一直跟我喊疼，结果自己跟朵铿锵玫瑰似的大半夜跑出去？你早跟我说一句不行？我还能硬在你要出差——"

　　"阿辙。"陈溺声音温软，伴着话筒里嗞嗞的电线声传过来。

　　江辙被她这么轻轻柔柔一喊，气都消了一大半，但还是端着架子："干什么？"

　　陈溺舔舔唇："跟你讲个八卦，关于我们这边的副局长和他儿媳妇。"

　　他皱着眉配合："然后呢？"

　　陈溺沉默了一秒："我明天听完剩下的再告诉你。"

　　"……"

第七章 / 人间
她是他人生的审判者，给予他爱，也让他重生

1

江城进入春季，降水量极其充沛，连续下了半个月的雨终于冲破最高水位，漫出了河道。

配合阴雨天气而来的是从南海登陆的台风，沿着周边城市一路往东南边蔓延。

陈溺局里的人全住在这间酒店里，本来是约好第二天要和本地海监局进行市内湖泊水污染测量和交流经验的。

但狂风肆虐下，街上连行人都没有。

早上近九点钟，台风席卷着骤雨打在窗台上，雨点急促汹涌，砸在玻璃上啪啦作响。

这间酒店靠近景区山林，不远处护城河里的水也漫了上来。虽然是大白天，但此刻乌云密布如同傍晚。

海洋气象台的同事正在使用机器勘测，预测海域风力将持续增大，今天至午夜的阵风最大可达 7 ~ 8 级。

风向东南，浪涌也大。

"陈科，你看上去好像挺累的。"说话的是姚甜甜，给她递了杯温水。

陈溺的腿确实还有点打战，她勉强笑笑："是有点。"

姚甜甜好奇地问："昨天下午一块儿飞的时候你没来，前台说你昨天凌晨两点多到的啊？"

陈溺抿了口水："嗯，晚饭时候有点事。"

"还好你赶上半夜的航班过来了。要今天出发的话，肯定都来不了。"姚甜甜看了一眼外边的台风天，"这鬼天气！今年的风比前两年大了不少哦。"

大雨滂沱，机场的飞机已经全停了。

大堂里，有路人和航班延误的人也在躲雨。风势猛增，订房的人越来越多，前台把大门关上，只留下侧门供人进出。

"那边在吵什么？"陈溺偏了偏头，指着长沙发上那几个人。

姚甜甜瞥了一眼："啊，气象部的马檬啊，她男朋友说要过来陪她。但这个天气事故也多，正担心呢。"

陈溺不知道想到什么，打开手机看了眼微信，里面并没有最新消息。

她昨晚不想听江辙扯一大堆废话，似乎是编了个破八卦。但他显然没被完全转移注意力，过会儿又把话题引了回来。

再后来，陈溺太困了，睡得人事不省。

她起床时电话已经挂断，显示通话了两个小时。

按道理说，江辙这臭脾气，肯定不会把气憋到第二天。

陈溺往马檬那个方向看了看，如果这时候还有人过来，那他会不会也……

她有些沉不住气，给江辙打了个电话。

那边接得很慢，声音嘈杂，却一贯的吊儿郎当："怎么了？良心发现快把你男人气死了，来给爷认个错？"

陈溺抿直唇线："你在哪儿？"

江辙声音慵慵懒懒，半点不着急："你猜。"

"江城郊区已经开始积水了，你最好不是在哪个交通路口。"她语气很严肃，"今天风很大，离酒店三千米的地方刚发生了两起车祸。"

他轻轻"啧"一句，没否认："陈绿酒，活这么清醒可就不浪漫了啊。"

"轰"的一声巨响。

侧门那儿的一棵树被台风拦腰刮断了，树影婆娑飘摇。

路面积水已经到楼梯下三阶，直播新闻里正在报道相关的疏通水道措施和营救溺水路人事件。

陈溺还没来得及说话，就听见对面的江辙说："手机没电了，关机了也别着急。"

他说完还没几秒，电话已经被挂断。

雨势不减反增，陈溺拿着手机有些愣怔般迟迟未放下手。

她心下有些发紧，听见马檬在人群里说刚才还能联系上，这会儿信号也断了。

"你男朋友到哪儿了？"

突兀的声音响起，马檬抬眼看陈溺："陈科？他刚才说就快到酒店了，你是有朋友也从南港过来吗？"

陈溺含混地点点头。

"那应该都是今天早上最后一班的动车了。"马檬叹口气，"就是我担心路上水这么深，我男朋友他的跑车肯定不好开。"

"……"

一群人面面相觑，有些尴尬地对视了一眼，而后七嘴八舌地安慰。

陈溺坐回了姚甜甜那儿的位置。

外面云层厚压，乌云遮掩，日光暗透，酒店大堂的灯刚开了没几分钟全灭了，说是电路板被风吹断了。

应急灯下，光线更加暗沉，就快分不清昼夜。

看着门外路上滚滚而过的积水和不断向下冲出来的断木，没几个人放松得下来。

姚甜甜也不知道陈溺在紧张什么，但还是假意轻松地笑笑："陈科，刚才马檬是不是又在吹她那男友的跑车了？她是他们海洋气象局里出了名的'爱男友'。真不知道她是担心男朋友还是男朋友的车。"

陈溺捏着手机无暇分出注意力来笑，有些烦躁地回拨江辙的电话。

但十秒不到的空音之后，一直提示是关机状态。

大门口传来一阵骚动，两扇大门纷纷打开，狂风卷着水汽泼了进来。风力很大，甚至把外面的水带到了陈溺脚下。

她听见马檬尖叫了一声，往门口那儿飞扑过去。这一批进大堂的人应该不少，声音也越来越吵。

陈溺却不敢转身了，怕江辙不在这堆人里面。

她捏紧手机犹豫地回头，在攒动的人头里终于瞧见江辙鹤立其中。

他身高出众，几乎是一眼扫过去就能看见彼此。这人就跟没把外面的危险当回事儿似的，还冲她顽劣地挑挑眉。

大门被关上，勉强阻断外面的暴雨声。

江辙和那群赶过来的人一样，身上衣服湿了大半，头发也往下滴水。

陈溺瞪着他，心里那块悬起来的石头却落了地。

她快步朝他走过去，正要牵过他手时，他避开了："脏的。"

马檬搂着她男朋友撒娇，一群人说了下外面的状况。

姚甜甜和几个同事走上前打招呼："江工！您一个人来这儿的？来看鸟还是看湖？"

江城这个时节，淡水湖和候鸟南归的风景最好看。

江辙摇摇头，看着陈溺笑了下："都不是，我来抓人。"

姚甜甜是个一根筋，呆了一秒。

她还想再问时，又听见被簇拥的马樏男朋友喊了一句："刚才在路上车坏了，还得多谢江先生帮忙修车。"

马樏看了一眼江辙站的位置，和陈溺挨得挺近。

她又想到刚才陈溺说也有朋友过来，当即了然这两人之间的情况。

她也不认识江辙，抱着男友手臂，娇娇地笑："陈科的朋友会修车啊，那真的多谢了。有没有工作？要不要来我男朋友手下任职？"

马樏男友小幅度扯了扯她的手，让她别乱说话。

江辙边挽着湿得渗水的袖子至小臂边开口，话语随意："我不太擅长修车，也就大学时候玩过几辆帕加尼的改装。"

马樏神情一顿，有些僵硬："是、是吗？"

"不过兄弟，你这车的二手发动机该换换了，有点漏油。"江辙说着，沾着机油的黑乎乎的手掌还往马樏男友肩上拍了拍。

"……"

他们海监局的人倒是都知道江辙这号人物，一个个低着头憋笑不出声。加上马樏在隔壁局里的名声就一直不好，也没人提醒她。

人一多，前台通知已经没房间能订了。

姚甜甜见状赶紧开口："江工，你要不和老刘挤一间吧？"

陈溺帮他拒绝了，边往楼上走边道："他住我那儿。"

"我先走了。"江辙跟在她身后，扬起手和他们挥了挥。

"啊？这样方便吗？"姚甜甜不可置信地看着自己身边几个同事。

几个同事也一脸"你为什么这么迟钝"的表情回视她，最后还是老刘解释："甜甜啊，别光长肉，也长点心吧！"

停了电，电梯也不能动。

才进了楼梯间，陈溺脚步飞快，没一点要等江辙的意思。

江辙大步跨上去追上人，手牵过她。

"不是说脏吗？"陈溺不解地看他。

他坏得明目张胆，语气很损："没看见我刚往那男的西装上抹干净了？"

"……"

陈溺闷着气，开始给他算账："下这么大雨，台风预警都发多少次了，你还硬要过来。"

江辙乐了，揩揩鼻骨，脸上笑意隐隐约约："陈绿酒，你还朝我吼？你昨晚半夜跑路真当爷不跟你计较了？"

她站在比他高的阶梯上，勉强和他平视："你睡着了，而且我还不是看你喝了酒——"

江辙抬抬眉，懒洋洋的腔调半点不收敛："喝那点酒怎么了？我又没醉，你不是知道……"

"喂！"她没预料他会随口把这话说出来，急得上手掐他胳膊。

江辙把人一揽，搂着肩往楼上走，手掌拍拍她："行了，人现在在我这儿，我就懒得跟你叨叨了。你房间在哪儿？"

"……309。"

这男人完全就是个痞子，再在走廊上吵，估计全酒店都能听见了。

陈溺忍辱负重，决定等他换完湿了的衣服再说。

江辙来得匆忙，除了个装模作样的公文包，什么也没带。

他的西服外套被陈溺收拾起来晾晒在空调底下，手机也擦干净了放在床头充电。

等他系着条浴巾出来时，陈溺正拿着电脑给上面领导回邮件。

听见浴室门开了，她头也没回："桌上有热茶，赶紧喝。"

江辙听话地端着她出差随身带的茶杯，倚在浴室门口喝茶。

宽肩窄腰的男人立在那儿存在感强烈，要不是身上肌理分明的人鱼线太出众，那姿势简直就跟个老大爷没什么两样。

"陈绿酒，昨晚你几点跑的？"他低沉的声音在只有键盘敲击声的房间响起。

陈溺把邮件发完，扭过头，白净的脸上没什么表情，却很较真地纠正他的措辞："我没跑，本来就是订的半夜的票。"

江辙轻哂："挺能耐，特意赶在下午来跟我睡一觉。"

她眨了眨眼，很无辜："又不是我主动的，我还以为你只是让我送你回家。"

他反正说不过她，索性换个角度："昨晚下这么大雨，你要去机场前就不会喊醒我？"

她知道他冒着台风过来危险，就没想过她一个女孩大半夜出去危不危险？在床上骗人松手时还说什么上厕所，结果人就这么跑了。

她就是故意的，不把他当回事儿。

陈溺这波有点理亏，没说话了，眼神飘忽着往他身上看，有几处红的指甲抓痕在他白皙的皮肉上很清晰。

江辙压着漆黑桀骜的眉眼，走上前，茶杯往桌上一递，举着她抱起来，在床上放下后，托着她一侧脸颊，俯身吻住。

他存心要磨她，手掌摩挲着她敏感的锁骨，咬住后不轻不重地落下一个牙印，疼得她呜咽一声，睁开水蒙蒙的眼。

江辙贴着她的唇沉声说："有男朋友就得好好用，下次再这样一个人跑了试试。"

陈溺被压着，气势也不减："试试就试试。"

他语气里是满满的威胁："小心明天你连床都下不来。"

"……"陈溺被他扯着衣服才有点要退缩的意思，她往床头挪了一寸，又被他凶着脸拽回身下。

她咬他手："我还疼！"

江辙说："我知道。"却又摁着她不让人动。

"不做别的。"他亲了口她下巴，手上动作没停下，把她衣服的扣子给解了。

"给你擦擦药。"

2

亏他还好意思大刺刺地说出口，陈溺没挣扎了，嘟囔："那谁弄的？"

"你江爷弄的。"江辙半点不害臊，从公文包里把药膏拿出来，冰凉的触感袭来，陈溺瑟缩了一下。

皮肤白嫩的坏处就是稍微磕碰就容易出现点青紫，看上去就有几分触目惊心的感觉。江辙托住她纤细的脚踝，跟盖章似的又留了个印。

陈溺声音有点哑，踢他："你干什么？"

他动作温柔地给她擦药，语气不满："弄成这样就跑了，搞得我跟不负责的渣男似的。"

陈溺嘴角一弯，咯咯笑了几下："你本来就是。"

"有没有点良心？"江辙想了想，又多余地解释一句，"我真是那种人吗？"

陈溺充耳不闻，很想问问他自己觉得这话可不可信。

房间里空调调高了点，陈溺浑身酸软，擦个药还被占净了便宜，额头上都出了点汗。

两个人昨晚都没怎么睡好，这会儿倒是难得的相枕时间。

男人身上的味道干净又冷厉。

陈溺转过身动了动，他像有前车之鉴般立马收紧手臂，也没醒，只是生怕人跑了一样。

外面风雨飘摇，雷声轰鸣。

她整个人被圈在江辙怀里，睁眼用目光描绘他的脸部轮廓。他睡着的时候精致得像幅画，那张脸就像艺术品。

从俊朗的眉眼到挺直的鼻骨，最后停留在他的薄唇那儿。

江辙的唇形生得尤其好看，记得那时候大学论坛每每提到他这张脸，总有人说这张嘴适合接吻。

他其实有几分神韵和黎中怡很相似。

别人她不清楚，但陈溺觉得如果江辙只是生在平常人家，不是什么退圈女明星的孩子，长得也平凡，那或许还是件好事。

不过想想，父母开明恩爱，自己没有遭受过校园暴力和天灾人祸，不缺钱也不缺爱、不患病，又活得没有什么大波大浪。

听上去这像是普通人的一生，可又有多少个这样幸运的普通人？

他们都不是。

但他们又很幸运，因为遇到了彼此。

陈溺抿抿唇，很轻地亲在他嘴角一侧。

她正要往后退开时，额头被他往上掀起的黑长睫毛扫过，两个人莫名就对上视线了。

江辙眼睛眨了一下，也没说话，只摁着她后脑勺贴近自己，把刚才那个轻如鸿毛的吻加深。

直到把人弄得气喘吁吁，他才大发慈悲地退开了点，屈着手肘压在她耳边："下次光明正大点，别趁人睡着了才亲。"

陈溺被他说得挺羞赧，脸颊有点红，她面无表情地仰了下头："醒了就松手，别压着我！"

他长指摩挲她脸蛋，低头，用唇啄了下她唇珠："又要去哪儿？"

快到晚饭时间，外面的台风已经小了很多。陈溺试图把他压回去："去看看工作怎么安排，顺便给你喊个餐。"

江辙翻了个身，抱着她躺在自己身上，手臂懒懒散散地往脑后一枕："行，早点回来。"

陈溺疑惑："你急什么？很饿？"

"这不是还在刮风下雨？"他指指窗帘外面的暴雨，腿颠了一下她，"我胆小，要老婆陪着才行。"

"……"二十多岁的人了还没个正经。

陈溺抬手拿起另一个枕头蒙住他，闷了几秒后，火速跳下床拿过外套出门了。

这次来江城虽然是为期一周的出差，但实质也跟团建没两样。

每隔两三年，两边市里的海洋局就要互相派人过来做一次水上安全监督和防止船舶污染的科研报告，大家对流程都很熟悉。

只是今年的台风比往年要大上许多。

看直播新闻里，天气预报的主持人正在播报这条南方雨带将跟着台风一路南下，最终和雨水一道被推下海。

团队一行人出海和出湖的行程被天气打断，在酒店就这么闲了两天半，江辙自然也是在这边陪着陈溺。

明面上没什么人会开陈溺玩笑，但私底下大家都不知道编了多少个版本的八卦故事。

有看过江辙简历的海监局科员，知道他们本科都在同一个大学，异国恋分分合合这种话信手拈来。

最夸张的是还有人旁敲侧击了解到江辙身家背景不凡，立马脑补了一个灰姑娘欲嫁豪门惨遭一千万支票劝退，但两人情比金坚，最后苦熬近十年才终于修成正果的凄美爱情故事。

陈溺听见这些话时满头黑线，而向她转述这些谣言的李家榕则笑得肩膀直抖。

李家榕是今天早上到的，本来他平时从不来这些地方。

但这次台风后的暴雨黄色预警一直没解除，他也有些担心。没想到来了之后，却被下属们告知陈科房间里多了个男人。

大家私底下对这对情侣倒是都很支持。毕竟男俊女美，气场和谐，又都是各自领域的佼佼者。

李家榕听完也只能笑笑，他好像总是晚来一步。

陈溺看了眼工作群里的最新测量，说着正事："江南海域的浮标现在最大波高是七点五米，预计晚上会降下来。明后天赶赶工作进度就能早点回去了。"

李家榕点头："你这几天看来过得不错？"

知道他又要拿江辙和自己的事开玩笑，陈溺先发制人："听我妈说你对那些相亲对象都不太满意，所以李婶从下个月开始，就要给你介绍外国人了。"

"……"

李家榕还没开口，倏地听见后边传来一个懒洋洋的男人声音："陈绿酒，又诓人玩呢？"

他们坐在酒店大堂一角谈事，都没注意到江辙什么时候过来的。

他穿了件白衬衫，黑色西裤，袖口往手臂那儿折了几下，拿着把透明的长伞和塑料袋，还渗着雨水，似乎是到外边的便利店逛了一圈。

陈溺听见他说的话，白了他一眼："我又不是你，什么时候诓人了？"

"你第一回见我的时候就诓我你叫陈绿酒。"江辙手上拿了条经过前

164

台时顺的毯子，丢到她裸在外面的大腿上盖着。

陈溺无奈，偏头看他："我本来就有这个名。"

"行，改天我也去整个小名。"他伸手把她脸戳回去，也没打算在这儿打扰他们聊公事，慢悠悠地踱着步回房间。

在那儿等电梯时，他还斜倚着墙盯着她不眨眼。

陈溺被他的幼稚传染了一般，心血来潮地朝他做了个鬼脸。江辙笑得咳嗽，边咳边笑着给她竖起一个大拇指。

李家榕不是没看见他俩的互动，他清了清嗓子："现在航班都能正常运行了，既然你们这儿没什么问题，我待会儿就回去了，局里还一堆事。"

他人站起来，陈溺也跟着起身："嗯，一路顺风。"

"陈溺。"他看见她往电梯那儿走，突然往前几步挡住她，抱了上去。

"……"

不远处电梯门缓缓合上，门缝里依稀可见江辙压着清隽的眉和眼皮的深褶，周身气压很低。

陈溺当然也瞧见了。

她没急着追，只是有些愣地推推身前的人："你怎么了？"

李家榕笑笑，松开她："朋友离开就要告别啊。"

几天后就能见面，又不是远行，这个拥抱实在没必要。

但成年人最擅长的就是心照不宣，伪装风平浪静，因为生活还要继续。

陈溺或许也想到了点别的，但她强迫自己止住思考了，只是平静地点点头："行，那我先上去了。"

李家榕看着她："嗯。"

他突然想到有一次开玩笑拿自己举例向陈溺告白，她说自己不迟钝，他也不含蓄。

所以她没信过这个认识了好些年的邻家哥哥也曾短暂地为她停留过。

你确实不迟钝，我也确实不含蓄。

只是你从没正眼看过我几次，怎么会看见我眼里赤裸的爱意。

第一次见面的时候，这个看上去有点高冷内向、脖颈纤直的邻居妹妹告诉自己她叫陈溺。

但比他后出现的江辙好像轻而易举就知道了她的小名。

你有没有想过，有些人从一开始就赢得很彻底。

……

陈溺为了避免在那儿等电梯的尴尬，直接走的楼梯。

或许是她跑得太快，赶到房间的楼层时，正好看见江辙还在走廊的电梯口那儿，正低着头看手机。

"江辙，刚才李家榕……"她走上前，打算解释几句，"他说他要回去了，就抱了我一下，是那种纯属友谊的——"

"知道你问心无愧很坦诚。"江辙手插回兜，瞥了她一眼，"但不用说得这么详细，毕竟只会徒增我的怒气。"

陈溺抿抿唇，很配合地闭嘴："哦，那我不说了。"

"……"

她不说话在他眼里就是连澄清都懒得说，江辙舌头顶了顶牙，说不出哪儿不舒服。

他大步往走廊尽头的房间走过去，也没等她，拿着房卡开了门就进屋。

陈溺刚过去，门就被狠狠甩上了，还发出了一声巨响。她站在门口有点蒙，额前碎发被气流吹开。

不到两秒，江辙回过头来开门，囫囵一句："……风吹的。"

她没听清："啊？"

"我说门，"他皱着眉一脸不耐烦，但又认真地解释了一句，"是风吹的。"

3

陈溺比寻常人怕冷，所以房间的空调也比室外温度高好几度。

进了门，江辙也没打算搭理她，伸手把上衣脱了丢到一边的椅子上，裸着个上身就去了办公桌前打开电脑办公。

陈溺心虚地摸摸鼻子，靠在电视机这边的床上看手机，给路鹿的朋友圈点了个赞，顺便从江辙买的零食里挑了几颗糖吃。

过了会儿，听见他在那边似乎是在跟别人开语音会议，说的英文。

江辙的英语很受美式风格影响，混痞慵懒的加州口音，又有一副磁沉气泡音的好嗓子，说口语时十分好听。

陈溺分心听了会儿，在他没说话的时候走过去。

他正喝了口水，抬眼："干什么？"

陈溺伸手："你手机呢？我帮你订票，后天一块儿回去。"

江辙朝桌角那儿扬扬下巴，示意她自己拿。

他的手机十年如一日不设锁，桌面壁纸却不知道什么时候换成了偷拍的陈溺。

是她那时候替李家榕撒谎穿婚纱时的照片，也没看见他什么时候拍的。

陈溺之前翻他手机相册的时候都没看见过这张，倒是看到了不少大学时候的照片，清一色是拍她陪他上课时困到睡着的侧颜。

他的手机换了这么多个，这些旧照却是一直都没丢过。

陈溺也没走开，就在对面那张椅子上坐下，点开他的订票软件。

上面都有已经输入好的身份证和手机号码这些信息，陈溺找到和她同一航次的时间帮他订好。

退出来时，她看见底下有个历史订票记录，最顶上那三条都是灰色的。

也就是代表这几条都是被退的机票或者压根儿没有值机。

陈溺点进去，往下划拉。

江辙在国外这几年去过不少国家旅游，飞行记录从冰岛到澳洲，除了非洲没去过，其他大洲都有过足迹。

但这一列的记录里，灰色也很显眼。

江辙那几年因为他父亲公司被查受牵连，是不能回国的。

而陈溺划拉到底，看见了那些灰色机票的所有目的地不是安清，而是她所在的南港市。

显然他想过回来。

想回来找她，但一次次订好票之后，只能是要么取消，要么没有登机。

陈溺发现自己并不是很擅长发现这些看上去很煽情的东西，看了之后也只是胸口有点闷。

她把手机放回去，江辙那边还没聊完，只抽空觑了她一眼。

那边和他交流的是个老人，声音很响亮："Flexiv Technology, Definer of the New Generation of Adaptive Robots...（非夕科技，新一代自适应机器人的定义者……）"

"Ok, I see.（好的，我知道了。）"江辙手指抵在太阳穴那儿点点头，让他暂停，"Sorry Professor, I get a call, I'll call you later.（抱歉教授，我有一个电话要接，等会儿我再打给你。）"

陈溺站在他那张桌前咬着颗硬糖，还以为他挂断电话是要跟自己说话，结果下一秒，他还真接通了一个群里拨过来的视频电话。

对面是黎鸣和阮飞庭。

"师弟，你这身材……"阮飞庭看着他那块状分明的腹肌和肩颈，不自觉地摸摸自己的啤酒肚，"下次健身带上我啊。"

江辙听他说这话就跟听人放屁一样，撩起眼皮："你去年也是这么说的。"

阮飞庭沉默两秒："哈哈哈，行，立的 flag（目标）反正都没用。说正事。"

都是一个专业的，又从事这个行业，他们说的事和刚才教授说的都差不多，是关于第七届中国国际"互联网+"大学生创新创业大赛冠军争夺赛最后名落谁家的事。

阮飞庭还想着挖人："他们那个队是研究中科光芯？"

江辙手闲地转笔："对，一个硅基无荧光粉发光芯片产业化应用的项目小组，拿了冠军。"

"斯坦福和牛津在这项新创科技里都比不过南大，而且亚军研究的项目也是北航的万米高空无人机系统。我们国家搞新科技的后生都可畏啊！"黎鸣说，"这一批大学生要毕业了还得了？"

阮飞庭插话："低调，你看江辙读书时拿的奖少了？但搞程序代码这事吧，有天赋的、年少气盛又有为的太多了。还是得慢慢来，厚积薄发……"

江辙听着一哂，没发表意见，余光里瞧见陈溺仍杵在那儿不动。

他刚才的气性早过了，挑挑眉问她："还有事？"

陈溺顾及他还在和别人视频，没出声，但自觉地矮了身子，跟只猫似的轻飘飘挪到他腿边，坐在地毯上，下巴磕在他膝盖上，仰着脸看他。

江辙估计自己刚才肯定太严肃，冷着她了。

他伸手捏了捏陈溺乖软的脸，下一刻感受到指尖的温热，她嘴里还有颗糖，从他指腹那儿轻柔地滚了一下。

江辙蓦地一顿，本来还在指间悠然转着的笔直接掉下了桌。

那边两人还在说事，他作势弯腰去捡笔，却在陈溺还没反应过来的时候把手指移开，半跪着去亲她，把她嘴里那颗柠檬味的糖抢了过来，咬得嘎吱碎，酸甜的糖果味化在两人呼吸之间。

陈溺被他亲得发麻也不退开，手环着他腰身。

视频对面的黎鸣想起来江辙还在江城陪陈溺，不由得岔了句："……

对了，小江爷，你大白天为什么不穿衣服？能不能注意点！以色侍人，能得几时好！"

阮飞庭赞同完之后很疑惑："话说回来，是我这儿网不好吗？他捡个笔怎么人都不见了？"

江辙抬手把电脑合上断了线，视频对面的嘈杂瞬间消失得无影无踪。

把女孩拎到自己腿上跨坐着，他喉结滚了一下，咬着她耳尖厮磨，声音低哑："要我以色侍人吗？"

"……"

从江城回去过了个小年，江辙就把同居这件事提上日程。

刚开始他厚着脸皮想搬进陈溺家，但他的女孩脸皮薄。

那小区大部分都是公职人员家属区，七大姑八大姨的嘴最碎，多来往几次都得放在茶余饭后里聊起来。

于是江辙就成天撺掇陈溺搬来自己这里，一天八个电话找她谈心，还有事没事就分享"情侣同居的小妙处"这类公众号文章。

这天江辙和陈溺打电话时，又提起这事，陈溺被烦得无语，开口抱怨："上班时间一直打电话，你老板对你没意见？"

他懒散地哼笑："人民币玩家入职知道吗？只有我看老板不顺眼的分儿。"

陈溺想到昨天的趣事，嘲讽他："这就是你让你老板跑腿帮你带咖啡的理由？"

江辙背靠在椅子上，浑不在意："挖了我的钱还要挖我这个人，喊他带杯咖啡怎么了？"

陈溺"喊"了声："看你老板忍你到几时。"

他嚣张至极，狂放地丢下话："忍到小爷愿意。"

回国就业的时候江辙倒也不是没想过像项浩宇和黎鸣那样，自己开个创业公司。但他这人闲散懒怠惯了，肯定待不住，也懒得守着一个公司。

恰好又碰上九洲老板被做空，融资出现经济危机。他索性就拿了笔钱出来救急，买了九洲科技 40% 的股权，做了最大的股东。

江辙名下继承的资产太多，公司也是交给原来的董事会自行打理。

江家虽说到他这代不再从商做生意，但基业奠在那儿了。何况他自己做个总工程师，赚的钱也完全可以应付高消费。

助理帮陈溺把午餐外卖提了进来，她看了一眼就知道是江辙点的，很无奈地分出一半给办公室的人："你最近真把我当猪养了！"

"我倒想。"

跟她视频闲聊了会儿，江辙问她："晚上能不能早点下班？"

"要干什么？"

他没说，卖了个关子："到时见，我来接你。"

江辙嘴上说着带她去玩，但穿得西装革履，领带虽松垮却也符合他一贯的颓冷气质。

陈溺下楼看见他时都怔了一下，盯着他的金色袖扣："你今天穿得好正式，还有别的安排？"

他撩撩眼皮，给她开了车门，打趣道："靠色相上位的人，见你当然要正式。"

"……"陈溺懒得猜这么多，索性上车任他开到哪儿算哪儿。

车停下时，就能听见不远处音响声很大，人群拥挤。

最高的灯牌上缓缓显示出一行字：ChinaJoy，中国国际数码互动娱乐展览会。

这是一场属于科技爱好者的博览会，含有超级数字场景、游戏 cos 漫展和各种科技硬件的展示。

陈溺是第一次接触这些，也是头一次来这种地方。

江辙带着她刚到博览会门口，就有工作人员过来恭恭敬敬地喊了句"江先生"，而后带着他们走 VIP 通道进去。

外场有不少 cos 动漫萝莉、美少女的模特在走秀和配合拍照，一眼望过去全是身材姣好的美女。

这种场合里，自然也有很多宅男粉丝。

陈溺刚刚就看见一个二十出头的男大学生激动万分地牵过一个短裙模特的手，然后把手机递给她，让小美女帮他和边上的变形金刚合影。

小美女大概还以为他是来要联系方式的，下一秒脸都黑了，真直男无药可医。

陈溺跟着江辙从后台走到最前面的展厅，看上去应该是全场规模最大的展位，因为底下还坐着一大片翘首以待的观众。

江辙给她安排了一个前排位置："先坐在这儿等会儿，我讲几句话就走。"

陈溺看见大屏幕上出现了江辙的名字和简略介绍，后知后觉："你不会是来这儿领奖的吧？"

"不是。"他勾唇，揉揉她脑袋。

江辙的确不是来这儿领奖，而是作为特邀嘉宾来这里致辞的。

大屏幕上正放着他几年前的发明，是个利用 VR 开发和程序设计出特定画面的项目。

在这项发明的实景中，用户可通过虚拟手抓取操作，与 3D UI 交互。

系统还能自动判断手势，并且允许发生物理碰撞。

几年前能有这样的新颖创意，确实引领了大学生创新迈进一大步。

也曾经使得一位癌症晚期的女人，通过他手下创造的 VR 眼镜和其已故亲人见上了最后一面。

虽然这项发明并不能被大规模推广，但无可厚非，江辙完全有资格能作为华人圈 AI、VR 科技的率先垂范者出现在台上。

陈溺对这个领域几乎算得上一窍不通，但也能从身边一些人的讨论中得知江辙在这儿的地位和名声有多斐然。

"我相信中国科技的意义远不止于此。"

高展台上，男人在游刃有余地做着演讲。

大厅里明亮的灯光笼着他的眉眼，一如既往地英俊嚣张，还是那个在学生时代就出类拔萃的江辙。

他看上去遥远如骄阳，世间万物难贴他心脏。

但下一刻，这样的人和陈溺对上了目光，他脸上带着点松散笑意，眼眸沉沉地望着她。

少年最难得的，是那颗十年如一日的赤子心。

陈溺在这一刻才想纠正自己之前的想法。

真正喜欢一个人时，不会希望他多平凡普通。

因为他这么好的人，生来就注定该光芒万丈。

不忍你籍籍无名庸碌平常，唯愿你所向披靡青霄直上。

……

从展览会出来，陈溺一天闷闷的心情也好像明朗很多。

她唇边挂着淡淡的笑，手里捧着束主办方送的花。

江辙捏捏她手指："这么高兴，你不是不喜欢在里边吗？"

陈溺眨巴两下眼睛："我表现得有这么明显吗？"

他对她的毫不掩饰已经习惯，点头笑笑："挺明显的。"

其实这很正常，不混动漫圈又不玩新品科技的女生一般都会觉得里面无聊沉闷。

"我们现在去哪儿？"

"陪你买衣服。"江辙把人揽到怀里，勾下脖子，低声说，"不是都扯坏你好几件了吗？"

陈溺想起来了，他有一回还说要赔自己一百件来着。

但人家姑娘哪能听这些，她被他说得耳尖泛粉，使劲掐他腰身："江辙，你别在外面说这个！"

他笑得没脸没皮，托着她面颊亲了一口："好，那我们回家说。"

说要给她挑衣服，平日里从不爱陪女孩逛街的男人，这会儿还真拉着她辗转了小半个商场。

从 C 家逛到 L 家柜台，后边还跟了两个工作人员帮忙拎礼盒袋子。

陈溺感觉这人就是做什么都高调，他自己的衣服都是高奢品牌方定期送的新品，所以也没正儿八经到实体店试过。

到最后满载而归时，车的后备厢都有点装不下了，一部分被放在了车后排的位置上。

江辙提出建议："衣服这么多，你那屋的衣柜也放不下，要不暂时放在我新开的衣帽间里吧。"

"你还新开了个衣帽间？"

他歪了歪头："为你准备的。"

陈溺当听不懂他的暗示，含糊地"噢"了声，自觉坐上副驾驶。

把人送到小区楼下，江辙撑着头侧首睨她，指腹挑起她下巴，摩挲了一下女孩的唇瓣："不请我上去坐坐？"

他这话的意思实在太明显了。

但陈溺想到自己的邻居是个中年大妈，和母亲已经互相加上了好友，再撞见几回，恐怕她就要迎来母后光临了。

也不是非要瞒着家长，但好像在长辈面前公开恋爱这件事总需要很大勇气。陈溺觉得自己暂时还没做好准备。

她很直接地拒绝："我前天还在你那儿住了，你别一天到晚想这些。"

174

江辙解开安全带，俯身过去吻她，倒打一耙道："我想什么了？想搂着我媳妇一块儿纯睡觉还不行？"

"……"鬼才信他的话。

陈溺被他拉着亲了会儿，意识到点起他的火了，就赶紧开了车门跑。

江辙的车一直停在小区门口，胸有成竹地没急着离开。

十分钟后，陈溺的电话打了过来，显然是找了有一会儿了，挺束手无策的状态："江辙，怎么办？绵绵不见了，我妈说她那儿也没有。"

"别急，在我这儿。"

他得逞地笑了，挂了电话，发了个视频过去。

视频里，江辙的公寓阳台一角，多了个宽敞的狗窝。

而绵绵正低头吃着狗粮，一只手伸过去摸着它耳朵。本来对居住环境很挑剔的罗威纳在那儿居然看上去十分舒适。

江辙等了须臾，给陈溺打了个电话："都看见了吗？"

陈溺语气很闷："你把我的狗弄走干什么，你要帮我养狗？"

他声音低淡，叹口气："我是想让你考虑考虑，'主随狗便'。"

"……"

4

陈溺算是发现了，永远不要跟一个混子对着干，尤其是一个能轻轻松松驯导并拐走一只凶猛防暴犬的混子。

电话那边，江辙哑笑："干什么不说话？"

她在想他到底什么时候把绵绵哄走的？明明那狗除了自己对别人都很不亲近，而且一旦到了外面就容易撒欢儿。

当初陈溺把它放在父母家寄养都适应了很长时间。

陈溺一只手撑着脸坐在餐桌边上，另一只手举着个手机在耳边："江

175

辙，你为什么总想和我一块儿住，万一我们合不来怎么办？"

"你这话是在骂我还是在骂你？"他嗓音沉沉的，有些空荡，"以前我们又不是没住一块儿过。"

"但是那时候大家还在读书，那不一样……"

陈溺总觉得二十岁的恋爱和近三十岁的同居不是一个概念，做一个合格的成年人，还要考虑柴米油盐和人间烟火。

然而江辙一句话就打消了她的顾虑："陈溺，你以后还要嫁给我呢，几十年不要过了？"

她顿了一下，哑巴哑巴嘴："谁说我一定会嫁给你？"

江辙被她气得脑仁儿疼，蛮横无理道："不嫁我你嫁谁？我倒要看看我得去哪个倒霉鬼的婚礼上抢亲。"

陈溺听着想笑，淡声道："莽夫。"

江辙不跟她计较这几句口舌，拍拍方向盘，还把双闪灯打开了："快点下楼，爷等你一起回家。"

她愣了下："现在就去吗？我还没整理东西。"

他显然蓄谋已久，懒洋洋地笑："我那儿什么都有，你人先过来。"

好像什么都准备好了，狗被他接走了，衣服也买好了，还给她弄了一个新衣帽间。万事俱备，那栋房子里只等她过去。

他在邀请她进入他的生活。

陈溺挣扎了几秒，拎起包下了楼。

不同于单位给陈溺分配的公务员家属区，江辙那房子买在繁华的商业街正中心，边上也都是耸立的高楼大厦。

他们进来时，甚至还看见了几辆明星的保姆车。

江辙住在二十九层，六百多平方米，房子是一梯一户的类型，在落地窗那儿能看见环海码头和半个城市最奢靡的夜景。

门把手上有指纹密码锁，屋里也全是冷感高科技的家具，大部分系统改装全经他手。

陈溺一进门就发现客厅又多了一个小机器人，形状像台圆柱形的香氛机，而绵绵正在边上和它大眼瞪小眼。

她跟绵绵一块儿蹲下，问："这是什么？"

江辙拿拖鞋给她穿上，看了一眼："小九。"

陈溺瞪他："为什么给一个智能机器取我的名字？"

"因为你才诞生的啊。"他笑着摸摸她脑袋，顺完毛解释一句，"是我给你做的 AI 终端个人助手。"

"给我？"

"你大学时候不是说过要一个日记机器？"

江辙打开它的控制面板，拿过陈溺的手机下了个软件，顺便连接了房子里的系统："照着做就能启用了。"

陈溺迟疑地接过来，有种莫名收到贵重礼物的感觉："你们公司除了海洋仪器和无人驾驶系统，也开始研发这类产品了吗？"

"没有。"他转身去喂狗，轻描淡写，"我只给你研发。"

这类科技其实在如今 AI 智能横行的市场很常见，国外有亚马逊的 ECHO（人工智能音箱），国内也有类似的某猫精灵、某度在家等。

但一开口就认准陈溺是主人的机器，全世界也就这一台。

除了 AI 助手应有的功能，小九还记录了陈溺的生理周期、生日、三围、体重和按时去医院体检等个人信息。

当然这些都是江辙输入的，巴掌大的小小显示屏上还能出现画面，拥有闹钟提醒和语音备忘录。

江辙喊了声："小九，放首我最爱听的歌。"

小九："正在为您播放由主人演唱的《你听得到》。"

"？"

　　陈溺渐渐瞪大眼，急忙喊停，不满地掐着旁边人的胳膊："你赶紧删掉这个备份！"

　　江辙笑得很坏："删了干什么？等我们孩子出生了，这就是传家宝。"

　　"你烦死了。"陈溺扑上去打他。

　　怕把人摔着，江辙岔开长腿任她扑到自己身上，腕骨清晰的手掌托住她的腰，声音慵懒："宝贝儿，我再给你试一个。"

　　她的动作暂时停下，一脸警惕："什么？"

　　"小九，关灯。"

　　"……"

　　房间陷入黑暗，只剩外边的璀璨夜景。

　　搬家的事就这么定了下来。

　　在那之后没多久，江辙今年一时兴起也开始过上了生日。

　　有过迟到就会让某人很不开心的前车之鉴，陈溺提前把那天的工作都安排好，也提早下班收拾了一下自己。

　　晚饭时间，江辙没来接她，只给她发来了一个迪士尼乐园的地址：【门口见。】

　　陈溺本来以为还和以前一样，和在这边的几个老朋友一块儿吃饭、玩玩车，所以看见这地址时她都有些蒙。

　　她手上拎着份礼盒，到了迪士尼乐园的大门口。

　　出乎意料的是，虽然今天不是休息日，但这个点的游客实在少得有些可怜，个别园区甚至没有一个人，像是被包了大半个场似的。

　　陈溺想起来上次好像在江辙电脑里看见过迪士尼运营总部的邮件。

　　迪士尼乐园一天的收益大概在六千万，那么订几个小时要花多少钱来着……

她第一反应就是这少爷过个生日可真奢侈又败家，富贵公子哥入俗世这么久了，怎么还是对金钱消费没有半点概念。

来接她进去的是个穿着唐老鸭服装的工作人员，或许是里面的人本来就很高的缘故，穿上这身套装就显得更为高大。

"唐老鸭"手上有个带显示屏的平板，上面有一行字：

欢迎光临迪士尼乐园，我的女王大人。

"……"陈溺一瞬间耳朵根都红了。

她敢保证这一定是江辙安排写上去的字！以前他要喊她公主她不让，后来就很会哄人地喊她女王大人。

她不自然地揉揉耳尖，语气尽量没有波澜地开口问："谢谢，今天的主角呢？"

"唐老鸭"在面板上又打下两个字：【是你。】

陈溺摆摆手，摇头说："不不不，是今天包场的那位江先生。"

刚说完，"艾莎公主"晃着裙摆过来了，在她胸前戴上一个主人徽章。

就连一向扮演恶毒角色的"王后"也傲娇地摸摸头发，微笑着向她挥手："Hey, Look at you. I have to admit you're the most beautiful girl in the castle today!（嘿，看看你。我必须承认今天你是这座城堡里最漂亮的女孩！）"

陈溺被夸得有些昏昏然了，包被"唐老鸭"拿在一只手上，手也顺势被他牵住往里走。

一路上陈溺遇到了很多位"公主"和"骑士"，他们都穿着华丽的服装，礼貌绅士地向她问好，并且各自向她递上一张明信片，邮编地址来自各个不同国家的海域。

波斯克诺，爱丁堡的北部湾，意大利的特罗佩亚……

每张明信片上的字迹都是江辙的，每一张的落款时间都不在同一年。

但每一张的开头都是"To 陈溺"。

四处游历的那几年里，江辙像一座孤岛，又或是一艘孤帆。

见过腐烂的鲸落、漂洋过海的船屋、独行的鲨鱼和被浪拍打的悬崖，最后剩下的是无法靠岸、没有尽头的思念和遗憾。

最后一丝晚霞余晖彻底消失在天际，游乐园内也渐渐安静下来。

这似乎是陈溺有史以来第一次被这么瞩目地关注着，她应付着那些迪士尼"公主"和"骑士"的招呼时，身边的"唐老鸭"递给她最后一张明信片。

也是江辙回国前到过的最后一个地点，冰岛的黑沙滩。

卡片翻过来，有一句话是：

你不在我身边时，我替你看了好多片海。

远处一场盛大的电子烟花秀燃起，若干架无人机排列出陈溺的名字缩写，不是祝她生日快乐，而是祝她天天快乐。

漆黑天穹被照亮，火树银花腾空而起。

"你知道吗？"陈溺仰头看着漫天渲染的烟花，突然张嘴说，"我男朋友本来是个特别不会制造浪漫的人，理工男你懂吧？他今天可太反常了，你说他是不是出轨了？"

"唐老鸭"动作一顿，开始在平板上敲打出一行字：【你男朋友在你眼里就是这种人？】

没等陈溺看过来，他又赶紧删掉，重新打上一句：【应该不会. 那他平时在你看来是个什么样的人？】

"在外冷冷痞痞的，在我面前像只黏人的大狼狗。"陈溺掰着手指头数数，一脸认真，针针见血，"还特别浑蛋、张狂、脾气烂，很会乱吃醋——"

"唐老鸭"似乎听愣了，忍了半天，又打算打字。

陈溺把他的平板拿走，抱着手臂往后退了一步，笑眯眯地说："而且他每次弄的这点小招数都瞒不过我。"

"……"

江辙把头套摘下来，郁闷地开口问："什么时候发现是我的？"

他被闷出了一脸汗，额前碎发被往后扫开，露出清俊的眉骨。

陈溺拿纸巾给他擦汗，晃了晃手，回答他："在你牵我牵得这么顺手的时候。"

他的女孩今天确实有特地打扮，纤薄身形外是条白色的吊带连衣裙，在盛夏日的夜晚像一株干干净净的小茉莉。

周边的斑斓霓虹映衬着她清婉秀丽的脸蛋，双眼皮略宽，眼尾微微弯起，眼眸清澈，肌肤奶白。

江辙把那身厚重的唐老鸭衣服褪到脚踝，俯身吻住她花瓣般柔软的唇瓣，含糊地说："那还让我戴着这个蠢头套这么久。"

她笑得很招人稀罕，抱住他说："挺可爱的啊。"

他夸奖的话张口就来："哪有你可爱。"

或许是今天太美好，陈溺一点也不想扫他的兴，乖乖牵着他的手："好不容易碰上迪士尼没多少人，我们去玩吧。"

江辙随她拉着自己到处走，松了两颗领口的扣子："之前没来过？"

她仰着头边看路牌和路边的路线图边说："来过啊，但那时人很多啊。"

陈溺说要玩，就真的没留半点体力休息，探险岛、飞越地平线、宝藏湾……一个也没落下。

最后快到闭园时间，她整个人是跳到江辙身上的。因为穿了双 3.5 厘米的高跟鞋，她的腿已经酸得不行了。

"陈绿酒，我发现你这人特闷骚。"

陈溺边吃着冰激凌，边反驳他："你才闷骚，我哪有你骚。"

江辙托着她两条腿往前走，笑着说："每次一沉浸到玩乐环境里，你都跟换了个内芯似的。"

他想起第一次带她去自己公寓里的 VR 体验馆里时，小姑娘看着是副安安静静、不谙世事的模样，但切起僵尸脑袋来眼都不眨，赛个车就算被颠到快吐了也要碾压他拿第一。

陈溺想了会儿："我这叫保留实力。"

一下子把性格的所有好坏面都抛给别人看，那多无趣。何况人总是多面性的，她的这一面也只会让想要看见的人看见。

园子里只剩下在检查设施关闭与否的工作人员，各位卡通人物也一个个退幕。大抵是乐园被包下的缘故，这里连过夜的游客都没有。

城堡里的粉紫色灯光还未灭，风里传来海风和藤萝花的味道。

发现江辙背着自己走错路，陈溺拍拍他的肩："走反了，出园的门在后边。"

"谁说我们要出园？我生日还没过完。"江辙吊儿郎当地开口，带着她坐上来接他们的摆渡车。

进了酒店大门，他下巴扬了扬："想住哪儿？"

陈溺有点呆，反应过来之后在他耳边的音量都拔高了不少："你把这儿也包了？"

包场哪有只包一边的。

江辙也不知道在心虚什么，不等她说话就说道："那就去顶楼那个套房。"

"让我下来。"她拎着高跟鞋，表情纠结地看着神奇王国的贵宾廊，"我要自己一步步走过这充满金钱铜臭的长廊。"

"……"

夜光灯夺目眩神，维多利亚式的风格门廊之内，顶楼套房的全景阳台能看见大半个主题乐园和湖泊景色。

粉色的公主风房间里，床上摆了五六个赠送的纪念品玩偶。

陈溺好像突然明白了为什么女孩都对毛茸茸的东西没有抵抗力，她丢下鞋子，小步跑过去："江辙，没想到你内心深处还是个想来迪士尼过生日的小孩。"

江辙"啧"了句，掐掐她脸上的软肉："谁玩得那么疯，心里没点数？"

陈溺皱皱鼻梁，把胸前的徽章取下来放到床头柜上："但今天又不是我过生日啊。"

他耸耸肩："就当是带你来迪士尼做女王的日子，开心吗？"

女孩很诚实地点点头："开心。"

江辙见她笑了，说："你是开心了，我就知道不能指望你给我送点什么珍贵的礼物。"

陈溺被他的语气逗乐，拍开他的手："那球鞋很贵好不好，花了我半个月工资。"

他漫不经心地解开衬衣扣子："你走点心吧，连张生日贺卡都没有。"

"不怪我，你每次都只提前一天说。"陈溺磨磨蹭蹭上了床，三两下把自己卷在被子里，很萌地说了句，"晚安。"

房间的被子也是粉蓝色的，只开了头顶的散灯，窗台那儿有习习夜风吹进来。陈溺被哄得高兴之后，软乎乎得更像个乖妹。

江辙偏头睨着她，上衣脱了撂到一边，朝她勾了勾手："晚什么安，陪爷去洗澡。"

她只露出一双清灵的乌眸，指指地上那一排玩偶："这样不好吧。"

江辙强硬地把她从被子里剥出来，咬了一口她裸露在外的圆润肩头，哑声配合道："这样不是更刺激吗？"

"……"

陈溺在厚颜无耻上永远斗不过江辙，她捂住他的嘴，推搡着他转身："你别说话了。"

浴室灯光很亮，她在进门那一刻却发觉他身后的文身上多了一行单词，绝望坠落的伊卡洛斯在一双黑色翅膀之间，手的正上方多了个她的名字。

陈溺很少有绕到他后背去的时候，她用手指轻轻碰了一下："这是什么时候文的？"

江辙知道她看见了，也没躲："没多久前。"

Doomsday, My ChenNi.

爱上你的那天起，就是我的判决日。

那些没有认真生活辜负自己的日子，所有的不堪和顽劣在她面前都无所遁形。他也曾在鲜衣怒马时浪费生命，却因为她不再蹉跎光阴。

她是他人生的审判者，给予他爱，也让他重生。是他念念不忘的白月光，也是记进骨髓的朱砂痣。

刚做不久的文身都会有点刺破血肉的狰狞，怕她看得难受，江辙转过身："你一安静下来，就让我觉得你还在心疼今天花的钱。"

"干什么开玩笑。"陈溺冷着脸，手摸到他后背，"你是不是都不怕疼的？"

"你这么一说是有点痛。"江辙微抬眉，桀骜痞气的眼里全是她，手掌握住她的腰，"亲亲我就不疼了。"

陈溺踮起脚，亲吻他嘴角："阿辙，生日快乐！"

不是江辙，也不会是别人了。

她淋过的那场雨，与他一起听过的歌和经历的黄昏日出，还有那朵凌晨烂在海里的花，在最终的记忆画面里……也只剩下他。

5

瞒了近九个月的恋情，是在年底被家长发现的。

这事说来也特滑稽，起初只是一个平凡无聊的周末，陈溺窝在江辙怀里打枪击游戏。

电竞房里，3D 的立体感和声音让人在现实、虚拟两者中难以切换。

直到门口的小九头上顶着陈溺的手机，慢吞吞地向他们移了过来："主人，是妈妈的电话。"

陈溺顺手接过，迷迷糊糊地报了个地址，而后又躺回去继续大杀四方。

嫌身后人一身硬邦邦的肌肉太硌腰，她还抱过边上的螃蟹和星黛露玩偶放在身后隔了一下。

半个小时后，屏幕上出现 MVP 的胜利标志。

江辙放下手上的游戏手柄，低头亲了她白皙脖颈一口，随口问："刚刚阿姨找你什么事儿？"

"她问我怎么不在家，我说我在……在……"

江辙看着她逐渐后知后觉变懊恼的表情，恶劣地挑挑眉："说在你男人这儿？"

"不是，我直接给她报了这儿的地址。"陈溺瞬间整个人都不好了，她低头看了一眼手机，铃声又响起了。

不过，这次除了陈母的电话，还有门禁保安打来的门铃电话。

"1 栋 29 楼户主，这边有一位您的访客。她说她姓潘，要帮她开门吗？"

与此同时，陈溺接通了和母亲的通话。

那边的潘黛香情绪比她想象中的要激动，更多的是纳闷："小九啊，你这新住处的月租要多少钱啊？这儿地价这么贵，保安还不让进，你是不是收人钱了？"

"没有——"

陈溺迟疑着在想要用什么借口，就听耳边的江辙哼笑着对门禁那儿的保安说了句："麻烦放人进来，是我岳母。"

陈溺："……"

她这边的电话也挂了，慌忙地站起来，把地毯上的 T 恤丢到他身上："快点穿好。"

江辙慢悠悠地把自己收拾好，跟在陈溺后边看她忙忙碌碌地收拾屋子，没有一点要帮忙的意思，只双手插着兜懒洋洋地看着她。

电梯开门的声音已经传了进来，门铃声也恰好响起。

陈溺让江辙在沙发上坐好，指着他说："从现在开始，你是到我这儿玩的。"

他抬了抬张扬的眉眼，眼尾小痣妖孽勾人："什么？"

陈溺没空跟他说这么多，一本正经地把他的鞋踢到玄关柜子下，还在他面前放了杯凉白开泡的茶。

最后她平息了几下呼吸，小跑过去开了门。

外面传来抱怨："怎么这么久才来开门啊，是不是又在家睡懒觉？"

"没。"

潘黛香脚边放着几盒大闸蟹，捶着腰喊她："哎哟！快搬进去。早知道你搬家了，我就喊你爸一块儿来了，把我累得哦！"

"阿姨，我来帮您。"身后的江辙穿过长长走廊，虚揽过陈溺让她让个路，过来把那几盒大闸蟹搬进了厨房。

"欸，小辙在这儿玩啊？有劳了。"潘黛香看着他的背影，跟了进去。

"小九你也真是的，家里有朋友在也不跟我说一句……哎！这、这怎么还有几个机器人跟着我……"

陈溺表情尴尬，怕多说多错，索性先让妈妈自己熟悉环境。

她错眼看见阳台上两个人的衣服还没收，赶紧先撇下妈妈过去收好。

潘黛香跟着一块儿进了厨房，看见江辙正在打开泡沫箱子。

"小辙你在这儿，我倒来得巧了！待会儿你一起留下来吃晚饭，我给你们做个焖蟹。"她笑得和善，擦了擦手往橱柜里摸，"我找个盆先抓几只出来。"

江辙在长辈面前总是装得人模狗样，点头说好，提醒道："阿姨，大盆在第三个柜子里，消毒箱在门把后边。"

潘黛香拿东西的手停了下，眉头蹙着看这个小伙，想了须臾："小辙啊，阿姨这衣服刚才弄脏了，洗洁剂在哪儿呢？"

江辙停下捞蟹的动作，忙起身："我帮您拿。"

"等等。"潘黛香好歹活了大半辈子，这点猫腻还看不出来那真算白活了，"这是小九新搬的家，小辙你对这儿倒是挺熟悉的啊。"

江辙舔了舔下唇，佯装很为难的样子："阿姨……实话说了吧，其实我是陈溺男朋友之一。但她觉得您会不喜欢我，就一直不想让您知道我们在交往。"

"啊？"陈溺刚收拾好衣服走到厨房门口，就听见这么一句离谱的话。

她差点儿骂出声来，震惊地看着他。

江辙接收到她质疑的眼神，嚣张地单挑眉，跟挑衅似的，然后转过头，继续不痛不痒地补充："阿姨，您别怪她。小九也可能是在我们这几个男朋友之间徘徊，想挑个最好的来见您。"

潘黛香仿佛听见什么天方夜谭，吃惊地看着自己女儿："小九。"

陈溺舒出一口气，破罐子破摔地回视这个臭男人："对啊，我年轻漂亮又有钱，多交几个男朋友怎么了？"

"你再说一遍！"没等江辙说话，潘黛香撸起袖子跳起来敲她脑袋，"交了男朋友还不跟家里说一句，还要多交几个？你怎么这么厉害呢，忙得过来吗你！"

"啊！疼，妈。"陈溺捂着头往江辙身后躲，恼羞成怒，气得往他膝盖后窝踹了好几脚，"都怪你胡说八道！"

江辙笑得肩膀直抖，边护着人在怀里，揉揉她脑袋，边乖乖认错："对不起阿姨，跟您开了个玩笑。"

关系公开的结果和寻常流程没什么两样。

客厅那儿，江辙和陈母隔着张茶几对坐着，一人面前放了一杯茶。

潘黛香仔仔细细地问完工作、年薪、身体素质及有无不良嗜好后，谈到正题："两人谈多久了？"

陈溺接话："不到一年。"

"你家里几口人啊，父母是干什么的？"

"他一个人住！家里……就还有个爷爷在帝都，普通工薪家庭。"陈溺看了自己妈妈一眼，斟酌说完。

潘黛香不满地瞪她："有你什么事，小辙不会自己说啊？"

"阿姨，她说的都对。"江辙给长辈斟了热茶，诚恳道，"还有没交代的就是我俩大学谈过一年多，但后来因为我不懂事儿，让她难过了。"

陈溺低着眼没再说话，垂着脑袋玩手指。

她左边蹲着绵绵，右边立着几个小机器人，看上去乖得要命。

就是她二十多年来都给自己这种乖孩子的错觉，潘黛香才从来不担心这个宝贝女儿，就连快三十岁了还没领过一个男人回家，自己和她爸爸也从来不催不急。

可这么一说，这两人大学从谈恋爱到分手，她竟然也没跟自己这个亲妈提过一个字。

潘黛香抿了口茶："这房子谁的？"

陈溺指了一下："他的。"

江辙立马严谨地补上一句："有需要的话，明天我就能去把我名下几套房子都改成她的名字。"

"……"陈溺小小地白了他一眼。

潘黛香板着脸严肃了半天，终于没忍住笑："行了，这么担心干什么？这都 21 世纪了，还怕我棒打鸳鸯？"

两个小辈还是没敢放松。

"以前的事我不管，但你们既然到这个年纪还和对方在一块儿，就说明都想过很多遍了。"潘黛香看着他们说，"希望你们都能对自己的选择负好责任。"

江辙握过陈溺的手，郑重其事地保证："阿姨，我会对她好一辈子。"

"有你这话，我就当听见了。"潘黛香起身，挽起袖子往厨房走，"小辙，来给我打个下手。"

陈溺长这么大还是第一次经历这种事，等厨房里传来母亲督促的声音才有了点真实感——

"我们小九最爱吃蟹了，哦，还有虾……可惜她爸不会做饭，对了，你会吗？"

江少爷摇完头立刻说："我会好好跟您学。"

日光倾斜，陈溺窝在沙发上看电视，听着厨房传来乒乓声响，人还没反应过来，脸侧忽然落下了一个吻。

她正抬头，那边母亲又在喊："小辙，围裙拿来了吗？"

男人大步走过去："来了。"

今年彻底放年假之前，九洲科技的技术研发工程部接了个比赛——全国海洋智能装备创新大赛，也是智能无人艇搜救大赛。

当天陈溺局里有人被请去做评委。

而她为了避嫌，只能选择和一众 AI、VR 人工智能专业的大学生一同坐了在了观众席。

很多学生是慕名而来。在一开始的竞赛中，江辙手下的无人艇表现并不怎么样。观众席上嘘声渐起，不少人的目光开始投向另一支队伍。

怕陈溺担心江辙会输，边上的阮飞庭跟她说："弟妹别怕啊！江辙还坐着呢，代表问题不大。"

其实陈溺还真不怎么怀疑江辙会在自己擅长的领域被比下去，因为她知道他这人很坏又很会玩的德行。

不管是玩游戏、玩车还是玩其他的，他总是喜欢先放水，再绝杀。

给人希望，最后再给人绝望。

果不其然，等到五艘无人艇都进入公海后，江辙的船舰不管在速度还是报警的敏锐度上都一骑绝尘。

宣布最终冠军时，一群小迷弟和记者都冲了过去。

男人带着一身的意气风发被簇拥在人群中心，浑身上下都是那和恣意又锐利的气场。

他深邃的黑眸朝观众席看过去，朝陈溺勾勾手："过来。"

陈溺拿着他的外套还没起身，边上的阮飞庭一脸感动地飞奔过去："呜呜呜，真感动，拍照上报纸也不忘喊上我，师弟我来啦！"

"……"

这次比赛的奖金还不少，但江辙把自己得到的这笔钱全数捐给了市九中，也就是陈溺的母校，自然是以陈溺的名义。

也因为这一笔钱，九中的全体师生都感激得很，还特意请他去做了个演讲。

陈溺去找江辙时，他已经出来了，旁边还跟了一个人。

他恰好站在九中校门口那儿低头看手机，看样子是要给她打电话。

男人穿着一身休闲的运动潮牌，人高腿长，白色球鞋一尘不染。阳光落在他宽挺而直的肩上，别有二十岁那会儿的青春气概。

江辙听见陈溺喊了句，远远地瞧见她就伸出了手，身上透着股懒劲儿："怎么才来？"

"我早上才知道你捐钱了。其实我不是很怀念这个学校，没什么特别好的回忆。以前还有个老师……"陈溺牵着他，皱眉说，"反正看着挺讨人厌的。"

江辙很少听她这么形容一个人："谁？"

"你不认识啊，叫乔琛，教数学的。"想着现在也没什么好避讳的，陈溺本来想用几个颇为刻薄尖酸的词，但想想又太小心眼了。

"反正我就是觉得我中学时代要是能遇到个三观正常点的数学老师，大学就不会对高数这么头疼了。"

江辙点点头，若有所思："不过你要是数学好的话，我得少占多少便宜。"

陈溺被他欠揍的话逗笑："欸，你边上刚才跟着的那助理呢？"

江辙云淡风轻地说："哦，那是九中的新校长。"

陈溺顿了顿，仰着脸质问他："你故意让我说数学老师的坏话啊。"

江辙捏捏她脸上的软肉，笑着揽过人："走了，回家。"

陈溺没阻拦他捏自己脸的手，跟着他往前走了几步，蓦地开口："要不你晚几天回安清吧？"

"嗯？"

"我爸妈说想喊你一起过年。"她带着点试探的语气，"行吗？"

"你说呢？"江辙把人塞进车里，开着车先直奔商场。

一路上他事无巨细地问着叔叔阿姨的喜好，甚至还给江老爷子打了个求助电话。

但春节期间被喊到陈溺家来，氛围要比江辙想象的轻松。

陈父和陈母对人很友善，加上挑不出江辙的毛病，对他这个准女婿的态度都快把他当成亲儿子了。

不过每回下楼经过胡同口那儿时，只要有一群大妈坐着唠嗑，陈溺准会赶紧拉着他绕远路……最后只留下迟来的李家榕被大妈们拉着，要和他一块儿谈人生大事。

好不容易等陈父陈母都去了小区楼下亭子里打牌，江辙终于敢在这屋子里光明正大地进陈溺房间了。

陈溺在外边洗葡萄，听见房间里的江辙在喊她。她进门就看见窗户被打开了，偏暗的屋子里有一大片晨光流泻进来。

她抬手遮了遮眼，江辙倏地抓住她的手压在头顶，声音低低地说道："嗳，我发现你的秘密了。"

"什么秘……"她错眼看见本来放在暗处一角的校牌和他高中时候的照片都摆在了桌上显眼的位置。

阳光打在那一角，闪闪发着光。

照片是从他这儿拿走的，但校牌可不是。

江辙唇边笑意漾开，嗓音在她耳边响起："偷我校牌？你这么早就喜欢我了？"

比起他的乍喜，陈溺很淡定："没有，我捡的。"

她这一句"没有"等于把两个问题都否认了，江辙也知道会是这样的回答。

陈溺这人给别人的印象就是太冷静、清醒，对再中意的东西也要保留余地。这是她的自制，也是自律。

何况他们在那之前应该只是有过一面之缘，谈不上喜欢。

江辙慢慢松开手，陈溺甩了甩手上的水珠："对我一点印象都没有，你很高兴吗？"

"……"江辙发觉这好像确实不是件令人高兴的事。

这其实很不公平，他无意经过她的十七岁。

而在那之前，他同样也是无意地见过她，但只有她单方面地记住了他。

江辙把她拉到腿上，意识到女孩有点委屈了："在公交站之前就见过我？"

陈溺闷声："嗯。"

他也没问她为什么从来不提，因为他们都心知肚明：他不记得了，就算提了也只是多此一举。

两个人的骨头都太硬了。他从不记得无关紧要的人，而她不想说那时候落魄的自己。

但这么一想，江辙好像明白了当初分手时她说的那几句话。

在他不知道的时间里，她也曾在他身上放过心思，有记忆，还有时间。

所以当两方爱意的天秤出现一点点偏移，尽管在他看来只有一点点，但于陈溺而言，已经是很多了。

陈溺的下巴磕在江辙的锁骨那儿，手指碰了碰他嶙峋突出的喉结，声音很轻："希望你比我多活几年，把这些欠我的目光还回来。"

他艰涩地应声，亲了下她的唇："好。"

"我也有一张照片看了很多年。"江辙从手机外壳后边把再次塑封过的小小相纸抽了出来。

是那年他们在海洋馆里的合照。男生英俊张扬，女孩温柔淡然，那是他们这段故事青涩的开始。

陈溺其实在大学毕业、离开那座城市前去要过这张照片，但馆里的负责人说已经被拿走了。

她接过来，差点儿被汹涌的回忆冲红了眼："原来照片真的在你这儿。"

"嗯。还有件事儿。"江辙的下巴摩挲着她柔软的发丝，顿了顿，把口袋里的丝绒盒拿出来，里面是一枚蓝色钻戒。

他全程督工打磨了近两个月的戒指，内侧刻着两人的名字。

这位向来玩世不恭的青年在此刻罕见地有些紧张，黑眸垂下，看着她的侧脸认真地问："所以陈溺小姐，能有幸邀请你成为我的江太太吗？"

他有多爱你呢？

193

他为你认真活，也甘愿为你死。你要是不愿意，他就生生世世单相思。

那是个春光明媚的午后，江辙在大学课堂上做了场梦。

他梦见他们头发花白，再不复意气风发少年时。可陈溺一伸手，他还是毫不犹豫地跟着她走了。

第八章 / 新婚快乐

我们于春日热吻，也远远不止一个春

1

曦光从百叶窗的罅隙中渗入一两缕，床头柜上的手机振动了好几下。

陈溺迷迷瞪瞪地睁开眼，从男人怀里伸出手。

床头柜上两部手机除了颜色不一样其他的没什么区别，又放在一块儿，分不清是哪部在响。

江辙昨晚陪岳丈喝太多酒，睡得晚，这会儿脑子里还晕乎乎的。

他英朗的眉头蹙着，眼皮也没掀开，顺着她的手摸过去，嗓音很沙："谁一大早打电话？找我的？"

确实是江辙的手机在响，屏幕上显示的陌生未知号码是个010开头的短号，美国时区。

陈溺瞥了一眼就把他的手打下去，面不改色地拿过手机："是我的手机响，倪欢找我。"

她边说着边从他怀里挪出来，动作轻柔地打算下床。

江辙没松手，还攥住女孩的手指。

"你继续睡。"陈溺知道他起床气大，摸摸他头发顺顺毛，俯身亲了一下男人的唇，"我去客厅接。"

把房门缓缓关上时，手机的来电振动已经停了。

没等陈溺回拨，那边又打了过来。

电话对面是个温和的声音："你爸爸醒了，他想见你。"

江辙的父亲在几年前就一直是瘫痪的植物人状态，医生说就算他会醒来，恐怕也只能终生坐在轮椅上了。

这么大把年纪，再中个风，连话也不能讲。

陈溺不知道这算不算是人渣的报应。

既然李言口口声声想让江辙和那些人成全他们的真爱，那就证明给大家看吧。

看看李言对自己三急都不能自理的爱人如何不离不弃。

没听见江辙这边的回话，李言声音大了点："我知道你和我们相看两厌，但他好歹是你亲爹！畜生都知道要感恩父母……"

陈溺坐到阳台那儿的藤椅上，不悦地打断："我是江辙的妻子。"

李言皱眉："他结婚了？"

陈溺反讽道："我是他妻子，醒来的是他父亲，那么请问你是？"

"我是，我……"

李言没说出口，陈溺代为回答，字字句句掷地有声："你什么都不是。你有什么资格谩骂我丈夫？凭你和他父亲做下的事情，这还不够不要脸吗？"

"……"

被比自己年轻一二十岁的小辈指着鼻子回击，李言一时之间哑口无言。

和江辙说话时，李言总是一副不搭理人的冷戾样。

长期以来，李言以江嵘成了植物人为由发疯般侮辱这个孩子，以至于他们都快忘了自己曾经做过的亏心龌龊事。

江辙不计较是因为他为人子的立场和身份都很尴尬。

但陈溺不容许他们一次又一次的道德绑架，哪怕他们是真爱，那也不是伤害一个无辜女人的理由。

"江辙不会去看他，让他死了这条想见儿子的心。"陈溺难得把话说得这么明白。

电话那边传来一声什么东西掉在地上的闷响，再次接起来时换成了丘语妍，这女的比她多吃了三年饭，脑子却没半点长进。

丘语妍拿过手机就开始急急躁躁地破口大骂："别太过分了，你算个什么东西？让江辙接电话，我不信他连他爸都不见！"

蛇鼠最喜欢凑一窝，陈溺声音轻飘飘道："那你又算个什么东西？"

"……"

丘语妍语塞，下意识地摸了摸去年脑袋被撞到的那块地方。

回美国之后，丘语妍其实慢慢反应过来了。

她觉得江辙这女朋友实在有些可怕。

江辙在乎的不过就是两个女人：一个是他母亲黎中怡，另一个就是陈溺。

陈溺上回的举动，无非是把她俩放在对立面，让江辙做选择。

丘语妍仗着曾经为他母亲打过一通救护车电话，平时对他提出点过分的要求，他能做的都会帮把手。

但如果触及陈溺呢？

黎中怡已经去世了，陈溺成了他最后的底线。

陈溺往前推了江辙一步，让他知道，从丘语妍那儿承过的恩情和这么多年的退让早就足以抵消。

丘语妍确实太小看这个比自己还年幼几岁的女人，她当年什么都没做就让他们分了手，所以潜意识里，她一直觉得陈溺愚不可及，没点脑子，只会用分手向男人表达不满和抗议。

但她现在想来，或许他们分手和自己没什么关系，陈溺看上去更像是在脱离自己掌控不住的感情和人。

可丘语妍不甘心："你以为你赢了？你没想过江辙这种人永远不会改变吗？"

他花心、没有耐心、不可一世，是个彻彻底底的烂人。

"你不是也怀疑过他没有真心吗？"丘语妍冷讽道，"否则当初你们也不会分得这么轻易。"

陈溺摇头："我没有怀疑过。"

没有怀疑过他喜欢她，只是那时她在动摇，不知道他是不是不够喜欢她。

如果她不是他最爱的，那她就放弃了。

丘语妍："跟我嘴硬？要不是他妈死得全网皆知，他会主动跟你讲家里的事？你根本就不了解他，你在他眼里也并不怎么重要！"

陈溺听着觉得好笑，忽然想到什么："我猜大学时候，你是不是威胁过江辙要跟我说他家这些事？"

丘语妍脸色僵了一瞬。

陈溺听着那边没有立刻反驳，就知道自己猜对了。

她脸上的笑意并不良善，略显刻薄的话从嘴里吐出来："谢谢让我知道，原来人还可以这么蠢。"

丘语妍："……"

陈溺没被她那些离间的话影响到，她甚至觉得这挺好理解的。就像她不愿和江辙讲自己第一次见他是什么时候一样。

人们总是把傲骨留给自己最在意的人，把不堪和怯意都深埋心底。

既然她当初能自己从暗处走出来，那她也一定能把江辙拉出来。

……

在阳台发呆片刻，陈溺点开手机屏幕开了飞行模式，回房间把这张电话卡取出来了。

她在一边窸窸窣窣把手机弄好，而后不动声色地将手机放回到床头柜上。

床上的男人还是没醒，也许是被窗外阳光弄得有些烦，他手臂往上盖着额发，合着眼，呼吸也很安静。

陈溺掀开一侧被子躺回去，下巴磕在他肩胛上，吹着枕边风："我不小心把你电话卡弄坏了，晚点去换张新的好不好？"

江辙还在睡梦里似的，听见这么离谱的话也没多想，含糊地"嗯"了声，转过身，手本能地搂过她腰往自己身上靠。

她笑着伸手回抱住他，亲了亲他的耳朵。

外面天气很好，今年春日的最后一个晴天，风也舒服。

李家榕提着一堆家长们交代带的食物来公寓找陈溺时，恰好看见江辙在小区篮球场那儿。

门口警卫请示过，他才拎着大包小包的东西往里走。

上午醒来后，江辙就在楼下打球。

这边的楼盘大多都是明星或本地富豪购置的空房，尽管是休息日的时间段，小区里也几乎没几个业主在，安静得只剩大梧桐树上的蝉鸣有些聒噪。

李家榕提来的东西很多，一部分是他父母那边寄来的当地特产；另一部分是回了趟家后，陈溺的爸妈喊他顺路带过来的。

江辙拿过地上的矿泉水灌了几口，看了他一眼："你妈情况怎么样？"

"手术挺成功，得再养一阵子。"李家榕问，"小九呢？"

江辙冷了脸看他："你管我老婆干什么？"

"不是，江工。"他哑然失笑，"我和你也没什么交情，不找陈溺还能找谁？"

"谁也别找。"江辙对这个"过去式情敌"没什么好脸色，指指他身后那些包裹，"谢谢，东西放下你就可以走了。"

李家榕舔了下唇："我这不是第一次来吗，不请我进屋坐坐？"

江辙："？"

江辙发现了，这人是故意想来硌硬他的。

他拿起毛巾擦了擦脸上打球出的汗，擦了擦眉锋："想进去坐？行啊。"

李家榕觉得他笑得有点诡异，正迟疑着，蹲坐在大楼底下的绵绵突然冲了过来。

绵绵在江辙这儿吃得越来越多，体形也比几个月前长大了不少，配合那獠牙，一下就让人联想起当初被咬烂的裤子。

李家榕也不逗江辙了，正了正神色，一转身："告辞。"

江辙及时踩住绵绵颈上拴的那条狗链，把狗喊回来，揉揉它脖颈夸赞道："功臣啊，乖孩子。"

他边提着那一堆东西上楼，边念了句："不过，你妈去哪儿了？"

一大早出门，陈溺快到午饭时间才回家，打开门就闻见了厨房那儿的焦味。

江大少爷看着无所不能，无坚不摧，但厨艺这方面怕是真没天赋，连最好煮的茄子都能被他煮得又硬又生。

江辙从厨房出来，端了几盘试验品般的菜，扬声喊了句："你去哪儿了？"

陈溺没答，低眼看见玄关鞋架边有个小机器人被绵绵追着跑，她皱眉看着自己毛茸茸的兔耳朵拖鞋，居然少了一只耳朵。

"江辙，都说了你要把它拴起来！"她双手抱臂，没好气地抬脚告状，"这狗东西又咬坏我的鞋。"

她不常说脏话，骂人时声线也平静轻软。

江辙听得门儿清，脱了围裙丢到桌上，半蹲下身，捂住了绵绵的耳朵："咬坏我给你再买，你别这么喊它。"

2

去领证那天，江辙被陈溺拉去飞了一趟安清市的海栗湾。他对这地方的唯一印象就是跟她一起下海种过珊瑚。

夏季在海边玩的游客挺多，观瑚亭那儿人头攒动。

他们下海时，本意是去找当年栽植的珊瑚。珊瑚盆上有当年安清大学每一届学生的名字，陈溺很快就找到了自己的那一盆。

不过她运气太差，自己那盆没存活下来，光秃秃的盆昭示着她的栽植失败。

一旁的江辙推推她的肩膀，指了指边上那株高大的珊瑚。

当初他是一时兴起跟着下海，没想到他栽种的珊瑚反倒长得最好，这一片珊瑚礁上的植物，他那株没有名字的独树一帜。

潜游面罩下看不清陈溺的表情，两人一起往上游。

上岸换好衣服出来，她才一脸百思不解："为什么我的没活？我当时可是认真挑了很久。"

江辙听乐了："人品问题。"

陈溺瞪他："那你的还能活？不科学。"

他捏了捏她软嫩的脸，戏谑："陈绿酒你玩不起是不是？你要真想栽活几株，你江爷和你领完证再回来种呗，种一整个礁盘都行。"

"别嬉皮笑脸的。"陈溺任他捏着自己脸颊，抬眼，"你下海没感觉哪儿难受吗？"

"想听真话？"

她反握住他的手："嗯。我说过很多次了，你不要总在我面前逞强。"

"我现在真没事儿。"江辙揽过她的肩坐在路边长椅上，想起来点什么，"十几岁的时候，倒是常做噩梦。"

他那时太小了，十四岁的小少年看见一池子的血，而最爱的亲人泡在水里，很容易就留下心理阴影。

江辙见过黎中怡退圈前的游泳视频，她就像一条优美的美人鱼，而他曾经以为这条美人鱼会永远幸福地游下去。

那段时间，他睡也睡不着，很害怕医院传来的会是噩耗。

这事还不能对外说，黎中怡退圈之后也有不少记者会来拍摄她的近况，隔段时间他就能看见在门口蹲点的人。

包括近段时间，黎中怡都去世这么久了，依旧有人为了挖出黎中怡儿子和丈夫的现状，一直在想方设法地调查江辙。

江辙下巴磕在陈溺脑袋上，垂下漆黑眼睫："我现在已经没什么感觉了，对那些人也没什么感觉，顶多是不想接触了。"

他这话不带半分假。

江辙一直算得上是意气风发、无所畏惧的男人。

但唯独在父母这件事上，与其说觉得难堪，不如说是不知道怎么办，他几乎没有面对那样的父亲和父亲身边那几个人的勇气。

他们不停地用亲缘捆绑他，让他只想逃避，往黑暗里钻。

然后陈溺来了，剥开他身上那层看似坚不可摧的外壳，扯着他重生，要他活得热烈明亮。

江辙话题一转，勾唇："你说我上辈子对你是不是有大恩？"

"你上辈子说不定是条狗。"陈溺翻了个白眼，抱住他的腰，"你明明想说的不是这个。"

他笑得很淡："那我想说什么？"

"你想说……"她声音放轻，在男人耳边道，"以后有我爱你了，阿辙。"

民政局大门台阶上，玻璃门的大红字条上写着"周末不上班"几个大字，显然和他们一样没有结婚经验的几对情侣也在门口苦恼起来。

"周末为什么不上班？"江辙皱着眉，手上还拿着两本户口本，"万一人家周末想结婚，到周一就跑了怎么办？"

"江辙，法定双休日不上班很正常。就你要结婚？"陈溺很无语地看着他，"还有，我周一也不会跑。"

江辙蹙眉："那你为什么也不记得今天周末不开门？"

他是随心所欲的半个"资本家"，脑中没有工作日和休息日这个概念很正常。

但陈溺不一样，她本来平时做什么事都井井有条，而且她是朝九晚五的上班族，没理由也不记得。

"人家都说一孕傻三年，你这难道还提前傻了？"他总是这样会给人扣帽子。

陈溺抿抿唇，一本正经："可能因为我也是第一次结婚。"

江辙顺着话问："那你紧张吗？"

她微微一笑，指出来："我们俩之间，好像是你更紧张。"

江辙没反驳，还点点头，煞有介事道："我一紧张就想跟你——"

陈溺及时踮脚，捂住他语不惊人死不休的嘴。

她往边上看了一眼其他几对苦着脸有些丧气的情侣，也是，兴致勃勃地拿好户口本才知道白跑一趟，谁脸色能好看？

她木着一张脸，扯着江辙的胳膊回了停车场，一字一顿地咬牙切齿："回、家。"

坐到车上，江辙笑得更放肆浑蛋："你想哪儿去了？我说一紧张就想做点放松的事。"

她迟疑："比如？"

他勾勾手："凑过来点。"

陈溺觉得他的表情危险又熟悉，眼神平静地看着他。

江辙没耐心等她磨蹭，解开身上的安全带把人直接一提，抱到他腿上，又往后调整了一下座椅位置。

他整个连贯的动作把陈溺看得目瞪口呆，她微张着唇："你健身就是为了拎我更方便是吗？"

他笑得没脸没皮："你才知道？"

陈溺："……"

车停在附近商场的地下停车场，这个点虽然是大白天，但因为是周末，周边来来往往停的车也挺多。

陈溺被旁边那辆车鸣笛的喇叭声吓呆了一秒，愣怔的当口就已经被江辙攥住了手。

她脸上有点绯色，避开他直勾勾的眼神，但也没有挣扎着想缩回手的意思。

江辙勾下她的脖颈，手扶着她的后脑勺贴近自己。

陈溺的呼吸被攫取，两人的唇舌碰在一起。

陈溺刚闭眼，就感觉到自己睫毛扫过他的鼻梁骨，耳朵瞬间通红。

"你别……"陈溺跟只小猫似的哼哼唧唧往他身上贴。

江辙闷声笑得停不下来，胸口隐隐震得她耳根发麻。

陈溺听得更羞赧了，慌慌张张地往副驾上爬回去时，回头给了他一脚。

第二天一大早，江辙怕要排队，早上七点就把陈溺带上了车。

这少爷还真的怕人跑了似的，赶了个大早，在民政局上班后第一对领了证。领完证回家后，陈溺只觉得犯困，卸完妆就往床上扑。

江辙靠在床头，拨弄着她的头发："浩子他们回来了，约好晚点一块儿出去玩，你忘了鹿鹿也在？"

"明天再去见。"陈溺不耐烦地挥开他的手，把脸埋进被子里。

江辙亲亲她手指，有些好笑："真这么累？领证第一天，不去庆祝庆祝？"

"你昨晚发了多久疯，心里没数？"她软声反问，闭眼指着门口赶人，"快去玩，别烦我。"

江辙这人蔫儿坏，硬是要挑战她的脾气底线，走之前还特别烦人地把她拽起来，来了一通热吻。

痞坏又霸道，还特幼稚。

末了唇分开，他用被子盖住她，关门的速度比被丢出来的枕头还快。

俱乐部里。

因为陈溺没来，路鹿又不太喜欢黎鸣身边的新女朋友，索性无聊地缠着项浩宇玩扑克牌。

江辙咬着根没点燃的烟在边上打台球，一身黑色冲锋衣，拉链敞开，里面那件 T 恤正面印着个张牙舞爪的猛兽。

男人长腿窄腰，俯身时胯线都比台球桌高上不少，又有张棱角冷厉的脸，站在那儿就很吸睛。

对面那卡座有几个女生朝他这边望了挺久，是一群年轻的女大学生，说笑间，有个高个子女生拿着打火机朝他走了过来，径直要给他点火。

江辙把台球杆往桌上一扔，后退两步，顺势举起左手，右手伸出两根手指敲了敲无名指上的婚戒，淡声拒绝道："有人了。"

女生有些尴尬，舔舔唇，说了句抱歉就埋着脑袋回位置上去了。

项浩宇他们在边上朝他吹口哨："呜呼！领了证的江爷就是狂，生怕没把结婚的事昭告天下。"

江辙一哂，坐过来靠在沙发背上："有件事跟你们说了吗？"

一群人洗耳恭听："什么事儿？"

江辙慢条斯理地睥睨着这群人好奇的表情，悠然自得地把腿搁在茶几上，拿了瓶啤酒慢慢喝，任他们着急地催他赶紧说。

路鹿看不下去他这磨叽又嘚瑟的样子："不就是你年底要和小美人去冰岛度蜜月吗？有什么了不起的！我早就问过溺溺了！"

秘密被一口气说出来，没了惊喜感。

江辙"啧"了一声，掀起眼皮看向她身后的男人："能不能管好你的姐？"

"……"路鹿鼓着腮像只河豚。

项浩宇笑着摸摸她的后颈，又问："你们的婚礼什么时候办？"

江辙耸耸肩："不办了。"

"不办？我和贺以昼连伴郎服都挑好了！"黎鸣看上去比当事人还激动。

"朝我喊有什么用？"江辙说得理所当然，看了一眼路鹿，"我家那个对穿婚纱没什么兴趣。"

其实他也不知道是不是有这丫头的原因在内。

路鹿和项浩宇近几年别说办婚礼，在外头牵个手都得防着被家里人看见。要让她参加好姐妹的婚礼，万一大喜日子弄得不开心了呢。

江辙抿了口酒，他这么不受世俗拘束的人，倒对婚礼也没什么所谓。

现在办场婚礼，光场地、设施、请帖……也是项大工程，于是这笔办婚礼的钱被陈溺捐给了海洋环境保护协会。

他又欠兮兮地补上一句："放心，爷的喜糖还是会寄的。"

几个人像被这已婚男人挑衅了般，一个个轮着灌他酒，美其名曰就在今晚庆祝他新婚快乐。

从大下午疯到半夜，最后还是项浩宇载他回家的。

江辙鲜有来者不拒、喝得一塌糊涂的时候。今天他这种情况，要么是发泄，要么是放纵。

男人一身沉闷的酒气，头靠在副驾驶椅背上。

"这次是真喝多了啊兄弟，结了婚还喝成这样。"项浩宇帮他系的安全带，自己边系安全带边倒车，"你也不怕陈妹让你睡书房。"

江辙笑得漫不经心："不会，她可舍不得。"

"……"项浩宇开始怀疑后座睡得安安稳稳的路鹿是不是真爱他，为什么对他这么舍得？

江辙侧首，看着一晃而过的夜市高楼，喃喃："浩子，我觉得人生到这样真的够好了。"

项浩宇心里有点百味杂陈地瞥了江辙一眼，心想江辙生来少爷富贵命，他的人生当然是够好的，那不是理所应当的吗？

但莫名地，他就是听出一种"苦尽甘来"的感觉。

他空出手拍了拍男人宽瘦的肩。

3

江辙这人自负也自卑。

他一直觉得谁也不会愿意全心全意地爱上他这种人。

挑剔颓冷，三分钟热度，就是个缺爱、别扭的无底洞。

在海外飘来飘去的那几年里，他活得更是得过且过。

但愿死在台风海啸里，死在重感冒里，死在密集珊瑚树里，像一条随波逐流的秋刀鱼。

有句话说："相爱要小心，距离过近请选择光明的人。"

决定读博的前一年，他被教授用这话给说动了，醉生梦死的岁月里突然就有了期盼。

他也曾经有过很好的夜晚，吻过心爱女孩的眼泪。

是生是死，这辈子他就认定她一个。

不算没盼头了。

可江辙回来时，对陈溺也是真的没把握。他知道她看着温温顺顺，但心比谁都硬。

他何尝不是在毫无希望地赌。

而陈溺决定他的输赢。

……

"胃才养好没多久，你真是嫌命长，又喝这么多。"厨房那儿传来女孩训斥的声音。

她唠叨人也没点唠叨的样子，说了两句就消声，端着汤过来。

被扔在客厅孤零零的江辙正襟危坐着，就着她喂人的手喝了碗解酒汤，才跟解释似的说了句："就这么一次，因为高兴。"

明明喝得都要项浩宇扶着上楼了，这会儿他的声音倒是很稳。

陈溺俯身，扶正他的脸："能不能自己回房间？"

江辙说："能。"

陈溺坐在另一边，边拿着小九开始调投影，边说："那你回去睡觉吧，我白天睡久了，想看会儿电影。"

"不能。"江辙面不改色地改口，把拖鞋蹬开，自发地枕在她腿上，"你看吧，我就在这儿睡。"

陈溺没赶他走，拿过抱枕搁在他头下，再把毛毯也盖上。

她视线看着投影，手搭在他身上，人慵懒地靠在沙发软垫里，很是随意地说了句："新婚快乐啊，江辙。"

江辙望着她几秒后，突然勾唇笑得极为好看，醉醺醺的眼睛漆黑有神，睫毛缓缓覆盖眼睑。

"新婚快乐，我的陈溺。"

今年的夏天比往年热不少，南港市的夏季温度高到上了好几次网络热搜。毫不夸张地说，在室外待上半个小时就能中暑。

而江辙那公寓三面环风，阳台无敌大，还支出了一方小游泳池。

房间里开着空调，江辙又想吹外面的自然风，就开了天窗，睡在冰丝凉席上懒懒散散地闲了一天。

绵绵也跟着懒洋洋地睡在床下，江辙时不时摸摸它，突发奇想："你妈这么一朵铿锵玫瑰，为什么给你取这么软绵绵的名字？还挺好听。"

床侧的小九机器人识别到他的语音，自作主张："正在为您播放陈奕迅的歌曲《绵绵》。"

"……"

双休日就这么平淡地要过去。

陈溺出门前看见江辙是那个姿势，到下午回来发现他还是那个姿势，似乎是躺在床上大半天了。

听见机器人们发出声音问候女主人，江辙立刻丢开手机装睡，绵绵跑出去迎接。

陈溺放好包和买的东西，舒了口气。

她刚和路鹿、倪欢她们一块儿逛街，看见项浩宇在打游戏就知道他和江辙肯定在一起玩。

前段时间江辙确实也忙，为了改进新款无人艇的漏洞，他和公司团队熬了一个多月，就没睡过一个好觉。

就因为这项领先世界的智能艇改造，九洲公司在汇报里被领导们夸赞了一番。

自然免不了又有记者约他这位总师做访谈，采访还没开始，就先以"年轻有为""英年早婚""史上最帅的工程设计总师"等噱头宣传了。

要不是江辙吩咐人撤热搜降热度，他顶着这张胜似明星的脸恐怕又要火一圈。

男人清闲下来，放松的方式在陈溺看来实在太单一了。

打电竞，玩赛车，去喝个小酒开个派对，其实还是等于在玩游戏。

她换了家居服，躺过去兴师问罪："你一整天都干什么了？"

"大夏天的。"江辙睁眼，尾音慵懒磁沉，俯身屈肘压在她脸侧，勾下颈吻住她白嫩清晰的锁骨。

陈溺稍显愣怔，手摸到他漆黑的短发，耳边吐息熨烫灼热，传来男人浑不吝的低语："我什么都不想干，除了……"

八月下旬，温度终于下降了一点。

陈溺今天穿得很随意，浅灰色卫衣半敞着，里头一件白色吊带，下身穿了条运动风格的五分裤，配上运动鞋。

她的工作性质迫使她平时总是正装出行，这么一身休闲的运动风，乌黑长发迎着风被吹动，倒让从小区门口进来的路鹿以为回到了她们十八九岁那年。

楼下停着江辙新买的大 G 越野车，车牌是一连串的"9"。

陈溺没有车钥匙，又没找到坐的地方，索性爬到车头上坐着了。她朝路鹿招招手："你也上来坐，不知道他们要多久才过来。"

路鹿摆摆手，十分坚持地拒绝："不行，男人的副驾驶位或许可以给别人坐，但车头只能由他的女人坐！"

"……"

临近傍晚，也就她们杵在这里傻傻等人了。起因是江辙说要在今天过生日，还和项浩宇一块儿给她们准备了惊喜。

两个女孩一致觉得：不要对男人口中的惊喜抱有希望。

等了快六七分钟，他们各提了包零食水果过来了。

江辙边拿着车钥匙开了车门，边抬手把陈溺抱下来："没时间吃晚饭了，先在路上垫垫肚子。"

陈溺有点蒙，戳戳他的腰："你们到底要干什么？"

路鹿和她一块儿坐在后排，从零食袋里翻出一盒巧克力，也是一头雾水："天都快黑了，还开车去哪儿啊？"

项浩宇坐在副驾驶，和江辙对了个默契的眼神，笑着说："各位乘客，请系好安全带，本次旅途的终点站是港口音乐节。"

这么多年过去，当年因追星认识的两个女孩早就没了那时候的心气，平淡地"哦"了声。

江辙猜到她们的反应，打开手机递过来，是一段视频。

视频里的乐队还是当初熟悉的三个人，连开场白都是一样的："大家好，我们是音乐人，'落日飞鸟'组合。"

路鹿已经惊讶得捂住了嘴："笋子！盛盛，还有大广，呜呜呜，小美人你快看！"

陈溺也有点感慨，她大三时，他们已经没再出过新专辑。三年前他们宣布解体，也在大家的意料之中。

这视频显然是江辙他们找人特意录的，还是笋子站在C位跟她们打招呼。

211

三位青年依旧腼腆，在镜头下一脸被迫营业的样子。

视频里大概说的内容是：这是他们各自成家之后的第一场演出，很荣幸这场音乐节能被两位赞助人支持，也希望她们能到现场一起玩。

"怎么做到的？！他们居然还知道我和小美人的名字，你们太牛啦！"路鹿大吃一惊，已经快乐得嘴角都要抿不直。

项浩宇摊手："钱和诚意都到位，就很容易做到了。"

音乐节还没正式开始，港口那儿已经有卖各种周边的小摊子支了起来。

路鹿拉着项浩宇挤进人群里，扬言说要给他们一人淘一件笋子的周边T恤出来。

海平面上最后一丝霞光彻底没入水里，霓虹亮起，这座城市的辉煌夜晚才刚刚开启。

陈溺牵着江辙，哼着"落日飞鸟"的老歌往前找合适的位置。

江辙随她左右晃着自己的手，低声笑："开心吗？"

"嗯，开心。"她反应过来，"所以今天你的生日就这样过了吗？晚上要不要回去吃蛋糕？"

"不吃蛋糕。"他眸色暗了点，声音藏着笑，"吃你。"

陈溺用力扯了下他的手掌，避开拥挤人潮，不满地在他胳膊上咬了一口："那我先吃你。"

她开心的时候，咬人的力度就跟奶猫撒娇似的。

江辙乐见其成，俯身抬起女孩的脸要亲。

大屏幕的光突然变亮，开场第一首歌就是"落日飞鸟"演奏的返场曲。

两人的鼻尖刚碰上，陈溺听见音响传出的第一声就一把推开江辙的脸，拉着他往路鹿他们占好的位置那儿跑："快点快点，开始了！"

江辙叹了口气，笑得有几分无奈。

台上还是熟悉的乐队，台下的歌迷们欢呼雀跃，配合地跟唱。

旗帜挥舞，继续向前，向着蓬勃鲜艳的青春和热恋。

我们于春日热吻，也远远不止一个春。

番外一 / 一家四口

团圆的日子

年底，又赶上家人大团圆的日子。

中国人对春节这种节日似乎有一种传承的执念，总觉得什么事都能在年底解决。

南港市老胡同口这一片都是凋敝破败的筒子楼居民区，邻里几十年的感情，到了重要节日自然一块儿张灯结彩地庆祝。

翁郁的街边大树到冬天早就秃得什么都不剩，被各家各户用粥糊上了大红色的"福"字。

陈溺来胡同里喊小孩回家的时候，女孩身边正围着几个同龄男生，个个捧着讨人欢心的小礼物等着女孩从他们手上挑一个。

有无人机、满瓶的手折小星星、新鲜的满天星花束……

女孩绑着个公主丸子头，唇红齿白，肤白而稚嫩，在这个青涩年纪里也能看出长大后会是个怎么样的美人。

她此刻看上去颇为苦恼，挑挑选选后从其中一个男生手里接过一盒弹珠："就这个吧，下次我再选你们的。"

挑选别人送的礼物还像是给了极大荣耀，而那些小男生居然也十分受用这套，也不知道她这种天生的异性缘是随了谁。

"陈青栀。"

不远处传来熟悉的女声，平缓而沉静。

陈溺靠在一堵墙边，双手插进外套两边的兜里。她今天穿了件牙白色的羊绒开衫，高跟鞋半踱着后脚跟，模样慵懒又韵味十足。

细长眼睫稍稍抬高，她别有深意地朝小孩那边睨了眼。

刚刚还在故意耍酷的陈青栀立刻变乖，边回应了一声"妈妈"，边将刚才收到的五彩弹珠还了回去，嘴里就跟背好了台词似的，噼里啪啦就是一堆："虽然不太需要，但还是谢谢你们的礼物！祝大家新年快乐，我妈妈喊我回家吃饭啦，下次见呀！"

一堆好听的话说得一群小男生一愣一愣的，还没反应过来，女孩一溜烟儿就跑了。

陈青栀穿了外婆新买的小靴子，踩在枯黄落叶上"咯吱咯吱"响。

她抬眼瞧见妈妈已经转过身往前走了，立马小跑着追上去，抱住女人的腰，嘴里喊得很欢快："妈妈！你什么时候回来的？"

"就刚才。"陈溺伸手牵住她，掐了掐小孩的脸颊，嗔怪道，"妈妈跟你说过多少次了？不能收男生送的礼物。"

刚满四岁的陈青栀鼓鼓腮帮，不满地嘟着小嘴，恃美骄纵："我也不愿意收啊！可他们总是跑到外婆家楼下喊我名字。我名字有这么好听吗？"

听着有趣，陈溺莞尔："外公没朝他们泼水？"

"外公想泼的，被小白和外婆拦住了，说怕社区大妈们上门吵架。"陈青栀牵着妈妈的手掌搓了搓，呼了口热气，继续慢吞吞地组织语言分享日常，"外公还说，妈妈你以前上学时也有男同学追到楼下来，都是多泼几盆水就好啦！所以爸爸也被外公泼过吗？"

陈溺迟疑几秒没来得及作答，两人已经走到楼梯口，刚才说话的声音一字不落地传进了拐角那儿的父子俩耳朵里。

还没见着人，就听见男人吊儿郎当地回了句："你爸当然没被泼过。"

楼梯间内，烟尘在傍晚涤落的夕阳光线中飞扬。

江辙人站在旧电表箱前，影子被那道从窗口泄进来的暮光拉得修长，轮廓清疏利落，脑袋低低垂着时，后颈棘突骨骼瘦削嶙峋。听见脚步声靠近，他正侧头看过来。

他明明穿的是六位数的矜贵西服，腕表里的钻盘泛着细碎的光芒，这会儿撸起袖子拿着个电工钳，倒把修理师傅的模样诠释得活灵活现。

边上站着的江白榆正拿着手电筒给爸爸照着亮，见到妈妈那刻显然眼睛都睁大了点。

前些日子陈溺和江辙都挺忙：一个被外派到夏威夷太平洋环流中心做HOTS 项目的收尾工作，另一个受邀回母校康奈尔大学给应届毕业生做职业规划。

留下两个孩子放了寒假就一直待在外婆家，无聊地打发时间，直到等到小年夜这天。

夫妻俩已经小半个月没见面，和两个孩子也是一样。

江白榆和陈青栀这对双胞胎姐弟心有灵犀，见状就交换了位置。一个奔着妈妈，一个奔着爸爸过去。

陈溺弯腰，看着自己儿子清俊的小脸上不知道从哪儿蹭来一块污渍，哭笑不得地拿出纸巾给他搓了搓："在外婆家好不好玩？"

"嗯。"

江白榆从小就是个闷葫芦性格，到姐姐会讲话的时候，他还没学会开口，急得大家还以为这孩子有些迟钝。

但后来真等江白榆说话时，第一句说的就是"你们好吵"。

人长得高冷也就算了，说个话也跟不食人间烟火似的，把大家乐得不行。

但当下也许是出生以来第一次跟妈妈分开这么久，江白榆的话也比平时说得多了点，更像是在抱怨："鹿鹿阿姨每次来找我们玩，都喜欢揉我的脸，还要吹一下。"

陈溺被逗笑了，当即捧着他的小脸吹了一下："是像这样吹吗？"

"对。"江白榆露出嫌弃的表情，擦了把脸，幽幽地开口，"我不是蒲公英，吹了也不会开花的，你们能不能不要像小屁孩一样幼稚。"

陈溺："……"

站在边上负责给江辙照手电筒的陈青栀手已经举累了，鼓着婴儿肥的小脸苦巴巴地诉苦："爸爸，我们不要修了好不好？栀栀饿了。"

江辙头也没抬，拖着懒腔："不修好的话，栀栀今晚得饿成一张饼了。"

"栀栀才不要变饼！"陈青栀撇着嘴，一脸不满，"你不能诅咒我变饼，他们都说女儿是爸爸上辈子的小情人呢。"

"少跟你姥姥学这些歪理。"江辙半点不吃这套，把她手里的手电筒拿下来，语气浑得半点不收敛，"你爹上下八百辈子的情人只可能是你妈，懂了吗？"

陈青栀："……"

小青栀在饲人这件事上至今词汇量稀缺，尤其是在自己爸爸这毒舌大王面前，几乎是屡战屡败。

"行了。"陈溺走上前摸了摸两个小孩的脑袋，"先回去洗手，帮外公外婆一起包饺子。"

两个小孩这才奶声奶气地应声"好"，踢踏着往楼上走。

从男人手里接过手电筒，陈溺往电表箱里看了一眼："又烧了？"

江辙也不应她，冷冷痞痞地来了句："一回来先是看两个孩子，看完了又看电表。陈小姐，你是不是忘了你老公姓什么？"

知道他又作起来了，陈溺睨他："有完没完？"

本来两人之前都在美国，虽一个在纽约，一个在夏威夷，但也就一趟飞机的事。

不过为了彼此能专心工作，陈溺硬是拒绝了江辙三番五次要来找她的要求。经常不接视频也就算了，连个地址也没发过，把江辙给气得不行。

陈溺踮脚从身后攀上男人的宽厚肩背，她也不是不惯着他这胡乱别扭的臭脾气。她把手伸长从他脖颈那儿绕过去，给他松了松领结。

江辙喉结上下滚了滚，弧线分明清晰。他偏开头："拿头发给我挠痒呢。"

陈溺低睫，这才捞了一把垂落在他颈侧肌肤上的长发，夹在胸口斜挎包的链条下后，她整个人挨着他跟没骨头一样，懒懒地打了个哈欠，言简意赅："困。"

江辙手顿了顿："几点的航班？"

"就到胡同口还没二十分钟吧。"看他西装革履，显然也是才下飞机没多久，陈溺勉强掀了掀眼皮，"你回来多久了？"

"比你早个十来分钟。"

他拿着电工钳的手使了点劲，青筋突起，长指骨节分明，浑身肌肉也紧绷着，靠在他背脊上的陈溺显然感受得更明显。

没来由地，她张嘴在他紧绷的肩胛骨肌肉那儿咬了一口。

隔着西装和衬衣，这感觉酥酥麻麻的，他倒也不痛。

但江辙还是很快卸了劲，怕崩着她牙。

等气消完，他又被她这突如其来的举动气笑了："陈绿酒，你当我是唐僧肉啊？"

陈溺掐了把他腰腹，严谨道："不是，给我家栀栀出气。天天欺负自己女儿，就想着把她逗哭才行？"

江辙不以为然："哪这么容易就哭。"

他俩婚后三年才生了这对双胞胎，各冠了个姓。

两个小孩基因好，生下来就漂亮。陈青栀比江白榆早出生两分钟，性格上，江白榆这个弟弟却稳重安静许多。

身边朋友都以为陈溺和江辙这对儿，陈溺肯定是扮演"严厉母亲"的那个角色，但其实相反。

江辙没有半点该做女儿奴的觉悟。

教陈青栀玩拼图，一共三百块，还要采取比赛的模式。结果他不到半个小时就拼好了，直接把小姑娘气到自闭，再也不想看到拼图。

一家四口去打个夜场篮球，江辙除了对陈溺放水，两个小孩就如同他婚姻的意外。

诸如此类种种恶行，简直罄竹难书。

此刻，面对陈溺的指责，江辙半点不认："我这是让栀栀了解她爸多厉害，以后才不会随随便便被一些普普通通的傻小子骗走。"

陈溺若有所思地想了会儿："但你有没有想过，在你的衬托之下，外面全是好男人？"

江辙："……"

男人蓦地不说话了，陈溺戏谑地推推他："郁闷了？"

他一本正经："我想想，能不能把这套打压式育孩方法用到儿子身上。"

话刚说完，他锁骨那儿又被陈溺盖了个不轻不重的牙印戳。

江辙下颌动了动，侧身钳着她下巴亲了口，眉稍抬："咬上瘾了？今晚回去让你咬个够。"

"我提前替小白咬的。"陈溺白了他一眼，没好气儿地晃了晃手电筒，"电表修完没啊？太阳都落山了！"

他笑得没皮没脸，搂过她上楼："早修好了。"

番外二 / 大小姐 × 保镖

鹿鹿，信哥哥吗？

1

下课铃十分钟前就响了，讲台上的老教师还在唾沫横飞。

坐在中间最前排的女孩在面前装模作样地立了本大书，两只手正撑着小脸躲在书后睡觉。

"……所以说同学们，好好学习不是为了我，是为了你们自己！中考是人生中第一个小小转折点，你的每一步都决定了你的人生将在哪一阶层。

"等你们长大就知道了，其实站在我这个位置往下看，玩手机的、看漫画的……"班主任语重心长地用食指推了推眼镜，而后指向正在他眼皮子底下睡觉的这位小姑娘，"还有这种睡觉的，讲台上都能看得清清楚楚！"

班主任用手指着还嫌不解气，又丢了个粉笔下去把人砸醒。

小姑娘拍了拍脸颊上的粉笔，被砸得有点疼，但仍旧没有睁开眼睛，只是用手往脸颊上蹭了蹭，似乎在呓语："哎，哥，别吵我，放寒假……"

一群人听了哈哈大笑，开学都过去一礼拜了。

同桌友善地推推她，捏了捏她婴儿肥的脸蛋："鹿鹿，放学啦！"

前一秒还迷迷糊糊困在梦里吃蛋挞的人这会儿立刻从善如流地站起

来，揉揉惺忪睡眼，边鞠躬边用着软乎乎的音调说："老师再见。"

"谁跟你再见？"班主任气不打一处来，又连连向她砸了几根断了的粉笔，直至把人砸醒，"其他人正常放学，你给我留堂，拿本书出去站十五分钟！"

一群人幸灾乐祸地背着书包跑出教室，一个个看着非常热情地跟路鹿告别："小鹿小鹿，See you（再见）！周一见啊，嘻嘻嘻！"

"……"不讲义气的损友！

路鹿撇着嘴，颇带怨恨地用眼神送走一个又一个同学。

她只在班主任盯着自己的时候站得最端正笔直，听他继续絮絮叨叨那几句话。

等人一走，确定他回了教研组的办公室后，小姑娘立刻回教室收拾好书包，没吃完的零食也一股脑儿全塞了进去。

一晃眼，她瞥见班里的值日生还在那儿拿着个笔记本跷着二郎腿。

"喂，'萝卜丁'！"路鹿从粉笔盒里拿出一根长粉笔折断朝他丢过去，拍拍手上的灰，又叉着腰，哈哈大笑，"没想到陪本宫走到最后的居然是你！"

"萝卜丁"本名叫罗波，因为身高不足一米七，且和路鹿个子相差无几而被她取了个这么损的外号。

知道这大小姐戏瘾上来了，一口一个"本宫"。

罗波半点也不配合，眼皮一翻："我今天值日，不是得等你受罚完再锁门？"

关好门出去，路鹿蹦蹦跳跳跟在罗波身后，指着他骂："很好，真是老班身边忠心的左膀右臂！等本宫哪日东山再起，一定先赏你一丈红！"

罗波转过身，扬扬手里的笔记本："哎哟，路贵妃，赏我一丈红之前不如先看看我手里的是什么？"

路鹿看那笔记本有点眼熟。

虽然一个班的笔记本都长得差不多，但她瞥见缺了半个角的封面，浑身打了个激灵："'萝卜丁'，你偷我笔记本，你不要脸！"

"呵呵。"罗波边拿着笔记本往前面跑，边对着她喊，"让我来念念我们鹿鹿大小姐的放学后计划便笺。要去书店买的……"

这会儿校园里已经没几个人了。一到周末，整个初中都调休。

路鹿羞耻地既想捂住耳朵，又想捂住他的嘴："啊啊啊，你有病吧！给我闭嘴！"

"路贵妃你口味真重！这就是把柄我告诉你，除非你给我带一星期早餐……"罗波得意扬扬地挥舞着她的本子往外跑。

路鹿穷追不舍地跟在后边骂他想得美。

校门口家长的车已经没几辆，一辆干净到反射夕阳光的宾利最显眼。

边上候着一位司机和一个身量修长的少年，显然是在那儿等了有一段时间了，但面上都没有半点不耐烦。

"立叔，哥！哥哥！"路鹿隔着老远就跳起来招手，指着跑在前面快要冲出校门的"萝卜丁"，嗓音化为一只尖叫鸡。

"哥哥！哥哥哥哥……他抢我本子，快帮我抓住他！！！"

项浩宇往前走了几步，趁着罗波回头的时候直接挡在他前面。他人比罗波高一个头，没费什么劲就把本子拿到了自己手里。

拎起罗波的校服领子，项浩宇佯装严肃的兄长模样："为什么抢我妹妹的笔记本？想引起她注意？想追她？"

"你、你……你胡说八道！"罗波被他这么一盯反倒紧张得结结巴巴，恼羞成怒地否定他的一连三问，"谁会看上那个'瘦竹竿'？比男的还高！"

中学时期好像就是这样，十四五岁的年纪，总喜欢根据人家外形取外号。戴牙套的叫"钢牙妹"，戴眼镜的叫"四眼仔"。在同龄人里太矮的叫"萝卜丁"，太高不胖的又叫人"瘦竹竿"。

项浩宇听笑了，大手放在男生天灵盖那儿扭着他头往后转，义正词严道："这叫瘦竹竿？这么一大美女你瞎了？"

"……"

说实话，这句"大美女"叫得还是有些牵强了。

小姑娘本来就不是一眼惊艳型的长相，又不爱运动，从小就娇娇柔柔，这会儿跟跑完四百米没什么区别。

路鹿气喘吁吁地撑着膝盖，吐着舌头，抹了一把出汗的刘海："累死了！你别叫'萝卜丁'了，这么能跑干脆叫'兔子精'！"

罗波内心十分想吐槽，这就是"哥哥眼里出西施"？

等罗波家长把人接走，路鹿也喘够了气，瞧见那本子在项浩宇胳膊下夹着了，忙一把抢过来："没、没看吧？"

项浩宇见她护得这么紧，扬扬眉："没来得及看，这里面有什么？"

"我的……生理日期！"路鹿脸蛋红扑扑的，心虚地转移话题，"对啦，你寒假不是和江辙哥一块儿去玩了吗？为什么他没晒黑，你晒得这么黑啊？"

路鹿从兜里拿出一根棒棒糖撕开包装，咬着棒棒糖，手欠地去戳他的脸："哈哈哈哈哈，你们是到非洲玩去了吗？"

项浩宇随她戳着脸上一侧的酒窝，勾唇看着她也没解释。

倒是后边的司机立叔走上前："小姐您还好意思笑你哥呢，他和小江少一块儿去了江老爷子部下的军队训练营了。小江少倒只是随便玩玩，可浩宇这不是过去认真训练了吗？"

"是吗？"路鹿仰脸看他，"为什么要过去军训啊？"

项浩宇抬手扯了扯她的糖棒，一本正经地说："因为大小姐身边要有个合格的保镖。"

路鹿握拳捶了捶少年肩侧确实紧致不少的肌肉，笑眯眯道："有道理哦，本小姐的保镖！今晚回家把冰箱里那半桶冰激凌都赏你了！"

"好，大小姐您请上座。"项浩宇很配合地给她开了车门。等上车后，他又状似无意地问，"今天怎么这么晚才放学？"

路鹿瞥了眼正在倒车的立叔，很要面子地揩揩鼻尖："这个啊……我有道题不会写，去问老师就耽搁时间了。"

前排开车的立叔闻言笑笑："小姐现在都这么努力了啊？"

"那当然啦！"路鹿抿抿唇，声音中气十足，"毕竟我还有几个月就要中考了。"

项浩宇撑着头靠在车窗沿，腿上放着她的书包。

蓦地瞥见她头发上一抹白色粉笔灰，他自己也是常年被丢粉笔头的顽劣学生，自然对这痕迹很熟悉。

路鹿还在和司机立叔一来一回地自吹自擂，良久后终于感到点羞愧闭上了嘴。

过了会儿，她又耐不住安静："哥，我中考完就又能和你在同一所学校啦！你开不开心？"

项浩宇不动声色地掸去女孩发间的粉笔灰，摸摸她脑袋，笑着说："大小姐开心最重要。"

上高中就好了，近一年的分别对路鹿来说真的很难受。

想当初得知哥哥要去读高中，还是那种住宿学校，一个月才回来一次的时候，小姑娘哭了大半天。

害得项浩宇为了哄她，差点儿刚开学就迟到。

只是几个月后当真上了高中，路鹿才去学校一周，就因为受不了住宿条件变成了走读生。

刚上高中哪儿都不习惯，以前初中的同学没有一个和她同班。

刚开学那段时间，项浩宇只能时不时跑去高一部陪妹妹吃饭。

为此还惹来不少说他们在早恋的流言蜚语。毕竟两人都长得挺好看又般配，平时行为举止也亲近。

路鹿刚开始还会解释几句，后来索性随它去吧。

结果没多久，她就为这个懒得解释的谣言付出了点血的代价。

高一军训后放月假的某天傍晚，项浩宇给她发消息说要回宿舍放书，晚点再过来接她。

路鹿就乖乖地在教室等，闲得无聊，把周围同学的美术课素描专用铅笔都削了一遍。

后门那儿冲进来几个女生，看校服颜色应该是高年级的学姐。

几人来势汹汹，且一脸来者不善。

教室里就剩路鹿一人，但路鹿这姑娘被养得太好了，没吃过亏也没受过什么委屈。

见到她们踢开门也没什么反应，觉得自己又不认识她们，肯定和她没关系，于是继续坐在位子上削笔。

直到几个学姐围过来："你就是天天晚上黏着项浩宇的人？"

路鹿回头看了她们一眼，点点头："是啊，你们找我哥哥有事吗？他还要等会儿才会过来。"

领头的女生很凶地瞪她："你跟谁哥哥来哥哥去？你也姓项？小小年纪光会张嘴卖嗲喊哥哥了是吧！"

中间那位烫了点发尾的女生不满地推了她一把："就是！项浩宇那小子看着嬉皮笑脸地跟她说话，可我们青姐居然还约不动，打听完才知道是新生里有个狐狸精啊！"

"什么狐狸，啊——"路鹿手上的小刀没拿稳，被那女生推这么一下，直接就撞在自己食指上了。

她皮薄又嫩，削铅笔的刀也十分锋利，白皙指头被划了一条口子，立马冒出血珠，一眨眼的时间，血顺着手指滴在了衣服上。

"这就流血了？！"

几个女生一看也慌了神，都害怕担责任，推推搡搡骂中间那个女生这么用力干什么。

正在这时，项浩宇从门口进来了。

他不出现还好，一见到面，刚还忍着泪准备拿纸巾的路鹿举起还在流血的手指，哭得稀里哗啦："呜呜呜，哥，我好痛！"

项浩宇猝不及防看见一抹血红色，怔了一秒："怎么弄的？"

其实伤口不算深，只是路鹿血小板的凝结力不强，血流得很瘆人。

项浩宇拿纸巾给她裹紧了伤口，把刀收进手里："下次不要碰刀了，不是有削笔机吗？"他急着带她去医务室，也没注意看边上那群自己的同学。

"不是我不小心！是我在削笔，她故意推我！"路鹿说着，怕人跑了，另一只手扯住那个女生的衣服。

另外几个女生见状早跑了，只留下那个动手的女生带着点瑟缩解释："我、我不是故意的。"

"你就是，你还说我是狐狸精！"

项浩宇抬眼看了看女生，终于有点印象，皱着眉："丁青喊你来的？"

"不是不是，和青姐没关系。是我看你不陪青姐看电影，就想看看你女朋友长什么……啊！"

女生话没说完，手被一把拉了过去，狠狠地被按在桌子上。

项浩宇这人在学校就是开朗学长的好人形象，吊儿郎当没个正经但又不讨人厌，平时还挺绅士。

但此刻他眼底的阴翳快溢出来，冷着张脸看着女生："道歉。"

"对不起，对不起……"女生被吓出眼泪了，手也被按得生疼，一直往回缩，但根本挣不开项浩宇的手。

路鹿被尖叫声搞得有点烦，她都没哭得这么惨呢。她抓住项浩宇的手，眼泪又啪啪往下掉："哥哥，我手疼。"

顾着还要赶紧带路鹿去医务室消炎，项浩宇没耽搁，牵起小姑娘手腕，眼神看向那个动手的女生时却变得很快，带有几分狠戾："我妹这事没完。"

女生都吓蒙了，一把鼻涕一把泪，呆呆地看着他们走出教室，才确认了一遍刚才得到的消息："所以真的是哥哥啊？"

出了教室没走几步路，路鹿收了哭声，低低地抽泣："我走不动了。"

这事儿说到底怪他没跟那些女生解释清楚，项浩宇看着路鹿哭得眼睛通红，难受死了，蹲下身："来，哥背你。"

路鹿爬上去，手搭在少年肩膀上："我明天要绑蜈蚣辫。"

想了下那个辫子的复杂绑发教程，项浩宇认命地点点头答应："行。"

"我还要吃城南那家蒸饺。"

"我早点去排队给你买。"

小姑娘看了眼被纸巾包成个白色圆球的手指，又开始哭号："呜呜呜，你欠我的，都怪你。"

项浩宇没法反驳："嗯。"

"你这辈子都还不清！长大了这个疤没消，会被人笑……"

爱美的年纪，长颗青春痘都容易大惊小怪，更别说往看得见的皮肤上划道口子了。

"要是没人要我，我就要嫁给你祸害你一辈子！让你天天对着这个疤痕内疚！"

少年似乎是叹了口气，步伐迈得更大更急了："好。"

……

下午一觉睡到傍晚，空荡荡的房子里只有几只小蜥蜴在透明的缸里爬动。

澳洲这地方的蚊虫蛇蚁和小动物最多，门口那儿又传来叩动门的响声，估摸是跑这儿来玩的野生松鼠。

路鹿躺在沙发上，懒得起身去赶。

本来只打算睡个午觉，没想到直接睡到了晚饭时间。网上常说不能在这时候睁眼，因为总容易觉得人间不值得。

而这种孤单寂寥感在地广人稀的异国他乡会被无限放大。

似乎还没从刚才的梦里回过神来一般，她抬起手指，摩挲了一下食指上那道浅浅的疤痕，轻声喃喃了句："骗子。"

2

从江城到偏北方的城市那年，项浩宇记得自己应该还没满十一岁。

他是单亲家庭，母亲因病去世得早，一直被奶奶抚养长大。父亲是维和部队的特殊军人，两人也是聚少离多。

最后一次听见父亲的消息，是一个暑假的午后。

五个穿着便衣的男人到他家里，虽然看着普普通通，但个个身量挺拔如松。他们和项奶奶谈了没多久，项奶奶抱着他开始痛哭。

在老人断断续续的哽咽中，项浩宇好像明白了。

父亲再也不会回来，而他可能要被接到城里的大家族里生活。

他没听错，是路父为救项父牺牲，只是两人都没从那场国际恐怖袭击中挺过来。

两人是要好的战友，路父在遗书中特地提到过，若发生不测，希望家里人能帮助照拂项家那个孩子。

路家家大业大，把一个小县城的孩子领出来收养也不是什么大事。

但从一开始，项浩宇就知道他欠着路家了。

路家派人来接他那天，是个大阴天。

过了父亲头七，奶奶哭肿了眼，送他上车时叮嘱他要好好听话，既然有去到大城市继续念书的机会就要更认真学习，长大后把这份恩情回报给路家。

小镇孩子到一线城市富贵人家的局促感在第一天开车门时就表现得淋漓尽致，自动化的劳斯莱斯车门让他要推门的手僵在原地。

车停在一栋别墅楼门口，这块园林区放眼看去全是林立的高楼大厦，每一户都装修得极为奢华贵气。

"他真的好黑啊！而且很瘦很小。"

不远处传来一个小女孩毫不掩饰的惊呼声。她身材有点微胖，穿着蓬蓬的粉色公主裙，两边的双马尾发箍上都绑着珍珠点缀的蝴蝶结。

边上的精致妇人佯装生气地打了一下她的手，嗔怪地瞪了她一眼："小鹿，不可以这么没礼貌。"

"知道啦。"小女孩用软乎乎的嗓音回答，乖乖点头，把目光又放在他身上，走上前牵过他的手，"我叫路鹿，小鹿的鹿。哥哥，你是项伯伯的儿子吗？"

少年错愕地点点头，耳根一下臊得红透了，也说不上来是什么原因。

刚进来倒是连招呼也不敢打了，他低着脑袋看向两只牵在一起的手。女孩的手白嫩软滑，和他这种常年在外面野的孩子一点也不一样。

偏偏路鹿没注意这么多，拉着他的手往屋子里走："你真的好瘦啊，我江辙哥和你一样大，他好像都比你高一个头啦。而且我都和你一样高……"

少年更羞赧了，嗫嚅着不说话。

女孩单纯没心眼，说话直来直往，但家教修养很好，看见他尴尬的样子立马懊恼地打了下自己的嘴巴，拍拍他的手："不过没关系，我家有很

229

多肉！一定把你养得白白胖胖的，长得超级高，和我爸爸一样高！"

路母回头瞧见保姆阿姨走出来把人迎进去，看向一同下车的助理："就是这个孩子？"

助理点点头："是，这是他奶奶托我给您的东西。"

一块用红色塑料袋子包裹的黑白格手帕，手帕裹了好几层，打开后，是个成色并不算上品的翡翠镯子。

但可以看出来，这已经是老人最好的东西了。

助理看着那个镯子，有些心酸地开口："他家里那个老人身体也不好，问过当地医生，说是没几年了。"

"缺钱送钱，缺药送药吧。"路母叹口气。

董事会急着召开，她手上的股份又多了一笔。如今钱当然不是问题，而她也只能为亡夫做这些了。

项浩宇觉得这个家庭的女主人年轻漂亮，比镇上那些三十多岁的女人都要金贵。可她总是无缘无故地坐在客厅发呆，偶尔也会盯着自己看，眼神总是很哀伤。

不知道什么时候起，路母发觉到他的无所适从。

于是，她要求他跟着路鹿一样认识路家的亲友，也在他面前自称妈妈。

项浩宇慢慢把自己融进这个家。

除了奶奶，他又有了两个最亲的家人：妈妈是路夫人，妹妹叫路鹿。

后来路母带他们从别墅楼搬回了大院里。

她不常在家待着，因为要去公司和叔伯们共事，还要照顾她那位常年在医院重症病房的母亲。

大院里倒是有不少同龄的孩子，项浩宇经常跟着一个叫江辙的男孩一块儿玩，斗蛐蛐、去古玩市场开原石、打球、溜冰……

很简单，每个圈子有新人加入时总会有排外现象。乡巴佬、穷酸小子，这些都能是项浩宇的代名词。

但这哥们儿从不这样叫他，江辙这人潇洒干脆。

他从小就长得招女孩稀罕，话不多，每回开口都是吊儿郎当的懒散样，相处起来也舒服。

哪怕是对着外面捡垃圾的老头儿，他也没有半点公子哥的优越心理。

项浩宇觉得和江辙做朋友这些年，对后来自己自卑内敛性格的改变也有很大帮助。

五六年级的事，项浩宇大都记不太清了，印象最深的是有一次路鹿过生日，家里来了很多人。

麻将桌前围了很多客人，他们给妹妹送着贵气又高档的礼物。

有个涂着大红唇的女人看见他帮保姆阿姨一块儿端果盘出来，开玩笑说："浩宇要听话啊，不好好表现就把你送人了。"

一群大人哈哈大笑，对这话没感觉到半点不妥。

笑完他们又齐齐有些唏嘘，还能唏嘘什么呢？

感慨路母年纪轻轻当寡妇，养自己的娇娇女就算了，还得养丈夫战友的孩子。

"……其实换个角度想想也好。我们小鹿是小公主，身边总要有个哥哥保护的，不能让人白吃这么多年饭不是？"

女人摸摸路鹿的小脸，逗弄着她的鼻尖。

小女孩正专心拆着芭比娃娃的玩具套盒，闻言抬起头凶巴巴地反驳："我也可以保护哥哥！"

"好好好，你最乖了。"女人应得敷衍，显然没把女孩的话当回事。

妹妹听不懂，项浩宇却不至于这么迟钝。

寄人篱下总容易敏感，他那时候就知道要好好表现，不然会对这个家没有价值。

一晃十年，他比路鹿大一岁，虽然总走在她前头，但也同样是作为一个陪护者在她身边守候着。

不能走太快，太快了妹妹跟不上；也不能走太慢，否则别人会说他没用。

他会给她补课，守着她升学，然后……等着她成年后订婚，被家里人安排大富大贵的平坦一生。

好像等她嫁出去了，他的任务也完成了。

直到大二那年他被一个女生追求，他也有了谈恋爱的念头。

项浩宇二十年来没谈过恋爱，其实有个成天事儿一大堆的妹妹，他也没空想这些事。身边的少爷朋友倒是很多，他们的女朋友换来换去，他也看在眼里。

可人家都是真少爷，和他不一样。

他跟着玩归跟着玩，但万事得有分寸。别人有家里收拾烂摊子，他只会被路家那些叔伯反收拾。

不过自从到了那个好像可以自力更生的年纪，他年少时的谨小慎微也慢慢变少了。

看着兄弟们都一个个谈起恋爱，项浩宇突然在想，那个追求自己的女孩好像也还行，开朗漂亮，每天咋咋呼呼跟他妹妹似的，很会讨人开心。

他这人在外面表现得嘻嘻哈哈，但总归有点戴着面具的牵强。

所以他对笑起来很真实、元气满满的女生都下意识觉得很舒服，很想靠近。

可谁也没想到，第一回尝试约会，就被路鹿搅黄了。

刚开始他以为，小女孩可能都是这样的想法，怕哥哥有女朋友之后就不对自己好了。

何况路鹿这种比其他女孩更娇气点的，平时拧个瓶盖都得让他拧，好像一点也离不开他的照顾。

那天她在电话里大喊，说他要是敢去就死定了。

小姑娘只顾着冲着电话喊，注意力不集中，下楼梯一个不小心踩空了。

项浩宇背着她去医院的路上，路鹿一点也不怕丢人地大哭，眼泪全顺着脸颊滑进他的领口里："反正我没嫁出去前……你不能比我先找对象！"

项浩宇听了有些好笑："你这公主脾气，嫁出去被人退回来怎么办？那哥哥得一辈子打光棍？"

"那我陪你单身一辈子啊，呜呜呜。"

胡搅蛮缠，不讲道理。

可他偏偏拿她没辙，宠着她，让她开心已经成了自己的本能。人要是逆着本能，就跟穿心刺骨一样痛。

时间再往后推，路家公司出了点事。

其实也不只是路家，关系近的几大家族都被查了。

那时项浩宇临近大学毕业，倒是对他没什么影响。

路鹿那段时间却直接被安排和那群大院里的二代子弟一块儿去国外避嫌。

那段时期是真的有些混乱，他好兄弟的名字上了征信黑名单，养了他十几年的家庭也一瞬间有些萧条。

也是在那一刻项浩宇才搞清楚，因为自己和路家是没有经济牵扯的。他的户口没迁进路家，路家也自然不会在他这种养子的名下放财产，所以他才没受到牵连。

送路鹿去机场的前一天晚上，路家那位住在重症病房里的姥姥在病危通知书下了三天后去世。

一场葬礼对路家来说，不过是在众人的情绪上雪上加霜。

一行人穿着白衣跑上跑下办丧事，路母心系女儿，让项浩宇先带妹妹回去睡觉，明早还要赶飞机。

家里空空荡荡，大家忙上忙下。

他哄着路鹿睡下才不到两个小时，洗完澡出来，就听见她在门外苦巴巴地敲门，带着点哭腔喊哥哥。

打开门，女孩穿着粉色的睡衣裤，踩着双毛茸的拖鞋，抱着一个枕头："我梦到姥姥了，有点害怕。"

没等他说话，路鹿从他撑着门框的手臂下钻进去，踹开拖鞋噔噔噔爬到了他床上。

她胸前还抱着那个枕头，头发长长了点，到肩膀了，下巴搁在枕头上，乖得像只小狗狗。

项浩宇看着她的头发，想起读中学那会儿，她总要求自己给她绑辫子。

一大老爷们儿天天研究鱼骨辫、蜈蚣辫等辫子教程也够奇葩的。于是他想了个损招，哄她说短发最好看。

她信了，把短发一留留了好多年，以至于结婚都是短发。

他可能没说过，其实她怎么样都好看。

"姥姥走之前还说梦到姥爷来接她了……哥，你说是不是真有这种预兆啊？"女孩的脸在暖黄色台灯的灯光映衬下有些恍惚的，眼睛完全哭肿了，像只红眼的兔子。

项浩宇端着凳子在床边哄她，零零碎碎说了挺多。

到最后把人说困了，她往床里边挪了个位置："我不想一个人睡，你陪我睡。"

"我在这儿看着你睡，不走开。"

"你可以上来啊，坐在那儿多难受。"女孩拍拍身边的空位，一脸天真。

她睡觉也不防备，睡衣领口的纽扣松开了两颗。

虽然她的性格看上去就跟一直长不大似的，但身材实在算得上火辣，走在路上就是吸睛的那一类型。

以前项浩宇身边有狐朋狗友嘴上说想追她，拿她开玩笑，都会被他打一顿。

真轮到自己用一个男人的眼光去审视她时，项浩宇满脑子都是罪孽感。他伸手把被子往上拉，几乎把人裹成了粽子。

路鹿不满地左右扭动两下："我要被勒死了！"

"别说话了，快睡。"他声音不自觉压低了，甚至有些微不可闻的哑，在寂寥的夜里显得别有磁性。

路鹿盯着他，眼睛眨了眨："哥，你声音好好听哦。你能不能亲我一下？"

"咳咳……"项浩宇是真被吓着了，拿起另一个枕头往她身上打了几下，"再胡说八道你就回自己房间去。"

她嘟嘟嘴："亲额头怎么了？以前你给我讲完晚安故事不是也亲过吗？"

"陈年烂谷的事你非要现在来提是吧？！"

……

这其实算一个契机，可项浩宇那晚还是想得太少，否则就该想到这个妹妹是什么时候开始半点不避嫌的。

路鹿虽然骄纵，但家教礼貌半点不缺，不至于分不清男女有别。

那么只剩下一个原因：她不想分清。

后来毕业那晚，她回国来参加他的散伙饭。没人比她能喝，不知道的还以为是她毕业。

喝醉了她又跑到他房间赖在他床上不走，闻着他的被子说好香，都是他的味道。

一系列醉言醉语听得他眉头蹙紧，额间几乎能夹死蚊子。

"哥哥……"女孩抱着被子在呓语，喊魂似的一直喊哥哥。

项浩宇没好气地把她宽松到往上缩的裤脚扯下来："喊什么呢？"

"喊你。"

"喊我干什么？还想再喝点？"

她摇头，捂着有点难受的胃又换了话："项浩宇。"

他笑了，把被子盖上去点："哦，哥哥也不喊了。"

"因为……喜欢你。"女孩声音越来越低，说着说着哭起来，"不想再喊哥哥了，因为喜欢你。"

他该怎么形容那一刻的心情？

被雷电劈中，可能也不过如此。

项浩宇弯腰把她埋进被子里的脸转过来："鹿鹿，可以开玩笑，但你这么大了，要分得清什么能说什么不能说。"

下一秒，醉酒的人睁开了眼，起身搂着他脖子亲了一下："我没有开玩笑，就是喜欢项浩宇。"

想着她喝醉后胡言乱语透露的期望会彻底落空，项浩宇脸色微微僵硬，甚至不敢再看她那双明亮的眼睛。

他把她摁回床上，用被子蒙住女孩脑袋："你喝多了，早点睡。"几乎是落荒而逃地跑出房间。

房间门没关。

路母在走廊上呆站着，和转过身的项浩宇对上了视线。

项浩宇有生以来，大脑没这么空白过。

这一刻，做错事的人成了他。

"对不起……"他高大的身躯微微弯下，试图端过母亲手里的醒酒汤，"妈，对不起。"

路母冷着一张脸，避开他，握着汤碗的手隐隐发颤。

"妹妹认错人了。"他手忙脚乱地找理由，"她以为我是……是卓家那位。"

这话显然于事无补，路母寒心地看着这个孩子，压低音量："你呢？你是怎么想的？"

项浩宇攥紧手掌，低眼："我会辞掉手上这份实习工作，去外地重新找份工作。"

路母脸色缓和了点，点头，声音没有波澜："嗯，今晚就走吧。"

她喝醉了，她不懂事。

从小失去父亲的女孩容易对兄长产生依恋，她没分清这份依恋不是喜欢，不是爱。

项浩宇能为路鹿找一百个借口。而在找借口的这段时间里，他从来没想过自己对路鹿的感觉。

不光是不配，还因为不可能。

第二天，通着电话，他装作无事发生，对那个轻飘飘的吻闭口不谈，甚至不告诉她自己在哪座城市。

只能这样，她进一步，他退数百里。

当年两家定下的婚约终于要提上日程，结婚的时候该是项浩宇站在妹妹身边，陪她走过那一段长长的红毯。

但路鹿硬是不要。

他也没勉强，在路母和各位长辈的眼皮底下挂了一整天的笑脸。

以前总想着等这个女孩出嫁了，他的责任就减轻了。

但人真嫁出去了，他反倒一夜比一夜难熬。

忘记从什么时候起，他闭上眼就是她哭得不能自已的模样。

他做了十几年的好哥哥，惯着她十几年。最后见上的那几面，却总是看着她因为自己哭。

他没完没了地吃着助眠药，白天还能勉强像个正常人，晚上却总是惊醒。

他想说路鹿没良心，以前屁大点事都会发朋友圈，可后来什么也不发了。

她就是故意的，不想让人知道她的近况，就要让人为她担心。

凌晨四点半，项浩宇看见手机置顶那儿冒出来的新消息：【哥，我在机场。】

3

一线城市的机场哪怕是凌晨四五点也依旧人来人往，灯光通明的候机楼里，急匆匆的赶机人群拖着行李箱，滑轮声和登机广播声一阵阵响起。

每个人都有目的地，除了她。

蹲在1号厅出口的女孩身上只穿了件包臀的紧身薄毛衣，连外套都没有。过耳的短发有些凌乱，她只拿着一个小挎包。

一辆一辆巴士把和她一块儿等车的人接走。

四月下旬的清风还有几分萧瑟，南方的气温尚未还暖，女孩的嘴唇被冻得发白，有些干涩。

她迟缓地眨了眨眼，盯着向她靠过来的一辆熟悉的车。

驾驶位上的项浩宇打开车门，见她缩成一小团时不由得皱起眉。

一年多没见面，是澳洲待不惯，还是卓策没好好让她吃饭？怎么瘦成这样了？

"哥……"路鹿往手心里哈了口白气，搓搓手掌心，朝他露出一个笑，脸色苍白得仿佛下一刻就会晕倒。

事实证明她也确实因为蹲了这么久差点儿站不稳。

项浩宇及时扶好她，两个人一瞬间靠在一起，有些说不清道不明的意味。

他很快松开手，把身上的风衣外套脱下来罩在她身上裹紧："怎么突然回来了？想家了？"

其实想家也该回安清或帝都，怎么会直接买他所在的南港的直达机票。

路鹿低着眼，不避不让："不是，我想你了。"

两人因为这句话又沉默下来。

车的副驾驶那儿有人摇下车窗，女人从那儿探出头，招手："小鹿！快上车啊，你俩磨蹭什么呢？要叙旧赶紧上车叙，外面风好冷！"

"晚葭姐？"路鹿侧首看向一旁的男人，而后者不动声色地避开视线。

他连来接她都要带上另一个好友一起，这是多想避嫌？

江晚葭坐在副驾驶位，路鹿只好坐到后边去。

车缓缓启动，远离了机场的嘈杂。男人抬手把车内空调的温度调高了点，把在路上顺手买的热奶茶递过去。

江晚葭比他们都大几岁，也是趁着纽约的公司放长假才回国一趟，见到妹妹就止不住往后座看："你可算是舍得回家了，在澳洲连个信儿都没。最近怎么样？"

"挺好的。"路鹿敛着眼，手捂着热奶茶，"晚葭姐，你怎么来南港了？"

"我想来找阿辙，但这臭小子在他准丈母娘家蹭吃蹭喝！"江晚葭提起这人就气，咬牙切齿地打了个哈欠，"我到现在都还没和我弟媳妇见上一面，前天视频聊天都被他打断了。"

听见她说"弟媳妇"三个字，路鹿还有些恍惚，笑了笑："你说小美人啊？你见到她肯定会喜欢的。"

"哦，你和江辙他老婆关系不错？"江晚葭往后转头，"她和你一样大吧？得是个什么样的人啊，让我们阿辙在国外那几年都对她魂牵梦萦的。"

江晚葭倒是看过不少次这个弟媳妇了，在江辙手机里的照片，还有几年前和最近几次视频里。

隔着屏幕她只觉得是挺安静的一姑娘，不算活泼闹腾。

漂亮归漂亮，但不可否认气质更胜于脸蛋。这种恬静的性子居然能让她那不可一世的堂弟惦记七八年，可见是真的有点本事。

提起熟悉的人，路鹿飞行十几个小时的疲惫缓解了不少，往后靠在车椅背上："她是我见过的最酷的女孩……不穿太裸露热辣的性感衣服，不文身，也不抽烟喝酒染发烫头。"

江晚葭挑眉："这么乖还能酷起来？"

"是啊，神奇吧。"她把头扭向另一边，咬着唇笑笑。

许久没说话的项浩宇突然开口："你先去晚葭姐住的酒店休息休息，我晚点给妈发个消息。"

"不要告诉妈妈。"

项浩宇握紧方向盘的手敲了敲："你回国一趟不回家看看？跟卓策说了吗？"

路鹿望着他冷淡的下颌，声音带着点小小的叛逆："没有。"

车里一下就陷入安静的状态，就连江晚葭都能感觉到气氛有些不对劲。

她移居国外后一直没怎么搭理过家里人这些事，知道这个妹妹和圈里大部分的人一样联姻嫁了人。她虽然有些意外，但也能理解。

江晚葭轻声问："小鹿，是不是和卓策吵架了？"

车停在酒店门口，项浩宇从后视镜里看了后座一眼，听见路鹿说："没有。"

他好像松了一口气，解开安全带给她开车门，极力避开她的视线："不想回家那就先在晚葭姐这儿待几天，手机充好电，别让人联系不上。"

太阳已经从天际冒出一个头，大家都被路鹿突如其来的回国弄得措手不及。

江晚葭倒是还好，时差一直没倒过来，这会儿生物钟还停在美国的傍晚。

她边牵着路鹿往里面走边说："我们先去睡一觉，我带了一箱子衣服，你待会儿随便挑件换上。对了，你是坐的经济舱吗？飞机上没好好睡吧，脸色怎么这么难看……"

长长阶梯通往酒店堂皇富丽的大厅，这个点路上几乎没多少行人。路鹿往后回头，看见男人还站在原地目送她们往上走。

她鼻尖一酸，跟江晚葭说了几句，突然往回跑过来。

项浩宇冷着眉眼看她朝自己奔过来，其实并不惊讶。

她总是这样，随心所欲惯了，不计后果地任性，也吃准了他拿她没办法。

在女孩手快要抱过来的时候，他的声音比平时严厉许多，几乎是呵斥："路鹿，我是你哥。"

她听了也不为所动，还是要伸手抱向他。

他轻而易举地就捏住她两只手，推开了点，拉开彼此的距离。

路鹿像是被他攥疼了手，眼眶渐渐红了，鼻音厚重地重复："不是亲的，又不是亲的。"

项浩宇凝着声："那也不行，你已经结婚了。"

"我离了！"她快要委屈死了一样，眼泪啪嗒啪嗒往下掉，"我给他留了离婚协议书，我要离婚。"

项浩宇握住她手腕的力度一松，好像被这消息震惊到了一般。

路鹿感受到他的呆滞，立刻得寸进尺用力挣开他，不管不顾地抱上他的腰，抽噎着："哥，我想你，我不想回去了……"

她身上还穿着他的外套，女孩柔软的发丝蹭过他的下颌线。项浩宇的手僵在那儿，错眼瞧见她耳垂下仿佛有几道抓痕。

和去年婚礼上那个恶作剧不一样，这是实打实的抓痕，在她白皙的皮肤上显得尤为清晰。

新的伤口，痂像是刚结不久的。

项浩宇掀开点头发看得更清楚了，眼眸晦暗不明："是不是他对你不好？"

路鹿哭得喘不过气，哪里顾得上和他说话，直往他怀里蹭。

台阶上的江晚葭目睹了这一场景，这两人简直跟吵架后冷战期的小情侣一样，抱着"耳鬓厮磨"了会儿，最后又齐齐上车离开了。

她觉得三观都有点被颠覆了，跟看烧脑剧似的，不由自主地骂出了一句："这是什么鬼？"

4

项浩宇的房子是栋小复式公寓楼，他这几年过得其实还不错。

虽然奶奶生前总嘱咐他要好好学习好好为路家效力，但路家压根儿不觉得能从这个养子身上索求到什么。

大三、大四那两年，他在路家旗下的公司实习过，不过专业不对口，他毕业之后还是选择做自己的事。

直到黎鸣带着他的小账本来入伙，两个人招兵买马，弄了几年，也算把自己的小科技公司在业内搞了点名堂出来。

路鹿是第一次进到他这房子里来，毕业之后那几年，他躲着她，连个地址和联系方式都不肯给。

而她长期被路母勒令不准回国，回国也是待不了多久就被呵斥着送回去。

进到房子里，地暖的温度很快把外面清晨的凉气驱散。路鹿把身上的男士大衣脱下来，抬眼打量了一下周围的环境。

这是他的家，真真正正属于他自己一个人的家。

小盆栽、超级英雄的墙纸，还有一系列暗色调的智能家具。

看到家里的布置，路鹿才有点感觉到，项浩宇以前大概是没把路家那个房间当自己家看待的。

"没有女生来过，你先穿我的拖鞋。"他下意识蹲下身给她换鞋。

路鹿看着他乌黑的发旋，低声开口："哥，这么多年你为什么都没找过女朋友？"

解开鞋带的手一顿，项浩宇不轻不重地甩锅："带着你这个拖油瓶，我怎么找？"

这话其实有些牵强，大学时他还能说怪她捣乱不让他找。但之后脱离了路家，他也不是没机会认识新的人。

路鹿撇了撇嘴："噢。"

看了眼她眼里的血丝，长途飞行确实累人。

项浩宇接过她手上的衣服，推着女孩进了客房："先去睡一觉，等你醒了再说。"

路鹿舔了下干涩的唇："我想洗澡……身上好臭。"

项浩宇想了下，把人领到房门口，给她找了套没穿过的衬衣长裤："浴缸前几天坏了还没修，你简单冲下吧。"

她点点头，进了浴室。

两个人倒也没再扯到感情上的事来。

浴室里第一次有其他人的存在，水声淅淅沥沥。项浩宇坐在客厅，背靠着沙发，揉了揉太阳穴。

折腾到现在，已经是早上七点多了。

他以前从来没想过路鹿会一个人突然跑回来。

印象中，她还是那个上下学要接送的小公主，单独走个夜路都会被吓哭，更别说自己漂洋过海飞十几个小时。

联想到她刚才说的那些话，项浩宇觉得更头疼了，几乎能想到路母会如何大发雷霆，路家那些七嘴八舌的老古董又会怎么编派。

他拿着手机有点静不下心，给江辙打了个电话。

那边的江辙刚从二楼的健身房出来，接通时，有个柔和熟悉的女声问是谁一大早打电话？

江辙毫不犹豫，面不改色地说："是公司的阮师哥。"

项浩宇："……"

项浩宇还不知道江辙那德行吗，就是故意要和自己拉开距离。他"哧"了声："我现在在陈妹面前已经变成'不可说'了吗？"

"你自己心里有数就行。"

"……"

江辙关上阳台门，坐在椅子上，两腿往栏杆上一搁，笑了："说吧，什么事儿？"

"我妹在我这儿。"

"她回国了？"

"嗯，她还说要和卓策离婚。"项浩宇沉默了半晌，捏捏眉心，"你知道的，我没法凶她，要不你过来劝劝？"

江辙想也没想就拒绝了："那丫头要是找她好姐妹告状，我还要不要活？"

项浩宇"啧"了声："你当年好歹也是个九头牛都拉不回的夜店王子，怎么现在跟老婆奴似的？"

"浩哥，结过婚你就懂了。"江辙语气愉快又带着点轻微的炫耀，勾着唇说，"我一已婚人士，早就和你们这些单身狗不是一个队的了。"

"……"

"我老婆做好早餐在喊我，先去了啊。"他很欠地又补上一句，"你也记得点点外卖，厨房这么久没用应该也做不了饭。"

项浩宇忍无可忍："去你的！"

撂下电话，浴室里传出吹风机的声音，项浩宇无奈地点开外卖软件。

这么久过去，要是这丫头是一个人回国，估计马上就有消息来问她人在哪儿了。

浴室门被拉开，穿着宽大衣服裤子的女孩从里面光着脚出来。

她这段时间本就心情郁悒，消瘦了不少，又是一米七几的身高，套在宽大衣服里跟个衣架子没两样。

项浩宇没回头，边看着令人眼花缭绕的外卖边说："那边有两间空客房，你随便挑一间睡。"

主卧侧对面的客房没关，路鹿有点呆滞地看着里边粉红色的墙纸和星黛露图案的被单，突然想起年少时和他说过的话。

——要是买了新房子，能不能给我留个房间？

她走上前，有些不太自信地问："那个房间是我的吗？"

项浩宇顺着她的手指方向看过去，没否认也没肯定，只是扯开话题："你耳朵下的伤口怎么回事？指甲挠到了？"

她点点头："嗯。"

项浩宇嘴角往下压低了点："撒谎，你没有指甲。"

她大学是学摄影的，整天闲来无事就爱拿着单反到处拍。

本来挺爱美的一个女孩子，从发丝精致到美甲上，但为了不刮花镜头，她就把指甲剪短了，后来也渐渐没了留长指甲的习惯。

路鹿是个很单纯的女孩子，短发就这样慢慢变成习惯，指甲也是。

她有一个合适的舒适区就容易把自己埋在里面。

项浩宇这语气俨然是有点生气的。

他不觉得卓策真敢打她，两家公司的合作项目正在稳定推进，何况这个伤口也实在不像男人打出来的。但她到底是为了什么要撒谎说这个指甲刮伤的痕迹是自己弄的？

"你跑回来做什么？卓策同意离婚的事吗？"他每问一句声调都在往下降，脸色也越来越沉，他抓起她的手腕，"你指甲都没有，怎么划到你自己的？"

路鹿想收回手，她从小胆子就小，是软绵绵的类型。

她很害怕被凶，尤其是看见一向对自己百依百顺的哥哥对自己变本加厉地逼供。

项浩宇捏住她的手腕不准她躲开。

他眼睫眨了下，音色温和，却说出极其冰冷的话："清醒了吗？妹妹。"

清醒了吗？

不管怎么样，她注定只能做他的妹妹。

路鹿眼眶酸得难受，索性懒得挣扎了，低着眼一屁股坐在地毯上，眼泪止不住往下掉，抽抽搭搭："你不用总这样提醒我，我比谁都清楚你是我哥。"

项浩宇喉间有些干涩，动了动唇没说出话来，坐在一旁的沙发上垂眸瞧着她。

"我也想过和卓策相敬如宾，互不干扰啊！他出轨找女人我也不介意，本来就是有名无实的塑料夫妻。"路鹿自始至终没抬头，低着眸自顾自地说，"可他到了澳洲之后玩得越来越过分。

"他吸毒，私生活也乱得要命，竟然带了两个女人回家伺候他。我不敢让他碰我，我怕得病！我甚至不想和他待在同一个空间里，我觉得恶心！

"为什么一个看上去文质彬彬的男人私下会是那个样子？"

她挽起袖子，抬眼直视项浩宇："我不只是耳朵下有伤口，手上也有。"

藕臂上一道道指甲划痕，都是崭新的痕迹。

项浩宇抑制住自己想伸过去的手，眉宇蹙起："怎么弄的？"

"我昨天下午在睡觉，有人敲门。他在外面找女人没给够钱，人家找上门来找我要！"

路鹿哭得上气不接下气，一双泪眼看着他，像是在质问："你不是说我嫁给他会幸福吗？你们所有人不是都这么跟我说的吗？"

圈子里有些公子哥玩得开玩得脏他都能想象到，卓策他……

项浩宇有些自嘲地想：即便是这样，路家怕是也不会有人觉得她能以此提出离婚。

可是这不是他想看见的，路鹿不应该面对这样的生活。可是……

"你应该知道妈和伯父他们的处理办法。"项浩宇有些艰难地说出口，"我会和卓策谈谈，以后这些事不会发生第二次。"

"是不会发生，还是不会让我知道？"她哭腔很重，泪眼蒙眬，"可是我已经知道了。"

他微不可闻地叹了口气："那是你们夫妻之间可以商量的事，只要……只要不影响两家的关系。"

路鹿不可置信地看着他，一时之间都忘了该怎么呼吸。须臾后，她的声音很淡："所以这就是你要说的话？"

项浩宇捏紧了拳，残忍道："这是所有人都会和你说的话。"

包括路家的人和圈子里那些自诩长辈的人。

他们默认牺牲婚姻来套牢两家企业的合作。

只要面上看得过去，只要不影响到两大家族的利益，背地里两个人势如水火也没关系。

手机铃响起，先是路鹿的手机开始振动，打了三次没接起时，轮到了项浩宇的手机开始响。

信息和找人的电话都一个接一个过来了。

卓策在道歉，冠冕堂皇地说着一切都是误会，看着那些解释的文字，依然是有些高高在上、虚伪的好听话。

他认准了路鹿只是在发小脾气。

被保护得这么好的小公主不谙世事，可能也是第一次见到生活的某些真相，哄一哄给个台阶，顺着下就好了。

而打给项浩宇的人是路母。

接通电话的那一刻她就直接开口问："打路鹿电话打不通。郑律师说她找他拟订过一份离婚协议书，我早上查她南航的会员卡里多了上千里程数，她回国了是不是？"

项浩宇没接话。

"你不用想什么说法骗我，我是她妈。"路母气得拍着办公桌，要求他把电话给路鹿，"动不动就闹离婚，还真当自己是十八岁的小姑娘了！"

路母声音很大，路鹿在一边都能听清，她伸手想去拿。

项浩宇直接开了扩音，将手机丢在茶几上。

"妈妈。"她斟酌着措辞，"我想离婚不是一时兴起，卓策他……"

"你不用跟我说这么多！"路母何其精明，"豪门的事你看少了？我当初嫁给你爸的时候不也没有感情吗？卓策跟我保证过他会注意的，你现在乖乖回去，他人正内疚着，你想要什么都能提。"

"我什么都不想要，我只想离——唔。"路鹿话没说完，嘴被捂住了。

项浩宇不让她继续说些挑战路母怒气值的话，自己和路母商量说："妈，我过几天把她送回去。你先让妹妹休息休息，她会想通的。"

路母顾及女儿还在边上听，不好说得太直白："别在你那儿休息，把她送回家来。你也老大不小了，该和你妹避避嫌。上次给你介绍的那位林小姐怎么样？"

感受到手指被女孩咬住，项浩宇没哼一声，只敛下眸："挺好的。"

"合适的话就带回家看看。"路母存心要路鹿断了心思，指尖轻敲桌面，"今年能办婚礼就更好了，家里很久没有喜庆的事了。"

项浩宇低眸看了眼腿边跪坐着的女孩，点头："好。"

路鹿听到这一句，眼神有些呆滞，无意识地松开了咬着他的嘴。

十年的少女迷恋情怀曾经像摇晃了许久的可乐瓶，咕噜咕噜往外冒着泡，试图冲破瓶盖。

可在这一刻，全部偃旗息鼓了。

他知道她有多喜欢他，可他视而不见。

他把她推回另一个男人身边，也把他自己推向别人那儿。

说来奇怪。

路鹿觉得自己虽然爱哭，但在国外一年多的时间，哪怕是被那两个来要钱的疯女人抓着头发挠时她也没哭。

可回国见到他时，她却一直忍不住掉眼泪，想和以前一样对他撒娇就能得到自己想要的结果。

可终究是不可能了。

也许是眼泪掉得太多了，到这一刻，听着他答应母亲会和另一个女人尝试交往结婚时，她反倒哭不出来了。

如果回到他身边也不算家，那她好像也再没有其他办法了。

耳边嗡嗡的声音停止时，项浩宇挂断了电话，想扶起她。

路鹿往后瑟缩了一下，撑着茶几自己站了起来，哭了许久的嗓子有些哑："我自己可以回安清，不用你送。"

他手落了空，又站起来拉住她："鹿鹿，信哥哥吗？"

5

"信哥哥吗？"

当然信啊，除了他，她还能信谁？

可是路鹿不知道他现在打算干什么。

她坐在桌前吃着外卖员送来的小笼包和黄鱼面，时不时不解地看向男人忙碌收拾行李箱的背影。

等项浩宇拎着一个出差用的黑色行李箱放到玄关那儿时，他也换好了外出的衣服，终于把目光放在餐桌那儿。

路鹿抿了口豆浆，咂巴咂巴嘴，又问了一遍："哥，你真的不会把我送回妈那儿吗？"

"不会。"

"那你收拾行李干什么？不是为了回家？"

他站在那里看着她，目光含笑："不是，是为了带你跑。"

"……"

不知道为什么，路鹿从这句话里竟然听出点私奔的意思，但又很快理智地否认了这一想法。

她怀疑她可能把项浩宇逼疯了，她慢吞吞地从高脚凳上下来："哥，我会回去，不会让你为难的。"

项浩宇眉毛稍挑："为什么会觉得我为难？"

路鹿低着头，闷声说："我就是知道你会。"

这些年她一直都很理解他，寄人篱下还被家里的小公主死皮赖脸地赖上了，怎么说他都会对她妈妈有歉疚感。

项浩宇看着女孩扇了好几下的长睫，蓦地开口："我毕业聚会那天晚上的事你还记得吗？"

路鹿耳尖一红，点点头。

怎么可能不记得，她趁着酒醉亲了他，还顺势表白了。

也就是从那晚开始，他和自己越来越生分。

是她逾矩了，后来的每一天，她都在为那天晚上的大胆而后悔。

项浩宇语气闲散，仿佛在说一件无关紧要的事："那天晚上，妈看见了。"

路鹿唇微张，半晌回不过神："她、她没跟我说过。"

"我把你蒙在被子里了，所以你什么都不知道。"他顺势走到桌前，把她剩下的早餐慢条斯理地吃完。

路鹿怔怔地站在原地，一个大家族的一家之母会跟勾搭上自己女儿的养子说什么话？

她大概也能猜到点。

她的任性和一厢情愿给项浩宇带来了多少不堪和麻烦，在这句话之后似乎都有了可循之迹。

"哥……对不起。"

项浩宇专注地吃着小笼包，无所谓道："没事。妈没跟我说什么，你不用感到多抱歉。"

一开始是他那敏感的自尊心在作祟和羞耻，当着养母的面和妹妹亲吻。

尽管他不是主动的那一方，但在路母带着审视的眼光下，他依旧觉得无地自容——

活像条大尾巴狼，得了养育的恩情还想要得寸进尺，拐走她千娇百宠的女儿。

当年项浩宇离开安清没多久，路鹿曾想方设法来找他。

路母当然不会对自己的女儿说太难听的话，所以在对他的交代中不免变得刻薄，来来回回都是些不太好听的话。

其实不需要路母说那些，他也懂。

他和卓策根本没可比性。

卓策是卓家大公子，他的资产和社会地位，加之家庭背景给路鹿和整个路家带来的利益，哪个不胜他一筹？

但项浩宇偶尔也想过，自己也没多差吧。

烈士之子，挺光荣的。

他毕业后也算白手起家，混得像个人样。

只是这念头才刚出现就被掐断。

他再怎么好，也不会比卓策更适合她。

小公主怎么能和同在一个屋檐下长大的保镖在一起？会被家人和外人戳着脊梁骨说三道四。

在她结婚后，项浩宇又想着他如果仍旧想再多看她一眼，那一眼也只为了看她过得好不好。

可是他守护了十几年的女孩不远万里跑回来，哭着对他说，她过得不好。

她要是过得不好，他把她推给别人的意思是什么？

"鹿鹿，哥要是带你跑了，你以后可就开不了跑车，也买不了很多奢侈品了。"男人把餐巾纸放在手边，转头看向她，"这样你也愿意跟着哥哥跑吗？"

落地窗的晨光倾洒到餐桌上，男人西装上的金色袖扣闪闪发亮。

路鹿不太确定地问："你……要跟我私奔吗？"

项浩宇眉宇间的郁气消散，眼尾上扬："你要这么说，也行。"

"那我们现在就走，去哪儿？"她根本不去考虑他的问题，怎么会不愿意呢？她愿意得要命。

项浩宇见她一本正经的模样，心头蓦地软得一塌糊涂。

她还是和从前一个样，是那个他招招手就会朝自己跑过来的小女孩。

"待会儿你先去陈妹那儿待着，我回趟安清。"

"你回去干什么？妈会……"

路鹿有点迟疑，她知道母亲肯定会大发雷霆，路家那些长辈又会说些什么刻薄的话来羞辱他。

而她不想再连累项浩宇了。

"哥，我想好了，离婚的事我自己来。"她踌躇地捏捏手指，"我有收集卓策出轨的证据。如果他不愿意签字……我就和他打官司……"

第一次计划这种事情，她无疑也有点不知所措。

但再怎么样，她是个二十多岁的成年人了，不是什么真不食人间烟火的公主，人本来就是要自己长大的。

项浩宇看着眼前的人低着眼做筹谋，一时心头百般滋味。

十几岁的时候他也嫌过这个妹妹太烦人，希望她早点嫁人。

没想到真到了把她嫁出去的年龄，居然会看见她手足无措地筹划怎么和丈夫离婚。

"我们鹿鹿真的受了很多委屈。"他很轻地叹了口气，伸手把她揽到身前，还像少年时那样，拍了拍她后背。

人一被最亲最爱的人安慰就会觉得委屈加倍，路鹿也不例外。

但她不敢哭得太大声，怕把人弄烦了，只呜咽着："哥，我以后不缠着你了，我也不和你说那些话，你不要再不理我了好不好？"

女孩哭得梨花带雨，鼻头是红的，眼睛也肿得不行。

她太害怕了，也爱得太卑微了。

她潜意识里觉得这才应该是哥哥对自己的样子，而不是像之前那样避而不见，刻意保持距离。

项浩宇用指腹抹去她脸上的泪，额头抵着她："真的不缠着哥哥了？"

"不缠了。"

路鹿哽咽着点头，完全没察觉到他们靠得很近，而且这是他默许的距离。

她哭得有些头疼，但还是努力点头保证："我不说喜欢你了，以后也不说……呜呜呜，但是、但是你能不能不要和那个林小姐结婚？"

项浩宇低低笑了声，唇在她脸上碰了一下："鹿鹿怎么这么没良心？说不缠就不缠了。"

感觉到脸上一阵温软的触感，路鹿呆愣地停下哭泣，抽抽噎噎："哥，你刚刚是不是亲我了？"

他故意逗她："没有。"

"你亲了！"她很着急地确认，激动得连话都说不明白了，"你、你就是亲了！"

看她又要哭，项浩宇不由得笑："好好好，我亲了。"

"为什么？"路鹿甚至不敢问出口，只是小声地重复了一句，"为什么亲我呀？"

他黑眸沉沉，和她对视："你说呢？"

女孩撅嘴，好像有了点底气似的喊他名字："项浩宇！你是不是又在骗我？"

"走了，送你去你江辙哥那儿。"项浩宇没答，弯着指骨揩了一下她鼻尖，一缕曦光落入他眸里，"待会儿陈妹看见你眼睛肿成这样，指不定要怎么骂我了。"

"她才不会骂你！"

路鹿心想，她自己骂得又不少，哪还舍得让小美人一块儿骂他。

项浩宇回了趟安清路家，他跟路鹿说的是私奔得带行李，于是这丫头还真认认真真给了他一张清单。

真是一如既往，傻得可爱。

她交代他要带走房间里床头柜底下的储物黑盒子和陪了她十五年的玩偶抱枕。

抱枕是小时候他从娃娃机里抓来送给她的，但那个黑盒子却是项浩宇第一次听到。

推开女孩的房间门，他直接半蹲在床头柜边，手往下探，拖出一个不大不小的铁盒。

这东西一看就是不常拿出来，放在家里人和保姆阿姨都看不见的地方，上面积了层灰。

还有一把中学时代盛产的密码锁，四位数的。

项浩宇有点好奇，这姑娘心眼这么敞亮，什么事都瞒不住的一个人，到底藏了什么。

他随手试了几个可能会出现在路鹿脑海里的数字，但没解开。他脑子里闪过几个数，又按了一遍。

果然，是他的生日。

盒子打开，里头是一沓五六寸的照片，有三四十张。

照片里都是一些很奇怪的景物，拍得不是很清晰，可项浩宇几乎没思考多久就知道那一定是关于他的东西。

他初中运动会上拿的奖牌，他骑着单车载她时的背影，他们每年一块儿在外滩看的跨年烟花，他的每一张毕业照……

时光在流逝，但她把这些特定时刻的照片都存起来了，让记忆成为不会消失的一部分。

照片下，还有一本正方形的便笺。上面其实没写多少字，更像是零零碎碎的记录——

"不喜欢奶油，不喜欢草莓，那会不会喜欢我？"

"学自行车摔了跤，被抱了！嘻嘻。"

"很烦，可不可以不要理其他女生啊！"

"如果不是哥哥呢？"

……

纸张泛黄陈旧，甚至起了褶皱。

而上面的字迹已经有些模糊，但也看得出一点点从稚嫩变得方正成熟，无一不昭显着：

这是一个女孩在他身后默默暗恋的十年青春。

娇气如她也会敏感地一个人躲在被子里大哭，也曾经心灰意冷地决定放弃，还总是会因为妹妹的身份对他患得患失。

然而在一次醉酒后，她还是无法释怀地决定全盘托出。

只是她的勇敢没有给她带来好结局，她为那次贸然的表白付出了被疏远、被推向别人的代价。

项浩宇僵着手，盯着便笺看了很久。

听见女孩带着哭腔的告白，和亲眼见证她在自己身上花费的这十年是两种完全不一样的感受。

寄居在路家时的少年自卑怯懦，是个爱把自己藏在开心面具下的胆小鬼。

但这十年来，有人一直很坚定地在爱他。

所有的相遇和经历都有意义。

他记得年少时看过一本书说："我们四十岁时，终究会死于一颗我们在二十岁那年射进自己心里的子弹。"

那时太过年轻，他还不明白这话的含义。

但如今他好像懂了。

说服路母自然不是件容易的事。

近二十年来，他们难得地以母子的关系心平气和地坐在一起。

其实也没聊多久，路母觉得这是家丑，连骂他时都怕让家里的用人们听见。

提着路鹿的行李箱从路家大门出来时，项浩宇长舒一口气。

黎鸣把车开到他面前，等人上了副驾驶位，一掌拍到他背上："哎，把本少爷当你司机？"

项浩宇闷哼一声，指指自己背脊："藤条弄出来的新伤，注意点手劲。"

"挨打了？"黎鸣往机场方向导航，"你妈看着挺慈祥一中年妇女，对自己养了这么多年的儿子还真下得去手。"

项浩宇笑了声，没说话。

说实话，慈祥倒谈不上，嫁给军人的女人，在丈夫去世后又独自和董事会那些叔伯一同撑起偌大的路家，能是什么软弱的角色？

这顿打免不了，但也没白挨。

黎鸣这段时间回安清陪家里老人过寿，自然也是为了正事："说说吧，你打算怎么折腾？"

"卓策那边不能弄得太难看，两家关系不能搞砸。"

"这婚不离，你得让那丫头哭死了。"

"离。"项浩宇手撑着车窗，眼睛微微眯了下，"但是得让卓策心甘情愿地离。"

黎鸣是有备而来，也没搞那些虚的："你想的那个法子可能和我猜到的差不多，是跟他那个私生子弟弟有关？"

卓家有个流浪在外的小少爷，小道消息说是私生子，但其实他们圈子里的人都能猜到是原配的孩子。

那位少爷现在接手了卓家旗下的智能开发分公司，第一个项目就是选择行业内某家科技公司，与其建立稳定的合作关系。

而那项目又恰好是某品牌的新能源无人汽车，在这个领域里，国内至今还是九洲和鸣禹两大公司的技术遥遥领先。

九洲有江辙在那儿把着，有固定的公家购售领域。

鸣禹正是项浩宇他们的公司，虽然庙小，但在无人驾驶这一块，又恰好擅长。

黎鸣打了个响指："我猜这一波我们是要兄弟齐心，倒戈卓策？"

"这次竞标得让卓策赢，以一换一。"

"丢了老婆和老婆身后的娘家换一个项目，只为给这个新弟弟一个进公司的下马威。他真愿意？"

"不愿意，但你低估了卓家这位新少爷在他家老爷子那儿的受宠程度。"项浩宇顿了一下，笑得有些牵强，"况且离婚这件事要完全在圈子里公开的话，可能得几年后了。"

这意思就是人能放，但对外和对两家说时，路鹿还是他妻子。

卓策也不傻，有新的继承人对手出现，他人在澳洲还回不来，更需要路家站在自己身后作为强有力的筹码。

黎鸣安抚地拍拍他的肩："当下就是最好。"

项浩宇点头。

他倒也不介意这么多，本来路家大小姐和自己在一起的事他也不能让人知道。

"但我不是很明白，既然你把事儿都揽下来了，也安排好后路了。那为什么还要带着你妹瞎跑？怕让人看见？"黎鸣说到这儿乐得不行，笑着补上一句。

"我来的时候，江爷还说你妹抱着他老婆不撒手，生怕这是最后一面了。"

人单纯不动脑可能是从十几岁就成性格标签了。

这种私奔戏码在他们这群人里头，也就只有路鹿这傻丫头想得出来，还挨个给他们这群朋友发发告别消息。

项浩宇想到那场景也觉得好笑，无奈地摇摇头："其实就是想和她一块儿去旅个游，把当年欠她的那次毕业旅行给补上。"

不过让她紧张点也好，免得开开心心就往他身上扑，真是不把他当正常男人看了。

黎鸣"啧啧"两声："你这头一回谈恋爱还挺会！跟着江辙那情圣学了不少吧？"

项浩宇伸出手指晃了晃，纠正："你不觉得阿辙和他老婆之间，他老婆手段比他高吗？"

"……"

两人顿了几秒后都笑了，觉得英雄所见略同，碰了个拳。

黎鸣把人送到航站楼门口，招招手："回南港见啊，旅行完了记得带你妹过来请我吃饭。"

"行。"项浩宇转过头，"这话说得矫情，但是谢了，兄弟。"

"妈呀！真的矫情，赶紧滚！"

下飞机时已经是傍晚时分，项浩宇为了处理卓策那些事，特意将航班到港时间给路鹿报晚了两个小时。

但一个多小时后走出休息室时，靠近出机口的机场大厅里，他看见女孩蹲靠在一只大行李箱边上，好像还抽空去剪短了头发，穿着一条牛仔背带裙，正低着头玩手机，还连连打了好几个哈欠。

她倒是动作快，把他的行李箱都拎到机场这边来了，生怕他出尔反尔不带她走了。

项浩宇哑然失笑，站在不远处给她打了一个电话。

她的表情显然很惊喜，抬头往前找："下飞机了吗？那趟航班早就到了啊，我没看见你！"

"抱歉，我在休息室歇了会儿，睡着了。"

"哦，没事。"女孩站起来，坐在他箱子上四处张望，"那你现在在哪儿？"

项浩宇站在乔木盆栽后，好整以暇道："在看着你。"

"……"

路鹿找了半天没找到，泄气了："对了，妈妈同意吗？"

"不同意。"

意料之中，但她还是有些失望。

路鹿咬咬唇："没关系，不同意就不同意吧。反正她从小到大也只会觉得我不懂事。"

项浩宇："会不会怪妈？"

"一点点。"路鹿心情低落了几秒，抿抿嘴角，"不过她也不容易，把我拉扯到这么大。"

"嗯，不要太怪她。"

项浩宇眼神悠远，毕竟我们都以为你能过得很好。

"我刚刚收到了郑律师的消息，他说卓策愿意跟我离婚。"路鹿有些庆幸，喃喃地推测，"一定是他认识到自己的错误了，觉得绑着我这人也没什么用。哥，我也太幸运了！这样就不用和他打官司了！"

项浩宇配合地点头，称赞道："你真幸运，我们路鹿的运气一直都很好。"

声音离自己越来越近，路鹿回过头，面上一喜，立刻从行李箱上下来朝他跑过去。

她克制着激动的心情，矜持地问："你吃饭了吗？"

项浩宇摇头，却稍稍勾下颈，看着她说："跟哥哥结婚的时候，没有亲人会来，也不能通知他们，只有几个朋友在，可能都坐不到两桌人，这样会委屈吗？"

啊？怎么忽然就说到结婚了？

路鹿瞪圆了眼睛，好像反应过来了，但又不敢肯定。

她眼眶有些湿润，牵着他衣角时像是小女孩那样撒娇："我脑子本来就笨，你能不能说直白点啊……"

项浩宇失笑，揉揉她头发："你明明听懂了。"

但她硬是要个确切的答案，眼睫紧张地扇动："那你喜欢我吗？不是、不是哥哥对妹妹的那种。"

她眼皮上蓦地落下一个轻柔的吻，蔓延至女孩挺翘的鼻尖，最后落在唇上。

"喜欢你。"他低着眸，眉眼间一如既往的温柔，音色中又多了分难言的缱绻，"就算不是哥哥，项浩宇也喜欢路鹿。"

怎么能再次对她说"不"？

第一次已经够艰难。

路鹿又开始哭了，她眼眶通红，揪着他的衣服："你不能反悔了，你还说要带我走，我们现在就走，去哪儿都行。"

哄着她擦干净眼泪，项浩宇牵过她的手："明天走，今天太晚了，先去睡一觉。"

他们在机场附近的酒店订了一间套房，带着两个行李箱，还真有点像私奔的情侣。

在前台办理入住的时候，路鹿还很担心地问："能用信用卡吗？我要不要换张身份证，我怕妈妈会找过来。"

这话听得前台都多疑地看了他们一眼。

项浩宇轻咳一声，憋住笑把人带上楼，让她住在主卧。

两人随意叫了份宵夜，好像无事一身轻了一般。等洗完澡，项浩宇半蹲在她床前，把她的抱枕给她："好好睡一觉。"

路鹿乖乖点头："好。"

但等他回房间没多久，沐浴完躺在床上，才打开手机，就收到小姑娘的消息：【哥哥的床大不大？】

"……"项浩宇觉得她大概是真反应过来没有危机感了。

紧接着下一句也蹦了出来：【一个人睡怕不怕？】

他皱了下眉，房门被轻轻敲了两下。

外面的女孩跟装神弄鬼似的喊："哥哥？欧巴？欧尼酱？"

"……"

学这么多门语言到国外没什么用，这会儿倒是全用在喊他上面来了。

项浩宇无奈，扬声："门没锁。"

路鹿抱着小抱枕推门进来，站在床尾，一点也不犹豫地掀开他的被子就往里面钻。

她像条小毛毛虫，一点点从下面往上挪，慢吞吞地探出头。

这种做法在她上初一时就已经被他用"男女有别"这一说法禁止过了，没想到现在又被她重新捡了起来。

"我房间的暖气好像坏啦，我有点冷。"路鹿欲盖弥彰地眨眨眼睛，往他胸膛那儿靠。

项浩宇都懒得拆穿她，扫开她脸上的碎发，张开手把人捞到怀里："不困吗？"

"我白天在小美人那儿睡了好久，现在很精神！"她悄悄地缩到他耳边，跟说什么悄悄话似的，降低音量，"而且我……我谈恋爱了，很亢奋！"

项浩宇侧了侧头，转到一边抿着唇笑。

糟糕，又被她可爱到了。

两个人靠在一张床上，零零碎碎说了很多以前没说过的话。

大多还是路鹿憋不住，从芝麻点大的小事开始计较，连他高二时候被女孩追到家里去都是他的错。

最后她说困了，喝了口水昏昏欲睡。

项浩宇小心翼翼地挪着腿准备下床，不料一向睡得像只小猪的路鹿今天特别敏感，立刻睁眼拉住他。

"狗东西！骗子！你不跟我一块儿睡吗？"她满脸不高兴，语气也低沉下去，往他怀里蹭个没完。

项浩宇一直往床沿上避开，直到已经快要摔下去，他索性破罐破摔地掀开被子，俯身下去严丝合缝地贴住她，扣紧她的腰，声音沉哑："你行行好，我这样怎么跟你一块儿睡？"

路鹿身体一僵，表情凝滞，脸烧得有些烫，话也说得结结巴巴："那……那倒也是哦。"

"……"

"这么费体力的事，你也年纪不小了。"她干巴巴地补上一句，很小声，"明天我们还要赶路，肯定会很累。"

"……"真要被她气笑了。

项浩宇吐息有些摇颤，托着女孩的脸放任唇覆下去，视线胶着，谁也没闭上眼，柔软的唇贴在一起，细腻而温热。

路鹿眼睫扫过他的鼻骨，抑制不住的几声嘤咛让男人更为投入。她缓缓闭上眼，专心地和他接吻。

忽略空气里静谧而暧昧的氛围，她的手也不由自主地搭上他的后颈。

只片刻，项浩宇手往下探，掐紧她的腰身，在她颈边缓了须臾，把被子给她盖了回去："晚安。"

路鹿整个人有些晕乎乎的，呼吸波折起伏，在他身后喊："要不要帮……"

"闭嘴。"

次日清晨，路鹿睡到自然醒。

套房里几间房间都没人在，倒是客厅里留了一束花，是粉色的香槟玫瑰，很大一捧，花蕊里还有清澈的露水。

花垫下有一张卡片，准确来说是一张陈旧的便利贴。

她一眼就认出来那是自己的小便笺本，他在上面写着一句话：十八岁没能送你花，二十八岁不知道会不会太晚？

路鹿眼睛酸涩，揩揩眼尾让自己别又哭了，喃声说了句："才不晚。"

话音才落下，房门被打开了。

项浩宇手上推着冒着热气的早餐车，见到她眼眶红红，眸光依旧带着热忱地看向自己。

他笑着朝她张开了手，把人拥入怀。

番外三 / 如果那年

高中的陈溺和江辙

1

"我女儿也在你的舞蹈补习班里上过一阵子课，所以你不用担心……陈溺是个乖孩子呀，我接到你闺女了，现在带着她往教室去呢。"

余雯对着电话笑着应了好几声，心情愉快的她又和电话那端的潘黛香继续说了几句有的没的。

今天是周一，课间操升完旗不用跑操。

十五分钟的休息时间对于高中生来说弥足珍贵，尤其是冲刺高考的高三部。

走在校园里，篮球场上远远的打球声和少年们的雀跃声缓缓传进耳中，穿着蓝白色校服外套的同学们跑上跑下，从她们身旁一晃而过。

四月份，清明假期才过完没多久。

风吹过来还有股料峭生寒的春意，空气中有淡淡的月季花香。

陈溺背着个黑色的双肩包，不自觉地拢了拢身上的毛呢外套，乖顺地跟在这个新班主任身边。

因为母亲工作的调动，她也一起来到了母亲任职的学校就读。

南港九中是所老牌高中，近几年的升学率一直排在全市前几名。

但正因为这所学校太老，同时也有更多的私立高中吸引了不少生源，导致九中在招生时降低了要求，不再像几十年前本地人口里那样，是一群状元郎的存在。

抬眼时，余雯已经挂了电话："陈溺，我看了你在之前那个高中的成绩还不错。我班上的班长刚离职，你要不要试试？"

其实余雯这个班已经算是九中的差生班了。

公子哥、富二代最多，纪律也最难管，哪个班干部不是被气哭就是被吓得辞职？

陈溺点点头。

她倒是没什么所谓，大人们的交情就是这样：我给你女儿班长当；你好好教我女儿，争取艺考进北舞。

见陈溺安安静静的样子，余雯又有些担心她压不住那群浑小子，提醒了句："有管不好的同学就来告诉老师，不要和他们硬碰硬啊。"

陈溺抿了抿唇："好的。"

"哎哟，这个时间教研组又开什么会。"

似乎是看见了一条要紧的消息，余雯抱怨了一句，转过头喊住一个人："哎，赵琳，来，这是班上新来的转校生陈溺，也是咱们班新班长。你带她去领一下教科书和校服，然后回教室让任课老师给她安排个位置坐。"

被喊住的这个赵琳是英语课代表，小圆脸，戴着一副黑色的厚镜框眼镜，应声时嗓子里仿佛卡了东西，嗓音有点粗重。

好在她对人还挺和善，问陈溺："你叫 chén nì？哪两个字啊？"

陈溺淡声道："耳东陈，三水弱。"

"还挺好听的。我叫赵琳，王林那个琳。"

"我知道。"她指了指赵琳胸前的校牌。

赵琳笑笑，跟才反应过来似的挠了挠后脑勺："对，忘了这儿有。"

从行政楼领完校服和教科书回来，还隔着几十米，她们就瞧见一群男生从球场往教室跑。

几个男生刚打完球又都各自洗了把脸，黑发湿漉漉的，手上还在甩着水。

虽说是艳阳天，但这个天气洗冷水看着就挺冷的。可少年心都炽热，天生不怕寒。

为首的男生身高腿长，脸部轮廓英气立体，眉骨硬朗，漆黑碎发沾了水，被他随手往后扫过去。

他也是这群人里唯一一个不穿校服的。

因为出了汗，T恤黏着他后背，隐约勾勒出少年青涩的宽肩窄腰。他手上拎着件黑色的棒球服外套，脖子那儿挂着一条银质的狼牙吊坠。

表情冷峻又懒洋洋的，像是有股颓然的桀骜感。

这是栋U字形的教学楼，陈溺和他们分别走在两侧的楼梯间。

男生腿长走得很快，一群人浩浩荡荡地跟着上楼，动静很大，但片刻就不见了影。

也许是因为陈溺朝那个男生多看了一会儿，旁边的赵琳说了句："长得很帅吧？"

陈溺错愕地侧首："嗯？"

赵琳又问："你一来就当班长了，是不是家里和老师有关系啊？"

"……"

可能是为了想拖延时间晚点回教室，赵琳走得很慢，把话题引到刚才那群人里："其实这个班没几个人想当班长，根本不可能管得住……对了，刚刚你看见的那个走在最前边的男生叫江辙。"

短短几分钟里，赵琳认认真真地给她把这位"校园恶霸"的事迹讲得清清楚楚。

这个江辙不像那些天天喊着打打杀杀或者抽烟喝酒的校霸一样惹是生非，但他能把这种校霸治得哆哆嗦嗦，甚至喊他大哥，简直是校霸中的恶中霸。

"你千万不要管他啊，他睡觉就让他睡，翘课也让他翘，老师都拿他没办法的！"赵琳一脸惊恐地回忆起上一任被江辙吓哭的班长。

唉，那小伙子没当班长前好歹是个体面人。

陈溺好奇地问："他有这么可怕？"

"超级可怕，我都感觉他脾气差到能当喷火龙，扫射范围上百米起步那种！"赵琳想起往事，心有余悸，"去年吧，隔壁职高一伙人来教训我们班上一个不爱说话的男生，不小心踩到了江大佬脚上新买的球鞋。你猜后来怎么着？"

她配合地开口："怎么着？"

赵琳做了个手势："大佬直接动手把职高带头的那个老大摁进了玻璃窗洞里，卡在里面出都出不来！最后还是喊了110和救护车才把他弄出来的。从此以后，我们九班名声就此被打响。总之，顺辙者生，逆辙者亡！"

陈溺漫不经心地踏上楼梯，想着这类谣言一般都不能信。

不过走到走廊里时，她看见九班教室后排的窗户居然真的有个圆洞，正好能塞进一个人的脑袋。

"……"

快到教室门口了，赵琳小声感叹了一句："虽然江辙脾气差又不爱理人，但他长成那样，其实没人不爱吧。"

九班这节课是自习课，但出乎意料的是，班里氛围极为寂静。

要不是看见靠近讲台前的那几个男生在用唇语下纸上五子棋，陈溺差点儿以为大家都是热爱学习的学霸了。

没有老师在，她只好自己走上讲台做自我介绍。

赵琳为了帮她，已经在黑板上轻轻写出一行字：同学们，这是咱们班新班长，叫陈溺。大家掌声欢迎！

女孩穿着过膝长的百褶裙，外面是件宽大的白色卫衣，遮到大腿那儿，一双细直的腿，脚踝伶仃白瘦。她的肤色瓷白却并不病态，小鹅蛋脸长得水润又乖巧，只是细长漂亮的眼睛像一潭清冽的泉水，沉静又冷漠。

虽然全班的视线都投向陈溺，也都很热烈地鼓起掌，准确地说大家只是做了个鼓掌的样子，并没有发出"啪啪"的响声。

陈溺没学会入乡随俗，弯腰鞠了个躬，说了一句："多多关照。"

她话一出口，诸位同学纷纷震惊又害怕地把脸扭向靠墙一侧倒数第二排的某个位置，生怕把人吵醒似的。

陈溺顺势看过去，发现那人正是赵琳刚刚说的江辙。

他身上披了件外套，头埋在手臂里趴着睡觉，只露出一截白皙骨感的后颈。桌上乱七八糟一堆书，看上去崭新，连名字都没写过。

纵观全班，只有他旁边有个靠墙的空位置。

陈溺以为大家是提醒她那儿可以坐，就抱着书往那儿走了过去。

江辙坐在外边，长腿大刺刺岔开，伸到过道上。

陈溺没注意看路，不小心往上面踩了一脚，白色球鞋上沾了一块灰漆漆的鞋印，看上去极不美观。

九班一群人盯着江辙的睡姿深吸了一口气，脸上就跟可见弹幕似的复杂变化着：完蛋了，班上又要损失一块玻璃窗了！这次的玻璃洞直径应该能小点。

但好在江辙只是慢悠悠地把脚缩回来，侧了个脸继续睡。

前边的男生小心翼翼地往前搬了搬凳子，示意她从这儿翻进去。

陈溺不想翻，而且她还抱着书，背着个沉重的书包。她索性把一摞书

269

放在桌角，大力拍了拍桌子："同学，江同学！"

周边的同学此刻正襟危坐，紧张极了。

赵琳瞪大眼，忙来扒她手臂，低声而急促道："别叫别叫，把他弄醒就惨了！"

但已经晚了，趴着的江辙被震荡的桌子弄醒，动了一下，头还没抬起来，先烦躁地开口骂了："谁啊？"

他手撑着脸，抬起头来，缓缓掀开眼皮。

男生五官锋利，下颌线清晰瘦削，一双戾气满满的黑眸往上看，狭长眼尾勾出一道深窄的褶皱，淡色小痣极为招摇。

陈溺面无表情地和他对视，在众人的惶恐情绪里出声："我要进去坐，你让一下。"

江辙没说话，他没睡好时起床气很重，于是静静地盯了她十几秒。

"手还不放开？"

他声音磁沉又冷淡，有几分刚睡醒的低哑和不耐烦。

大家纷纷看向陈溺放在他桌角的书和手，前边的男生帮她搬走了书。

而还拉着她衣角的赵琳急忙发力，在她耳侧压低声音："快松手，我陪你去楼下搬张桌子。"

陈溺不想动，淡着张脸看不出几分畏惧，整个人却被赵琳拽着往后退了好几步，差点儿没站稳。

"说你。"江辙的声音骤然拔高，一道跟索命阎王似的骇人视线扫过来，眯了眯眼，却是越过陈溺，落在她身后的赵琳手上。

"拽她干什么？"

2

陈溺性格乖巧，成绩还行，是潘女士心里的乖乖女。

但在半年前，她有了一个秘密。

有关九中高二（9）班的江辙。

说起来，他们还是在陈溺做家教的时候认识的。

进门第一天，保姆阿姨给她家少爷的形容词是：温柔、礼貌、很爱笑。

结果陈溺一敲门，就是这么个一张俊脸上压着阴沉、烦躁表情的玩意儿，跟阿姨形容的没一处相似。

不过这些都不要紧，两人熟悉之后，陈溺自认为对他有了一定了解，他其实还挺好哄的。

大部分情况下，大魔王在她面前还是很乖的。

可来到这所高中后，她在十分钟前从赵琳嘴里才得知，这少爷不仅是窝里横，原来在窝外能更横。

看这个班级自习课的气氛，大家好像都对他十分畏惧。

周遭一片安静，赵琳一脸"你自求多福"的遗憾表情松开了拉住陈溺衣袖的手，安静地溜回了前排位置上。

陈溺顶着张大无畏的脸，上前又拍了拍大魔王的桌子，开口说："自习课不让睡觉。"

整个教室更寂静了，大家看向勇气可嘉的陈溺时，脸上都带着细微的同情和惋惜。

然后他们看见那位带着起床气的大佬抓了抓头发，轻描淡写地"哦"了一声。

众人：嗯？

怎么和想象中的不一样，这到底是哪里不对劲？！

反正陈溺没觉得哪里不对劲，把自己的书抱回来后，她和江辙说："我是今天新转来的，也是你们班新班长。"

要死了，这新同学居然企图用官威压制校霸。

记得上一个这么说的人……噢，好像没有上一个。

显然，江辙压根儿也不记得被他吓哭的旧班长是哪一个，他有点迷惑她为什么要跟自己说这个。

陈溺在万籁俱寂中又问了他一句："听懂了吗？"

江辙站起来了，在所有人的深吸一口气中捏住了她的后脖颈，英眉蹙起来："好吵。"

吃瓜的同学们："……"

嘶，大佬又要因为不耐烦而"动手"了。

他手的温度不高，冷得陈溺缩了一下，不解地抬头望着他。这少爷不顺心起来，嘴里确实是难有一句好话。

她抿了抿唇线："你先让我进去。"

江辙单手揉揉自己太阳穴，醒了下神，捏住她脖颈的手往后一移，把她沉沉的书包拿了下来。

他再往过道移开，长腿钩着凳子一起拖出来。

陈溺往里走的时候才觉得这位置太宽敞了，后排那俩哥们儿背后就是墙，挤得快前胸贴后背。

班上同学看得目瞪口呆，没明白这到底是个什么发展。

大佬对新同学好宽容啊。

两分钟后，陈溺把自己的位置收拾好，教科书也拿出来摆在桌面上，拿起笔认认真真地把名字写好。

在这过程中，全班人的视线包括她边上这位一直在注视着她。

陈溺下意识抬起头回望，江辙也跟着回望。

他一抬头，眉梢带着点惺忪睡意，脸上又臭又拽的表情跟谁欠他几千万似的，众人纷纷垂头低眼。

真的很像恶霸。

陈溺在心里叹了口气，在桌子底下拽拽他胳膊，在纸上写出一行字：你收敛一点。

江辙半点不知道该收敛什么，音量如往常般："你为什么不说话？"

"……"

陈溺自觉地压低音量："我不是说了吗？我是你们班新班长。"

大魔王把耳朵凑过去听，闻到女孩身上的奶香味，勾唇懒洋洋地接腔："所以呢？"

陈溺理所当然地说："我要管纪律啊，自习课不准睡觉不准吵。"

"懂了。"他点点头，倏地站起来伸个懒腰，骨节分明的手掐着修长的颈左右转了转，跟个领导似的往班上巡视一圈，就从后门走出去了。

陈溺傻眼了。

不是，她说不准睡觉不准吵，那他就不能举一反三？硬要让她再说上一句"也不准翘课"吗？

江辙一出去，鸦雀无声的教室里，大家仿若松了口气，虽然没喧闹起来，但之前紧张的气氛松散了不少。

陈溺前桌是个挺活泼的女生，主动用小本子跟她传起悄悄话。

【陈班长好呀！我叫阮喜丹，是班上的数学课代表。】

【给你介绍一下我们班的情况，除了你同桌这位大魔王＋校园恶霸，全员皆好人！】

陈溺："……"

刚来这个班也没其他事情，陈溺看着大家好像都在赶作业，就把书桌整理好，看了一眼旁边这人的桌子，想了想，也帮他整理了一下。

教科书和作业整整齐齐地摆在两边，看起来比之前赏心悦目不少。

身后两个男生在高高的书堆后面对视了一眼：大佬这就使唤上新同桌做苦力了吗？

下课铃打响的时候，教室又恢复了一贯的平静。

因为江辙回来了。

他手里拎着袋零食，尾指上钩了装着一杯热牛奶的袋子，踱步慢悠悠地走到位置上，把零食往陈溺桌上一扔，发出"哐当"一声响。

他抿了口牛奶后就皱眉将其移到陈溺面前，言简意赅地评价："太甜。"

本来就是陈溺爱喝甜饮。

她慢吞吞地接过来，边喝着，边一本正经跟他讲道理："你下次不能在上课的时候出去买东西了。"

江辙敷衍地点头答应了，趴回位置上，侧枕着手臂。

陈溺心虚地看了一眼周围，发现大家都在各干各的，没人管他们。

她不知道，身后的俩男生看完了全程，战战兢兢地用手机在江辙从不参与的班群里，噼里啪啦地打出几行字。

【大佬劣性不改！恐怖如斯！丧心病狂！欺负咱们班新班长！】

【亲眼所见，他喝剩的牛奶不愿意喝，就塞给班长喝！班长劝他上课时不能去便利店，大佬就对她动手威胁！】

陈溺正预习下节课的内容，突然就觉得身上的同情目光平白无故地又多了不少。

后边那节课是数学课，好在过得也很快。

到午饭时间，江辙想拽着陈溺一块儿出去下馆子。但潘黛香发了消息，陈溺得去员工食堂那儿吃。

大概是因为中午没吃成饭，所以江少爷一不顺心就跑去玩赛车、打拳击，反正不会乖乖待在教室看书。

他下午四节课加上晚上三节自习课也没来，而所有人对此都习以为常，连老师也没多过问。

没有江辙的九班才像个正常的普通班级。

课间同学们打打闹闹，纸飞机和篮球到处乱丢，满眼是推推搡搡的男生和一块儿拉着手去上厕所的女孩，好不热闹。

　　最后一节晚自习下课铃打响之后，前桌阮喜丹问她是哪个宿舍的，要不要一块儿回去。

　　陈溺摆摆手："我家离学校很近，我是走读生。"

　　其实她也可以去和潘黛香一块儿住，教师的宿舍都是单人间，有空调热水，条件也不错。

　　阮喜丹"哦"了一声，临走时又支支吾吾地说："班长，你要是觉得受不了就和老师说换个座吧！在你来之前，大魔王他是没有同桌的。"

　　陈溺倒是没想到她会说这个，起了点逗弄心思："那大魔王他谈恋爱了吗？"

　　阮喜丹像是被她这个问题惊讶到了："啊？就他那脾气还能谈上恋爱吗？"

　　"……"

　　也不是怀疑什么，虽然江辙长得万里挑一，但他身边从来没出现过走得近的异性，就连外貌相匹配的也没有。

　　何况这人在九中的名声就是有点让人闻风丧胆、退避三舍的类型，谁会想不开和他谈恋爱啊。

　　"这样啊……"

　　陈溺没从阮喜丹那里套到什么有用的信息，心想和江辙朝夕相处的同学知道的还没自己多。

　　做班长的任务之一就是留到最后锁门关窗关灯。

　　陈溺踮脚把钥匙放到门框顶上，因为刚才和同学说话耽搁了会儿，她这层楼已经没人了。

　　教学楼下还有稀稀拉拉的脚步声，路灯和月光从护栏那儿漏了一片进来，皎白的光洒在地面上。

转过楼梯拐角时，陈溺的手臂突然被一只精瘦有力的手抓住，闻到男生身上熟悉清冽的衣物留香味，陈溺才没惊得喊出声。

"喂。"她佯装生气地蹬了蹬腿，"放开我。"

江辙偏不放，仗着自己力气大："别挣扎了，喊破喉咙也没人来救你。"

"……"

陈溺心想：这人今天的戏还挺多，索性也不挣扎，手臂垂下来任他带着自己下了楼。

春夜里，校园里的野猫在凄凄地叫唤。

陈溺和躲在小树林里的那只猫对上视线，眨了两下眼睛："江辙，我都不知道你在学校是这样的，赵琳还说——"

他打断她，皱着眉："赵琳是谁？"

大哥，你不是吧！

陈溺有点无奈地解释了一句："你的同班同学啊。"

江辙想都没想也知道自己没印象，只问："她跟你说我什么？"

陈溺想了须臾，决定省略赵琳前面说的恶霸部分，一本正经地说："她说你是万人迷，说'没人不爱江辙'。"

他脱口而出："我又不要他们爱。"

陈溺沉默了半秒，抿抿唇，很讨乖地拍了拍他肩膀说："好的好的，先把我放开。"

江辙松开手，带着她大摇大摆地从门卫眼前走过："那你陪我去吃宵夜。"

"好吧……但是……"她举起他手腕的机械表看了眼时间，说，"十点之前要送我回去，不然我爸妈该以为我出事了。"

"……"

276

陈溺转学来两个星期之后，九班这帮同学终于发现了点奇怪之处。

只不过他们的关注点确实有点偏移。

比如大名鼎鼎的校霸头子江同学逃课的时间越来越少了，也不在课上睡觉。

话变多了，但好像都不是什么好话——

"吵""闭嘴""你想得美""再说一句"……

尤其是教室第一大排最后面那两位男同学，最能够深刻体会到大佬的变化。

他们每天看着新班长顶着这些恶言恶语还好脾气地矫正她的恶霸同桌，心里都为她捏了把汗。

新班长义愤填膺地拍他桌子，乖软白皙的小脸染上愠色："江辙，作业你到底交不交？又是只剩你一个！"

"小爷没写。"江辙理直气壮地跷着二郎腿，半点不虚。

小同桌鼓着腮："那你现在写，昨晚干什么去了？"

"……陈同学，你现在说话怎么跟化学课那老头儿似的？"说归说，大佬咬开笔盖，手里的笔却没停下过，"啪啪"几下把最后几道选择题写完交了上去。

来收作业的课代表虔诚地向陈溺投去赞赏与感激不尽的眼神。

他们悟了！

这要是还看不出来，是真当他们吊车尾班级的人都是傻子吗？！

没错，班主任这次挑的新班长果然有把刷子，能把人管理得服服帖帖的！陈溺靠关系拿到班长这一职位的谣言没多久就不攻自破。

陈溺对这些人平白无故的膜拜感到十分不解。

为什么他们的脑回路这么神奇？

很快到月底，高二年级的期中考试如期而至。

九中的后十五个考场全在大礼堂，考试用的桌子、凳子都得学生自己搬过去。

考试日前几天重点班的学生可能都在争分夺秒地看书背书复习，但九中的吊车尾普通班拼死拼活也才二三十个学生能过一本线，其余几十人自然是搬完桌子就照常玩。

考场按成绩划分。他是全校倒数的成绩，自然在最后一个考场，而陈溺又是新转来的插班生，按学号排也在最后一个考场。

江辙的桌子被搬到了陈溺前边，正好靠着窗。

大少爷没有早起的习惯，平时连早自习也不来上。但学校对面两条街外新开了一家茶楼，里面的虾饺和叉烧包都特别好吃。

为了给陈溺带早餐，江辙这几天都起早床绕路过去买。

出于礼尚往来，陈溺负责给他搬凳子去礼堂。

大考的时间段管理比较松散，人群熙熙攘攘，老师每天巡查也没有看得那么紧，隔壁职高的混混也经常在这个时间段来九中玩。

陈溺就是在端着两张凳子下楼时碰见那几个人的，教学楼里没多少人了，而他们围过来时，从边上经过的同学只会本能地跑得更快。

这群人一个个嘴里都咬着根烟，手上还有奇奇怪怪的刺青文身。

考试日不强制一定要穿校服，所以陈溺今天换了身粉白色的连衣裙，棉袜上有两个 Hello Kitty（日本卡通人物）的图案，脚踝白皙。她马尾绑得不高，额前刘海长长了点，半遮住一双乌黑的眸，看上去很温柔恬静。

最前边那个瘦猴笑嘻嘻地开口拦住她，胸有成竹地说："小同学，加个QQ？哥哥们带你去玩啊。"

陈溺摇头："我不想。"

"别敬酒不吃吃罚酒！"其中一个矮点的男生声音粗重，阴鸷的眼威胁般盯着她，作势要往前走过来。

"你们还是消停会儿吧。"陈溺往后退了几步，脸上表情很淡地提醒，"我有个朋友脾气不太好的。"

那群人听了这话猥琐地笑了起来："哟，谁脾气这么大啊？喊过来让咱们瞧瞧！"

陈溺捏紧了手上的两张凳子，在他们身后看见一个身影。

眼前的瘦猴男拿着手机逼近她，狞笑道："别跟哥玩欲擒故纵那套啊，加你 QQ 是看得起——啊！"

他话还没说完，突然被人从后面凶狠地踹了一脚，直接双膝跪在陈溺面前，没握紧的手机也摔出几米远。

前一秒还需要仰视他的陈溺，在此刻视线下移看着他的头顶，讷讷地补上一句："我说过我朋友脾气不好来着……"

瘦猴男气急败坏："哎哟！你们这群废物就在那儿看着？"

几个人像才反应过来似的，急忙把瘦猴男扶起来，齐齐往后看过去。

江辙身上穿着件校服外套，没拉拉链，就这么敞着，长腿立在楼梯口，颇具压迫感的身影笼罩下来。

因为逆光，那张桀骜的脸让人有点看不清。

他手上还提着一份早餐，朝陈溺走过来时很平静地换过她手上的两张凳子，偏了偏头，自上而下地撩起眼皮看了这群人一眼。

"江辙，你不要冲动。"陈溺拉住他的衣角，试图跟那群人讲讲道理。

但瘦猴男半点不领情，边揉着膝盖，边指着他们放下狠话："你们知道我是谁吗？别让老子在校外碰上了——"

陈溺听不下去了，松开他的衣角："算了，讲不通。"

3

陈溺这个人极其不爱打打杀杀，何况这还是在校园里。

为什么要像个中二少年一样以肉搏肉呢？简直是伤敌一千，自损八百的做法。

不过要是遇到讲道理还讲不通的人，那也没办法。

也许是忌惮江辙比他们都高上半个头，那群人瑟缩地齐齐往后退了半步，搀着瘦猴男小声问要不要先走。

江辙凌厉的眉眼往前扫过去，慢条斯理地卷了卷袖子，露出一截骨节分明的手腕，眼皮耷拉着问："刚才谁要她的联系方式来着？"

那几个人都跟吓着了似的，齐齐摇头摆手。

瘦猴男觉得没面子，露出一张穷凶极恶的面目："你们怕他什么？他就一个人！给我上去打他一拳啊——"

他还在鼓动身边人时，陈溺突然拉了江辙衣角一把，躲到他背后："你们不要过来啊，这里是学校，我们会告老师的！"

小姑娘怯生生的表情处理得十分到位，小腿还在打战，连尾音都带着点不知所措的哭腔，和刚才那平静佛系的样子截然不同。

"听见没？人家都要告老师了！哈哈哈哈！"瘦猴男像是听见了什么笑话，指着他们更加猖狂了。

江辙舌头不耐烦地顶顶腮帮，正要提腿上前端人时突然感觉腰后被挠了一把，那是他最怕痒的地方。

他还没反应过来就愣了一下，往后看："你……"

"同桌！"陈溺急忙喊停，拽着他袖子，软声开口说，"你、你也别怕。"

江辙挑了下眉：啥玩意儿？

瘦猴男见状，给边上的同伙使了个眼神要过来弄他们，刚往前一步脑袋上就被狠狠砸下了一本教案。

教导主任带着两位保安赶了过来："你们哪个学校的？跑九中来干什么？"

"隔壁学校的。"

到底都是群十六七岁的学生，也怕惹大事被开除，一个个除了瘦猴男都不敢吭声了。

"隔壁学校的围着我们学校的学生干什么？"教导主任一脸威严，看了眼面熟的江辙，一时竟拿捏不准是谁在闹事。

陈溺探出脑袋，一副鼓起勇气的样子："黄主任，他们勒索我和我同桌给零花钱，刚才还打我们了。"

"你放屁！"瘦猴男的膝盖还隐隐作痛，自然听不得她颠倒黑白。

反正楼梯口这块没监控，陈溺拧了一把江辙的后腰，用眼神暗示他。

江辙不情不愿地点头配合，手插兜里，懒懒地开口："是。他们打我了，疼死了。"

瘦猴男一脸震惊："你刚才踹老子可不是——"

教导主任闻言又是一巴掌拍在瘦猴男脑后："小小年纪满口脏话！你们学校校长昨晚还和我一块儿吃饭知道吗？"

本来江辙的话没什么可信度，但陈溺是新来的舞蹈老师的女儿，平时表现都不错，就一个乖乖好学生，自然不会说谎。

教导主任想都没多想也知道该站在自己学生这边。

两个保安拉着几个男生往校门口走，考试的预备铃已经响起。

主任回头看了陈溺他俩一眼："快点先去考场。"

陈溺认真地点点头。

考试预备铃声响过，高二这栋楼全安静了下来，来来往往的只剩拿着保温杯去监考的老师。

江辙端起两张凳子催她往前走："去亭子那儿。"

"可是要考试了。"陈溺从他手上拿过一张凳子，她这话其实没什么用，因为到最后她总是会顺着这少爷的脾气来。

江辙很霸道，空出手来拉她走："不管，你先吃完早餐再去。"

化学实验楼前的小亭子那儿刚栽下七八棵桂花树苗，勉勉强强能遮住他们的身影。

这个点校园已经很空荡了，上课的在上课，考试的在考试。

好在第一天上午考的是语文。

陈溺写字写得很快，一般在写完作文之后都能空出四五十分钟的时间，倒也不急着过去。

江少爷就更别说了，他从来不知道考试为何物。

要不是今天陈溺在，他压根儿连考场都懒得去一趟。

他每次买的早点都有点儿多，平时陈溺还能仗着后排的地理优势躲在高高的书堆后慢慢吃，但今天不行。

江辙每次注视她吃早餐的时候都极其认真，手机也不玩，撑着下巴喂猫似的给她递完煎饺又递上牛奶。

怕耽搁太久会被老师说，陈溺咀嚼的速度加快，漆黑长睫像把小刷子似的扇了好几下，时不时扫到男生伸过来投喂的手背上。

勉强吃完后，她收拾了一下垃圾："江辙，你待会儿记得好好考试。"

"嗯？"江辙伸手接过垃圾。

陈溺舔了一下唇："你想想，这是我给你做家教后第一次大考，你是不是至少得提高下成绩来证明我有教你点东西？"

少年清瘦修长的身影站在晨光中，桃花眼没什么情绪地垂着，他不解地开口："你教我什么了？"

"……"

吃完早饭赶到礼堂，他们迟到了近十五分钟。

大礼堂布置了十多个考场，监考老师分布得很散，陈溺这个考场的监考老师恰好是班主任余雯。

陈溺三言两语解释了一下被隔壁职校学生拦住勒索的事，余雯没为难他们就让两人进去了。

毕竟她在几分钟前也收到了教导主任在教师群里发的信息，说看见其他学校的学生进校闹事，有碰见的老师都自觉点把这类人赶出去。

陈溺是考场最后一个位子，江辙这个常年缺考的自然成了倒数第二，正好在她前边一个座位。

余雯走过来跟他们说了下作文那一页没印上去的题目。

他俩旁边的位置也很巧，一前一后正好是他们俩后桌的两位男同学。看见江辙出现在考场时，其实大礼堂的人都有些轰动，一群人都往他们这边瞥了过来。

陈溺一坐下就赶紧开始专心做题，也不在乎外界环境。

等她洋洋洒洒把一篇八百字作文写完的时候，她往前看了眼，江辙不知道什么时候已经趴在那儿睡着了。

陈溺有点生气，刚才都嘱咐过他要写卷子的。

她看着这人的背影，越看越气，默不作声地把空桌子扛起来往前挪了几厘米，脚往他那儿踹了过去。

踹那一脚的时候，陈溺压根儿不知道边上两位男同学为她操碎了心。

直到她脚尖踹上前边的人时，两人发出很克制的深吸气声，甚至不约而同地纷纷伸出手想阻止。

江辙睡得挺好，就是窗口刮进来的风有点冷。然后猝不及防在睡梦中，他屁股被踹了一脚。

好在陈溺就算借着墙力气也不大，他的凳脚只轻微挪了挪位置。

江辙一头雾水地抬眼往后看，手指从外套袖子里伸出来，揉了揉惺忪的睡眼问她："怎么了？"

"……"

陈溺发现了，这位哥哥在哪儿都当在家似的，哪怕是这么多人的考场也半点不避讳有老师在。

他的声音带着点刚睡醒的沙哑，虽然音量不大，但也没刻意压低。

监考老师的目光朝他们这边看过来。

陈溺瞥见地上的笔盖，指了指，轻声说："帮我捡一下。"

也许是因为后边几个考场学生的成绩都半斤八两，监考老师压根儿也没觉得这几个臭皮匠能凑出一个诸葛亮来，只瞧了几秒就把视线收回。

耳边是学生翻阅试卷的声音，划拉作响着，入夏的微风从四面八方的窗口卷进来，不知刮落了谁的草稿纸。

两人的手在桌底下接触的那一刻，陈溺压低嗓音凶他："我都借给你笔了，你怎么还不写？"

江辙愣了下，才知道原来为的是这事。

他恹恹地打了个哈欠，锋利上扬的眼尾有些红。他坐直腰，把答题卡举高给她过了一眼，满纸的字迹，龙飞凤舞地铺在卷面上。

也就是说，他完成卷子的速度比陈溺还快。

陈溺怀疑地盯着他，没道理啊，他怎么可能比她还快？想是这么想，她嘴里喃喃地就念出来了："你好快。"

"……"

江辙眯了眯狭长的一双眼，听着不太舒服。

刚想开口说话，陈溺催促他转过头去，大概以为他是想对一下选择题答案，她用笔轻轻地敲敲纸："写上面。"

过了片刻，江辙把字条递过来了。

这大佬就没做过什么偷偷摸摸的事，在考场上递个小抄还得光明正大地从上面递。

陈溺看了眼坐在前边刷手机的班主任，和左侧两个正在小声讨论裙子的监考老师，气得又踹了他一脚。

哪有人这么递字条的？上赶着给监考老师抓住似的！

江辙被这时不时的踢腿运动给弄烦了，下意识伸手捏住她的脚踝，用眼神警告了一句：再踹试试？

陈溺后边就是这间大礼堂的墙，她勉强扶住桌子才不至于被他弄倒。

感受到男生滚烫的掌心贴着自己脚踝，她僵了一瞬，挣扎了两下才羞恼出声："字条还给不给了？"

她被逗得脸红就恼羞成怒，就这点出息还跟他馋。

江辙闷声笑了笑，仁慈地松开了手，手臂懒懒地垂下去，往下移到了她桌底。

陈溺也跟着往下摸，胡乱碰了碰，嘟囔了句："哪儿啊？"

少年清瘦的背脊靠着她的桌子，肩胛骨平直宽挺。她又探身往前，说话时软软痒痒的气息拂过他的耳根。

江辙喉结动了动，压着声诱她："再伸过来点儿。"

"没有呢？"她纳闷地往前伸手。

她无处安放的视线放在了男生立体的侧脸轮廓上，这个角度恰好能看见他眼尾下边那颗做点缀似的小棕痣。

江辙肤色很白，皮肤也好，下颌线分明，鼻梁骨高挺得像罗马广场上的美男子雕塑。

九中人虽然都知道这大佬脾气差，对他避而远之，但对这张令人惊艳的初恋男神脸都没话说。

陈溺也不知道什么时候和他靠得这么近了，反应过来时才发觉自己探着探着，居然快越过身前这张桌子。

她正要往后缩回去时，指尖蓦地被抓住了。

江辙旁边的男生转着笔，笔从手上突然掉到桌上，"啪嗒啪嗒"顺着桌沿一侧往另一侧滚。

如果笔继续滚到地面上，那人会弯腰……

陈溺吞咽了一下喉咙，咬了咬唇，在大脑一片空白中看见江辙伸手挡住了桌沿。

她眼睫毛颤了两下，盯着他好整以暇的淡定侧脸，指尖抵着男生的指腹往他掌心里挪了点进去，终于碰到那个小纸团，顺利把它夹了出来。

他们在这儿传字条，他们边上的那俩哥们儿模模糊糊看完全程也开始用唇语交流。

左边："大佬这是要班长给他小抄？"

右边："果然大佬要么不来考试直接拿零分，要么一来就使出浑身解数考高分！"

左边："为什么不找我们？班长成绩好吗？再说了，我手机还搁兜里呢。"

右边沉默两秒："分班这么久以来，他正眼看过我们吗？"

"……"居然有点道理。

话题终结在陈溺把那张字条揉成一团丢向江辙后脑勺那一刻。

江辙桌上根本就没草稿纸，纸都是从语文卷子一角撕的，结果只见他在上面写了句：有点饿。

饿你个死人头！

陈溺对着他的后脑勺开始磨牙，然后在裙子外边的小兜里抠抠搜搜地掏出了半个被压扁的烧卖。

是她早餐实在吃不完剩下来的，凉透了。

江辙枕着手臂趴回去，回过头在臂弯空隙看她，用口型说：扔爷干什么？

陈溺抿抿唇，起了点恶意逗弄他的心思，示意他把手往下伸。

他照着做，掌心被放了一个塑料食品袋包着的东西，有些凉，正是她没吃完的半个烧卖。

陈溺咬住下唇小声笑，笑了没几秒表情呆滞住。

因为她忘了这少爷虽然娇贵但半点不挑食，特别好养活。

他也没嫌弃，直接把半个凉透的烧卖当着她面给吃了，末了还跟她吐槽一句："有点硬了。"

"……"吃得倒是香。

"还有十五分钟，大家检查一下有没有漏掉没填的题。待会儿每组倒数第一个同学把考卷收上来交给我。"

考场上的监考老师们都站了起来四处走动，陈溺低着头让江辙转过去，有一下没一下地抠着手上的 2B 铅笔。

十五分钟后，铃声响了。

上午只考语文一科，考完就能去吃午饭了。

作为本组最后一桌，陈溺当然也要收卷子。

江辙吊儿郎当地坐在位置上，故意压着答题卡，抬着头问她："午休回教室吗？"

"不回，我回我妈妈的宿舍睡午觉。"她没好气地打开他的手，一眼就瞧见答题卡上古诗词那六处横线全是空白的。

这人别的地方倒是写满了，但从来不背古诗词，这六分就跟不要了一样。

陈溺也没法让他现在写，眼不见心不烦地把答题卡收走了。

一直往前收到中间那人时，那兄弟大概也是临时抱佛脚，弯着腰在那儿急着把小抄拿出来抄了。

别的大组陆陆续续都把卷子往上收了，只有陈溺面前这个男生一直拖着说"马上好、马上好"。

陈溺看老师要过来了，有点着急，催了一句："快点。"

"你急什么啊？不就写这题太耽搁时间……"男生语气很不耐烦，眉头紧蹙着低声骂了几句，不知道是在骂陈溺还是在怪参考答案太长。

这话还没说完，他的答题卡直接被一只骨节修长的手强硬拽走了。

还贴在纸上的笔珠没收住，在答题卡上划出长长的一道黑线，刚才抄的那几题可以说都白抄了。

男生气急败坏地拍了下桌子要骂人，抬眼对上江辙居高临下的冷淡视线后却偃旗息鼓，他下意识站直了点："江、江……辙。"

江辙把答题卡递给陈溺，一句话也没说，推了下她肩膀让她继续往前走，后边那男生都看傻了。

一直到顺利把卷子全交上去，陈溺和他也没交流，各走各的。

两天考试考完，从考场搬回桌凳，大家还是该干什么就干什么。

答题卡很快被发下来，白天交上去，机器扫描完选择题就发下来了。

九中改卷子的速度也快。

不过总成绩和排名出来还需要一天时间，晚自习自然是留给老师讲卷子的。高中的晚自习都是三节，第一节是自习，第二、第三节是老师讲作业。

考试时期特殊，就换了一下。

第一节晚自习老师过来讲卷子，后边那两节变成了班主任默认的自习课时间。

不知道是哪来的传统规矩，大考完总是需要一些放松的方式——看电影，来犒劳犒劳大家。

陈溺是班长，也是今天的值日生，在后边两节自习课放电影就是她的职责之一。

挑电影这件事吃力又不讨好，一个班五六十号人，喜好总会不一致。她边上位置是空的，一大堆人拿着自己下好电影的 U 盘过来推荐。

陈溺趴在位置上有些没精打采地勾选票数最高的电影，还是坐前边的阮喜丹看出她生理期不太舒服，帮她打了杯热水。

第二节晚自习的上课铃响起，有三部电影的得票数相同。

讲台下一群人吵吵闹闹，还有人说那再重新投票。此时站在讲台上的陈溺觉得太浪费时间了，拍拍桌子："先安静。"

她平时说话虽然还算管用，但没管用到全场寂然到不敢出声的程度，这会儿她头都不用抬也知道是谁回来了。

江辙提着个黑色塑料袋从后门进来。

外面下着小雨，天穹完全黑透。他出去没带伞，头发有些湿漉漉的，连带着身上那件工装夹克外套也显得冰冷。

教室的灯为了能有看电影的氛围已经全关了，后几排的人都端着凳子在过道上往前挪。

陈溺的脸色被皎白荧幕衬得像个女鬼，看大家都不说话也不提意见，索性按自己喜好来，点开了最后的那部悬疑惊悚片。

影片开始放，她回了位子上。

也许是因为江辙这些天在班上都还算温和，也可能是因为影片开头的一镜到底太吓人，大家对校霸的恐惧远不及对电影的恐惧，纷纷轻声叫出来。

江辙把外套脱了，正揉着湿了的黑发，见陈溺过来就站起来让她进去。

他起身时，两人衣物摩擦了一下，在这样亲密的距离里发出了轻微的响声。黑暗中，两人的感官都很清晰。

陈溺手背上沾到他额发掉下来的雨水，刚转头，他手上拿的一杯热烧仙草就贴在她脸上。

她接过来，小声说："我吃过饭了。"

江辙随意说："给你暖肚子。"

"……"陈溺想了想，还是喝掉吧，免得浪费。

等她坐下，江辙从袋子里把东西拿出来："买对了吗？"

"应该不会错吧。"

陈溺只交代他买卫生巾，棉质的就行，但摸到时感觉重量比平时的轻了不少："你买的什么啊？"

他拿出手机给她打光，神情比她还疑惑："不是这个？我挑最贵的买的。"

那上面写着：液体卫生巾。

陈溺还真没用过这种，起初也没想到会不会过敏这种问题。

但江辙比她认真多了，一听她说没用过，就聚精会神地拿着手机在那儿看说明，也不知道能看出什么来。

陈溺在边上打开烧仙草的盖子，借着微弱的光也能看出他加了多少料，西米露、红豆、椰果和布丁全加在里面了。

她叹了口气："你是不是当给我买八宝粥喝了。"

江辙拿着手机搜索完液体卫生巾和普通卫生巾的区别，确定没什么问题后才抬起眼："什么？"

"没什么。"陈溺皱皱鼻子，"好像这是三分糖。"

"我尝尝。"他说着人倾身过来。

陈溺下意识把手上的烧仙草递过去。

"三分糖吗？"江辙鼻梁磨蹭过她的脸，在她耳边低沉地落下一句，"我怎么感觉是全糖的呢？"

全班人还在这儿呢，虽然大家看上去都被电影里的杀人犯吸引了目光，但陈溺还是赶紧用手推了推他。

"我的错，我的错。"江辙认错态度极为不真诚，敷衍地举起手，歪歪头，"Sorry（对不起）."

"……"

陈溺被他这浑样弄得没办法，默不作声地在一边小口地嚼着珍珠。消停了没一会儿，江辙又偏头凑过来："你不用去厕所吗？"

她推开他的脸，看着讲台上的大屏幕投影："我晚点再去。"

电影的名字叫《中邪》，是部国内的伪纪录片，整场戏里一直采用的是纪录片的拍摄手法，镜头很晃，也显得很真实。

主角一群人晚上在农家休息时，中邪的农家女主人正拿着一把菜刀站在女主的床头。

音乐阴森森地响起，班里胆子小的女生已经在捂着眼了。

陈溺也有点紧张，整个人一动不动，边上的江辙挪着凳子靠过来，在她身边低声说："我好怕啊，你怎么放这种片？"

"别怕，都是假的。"陈溺说是这么说，其实心里也犯怵。

她是典型的怕鬼但又无法抗拒恐怖片的人。

大概是气氛太紧张，她任由江辙靠得越来越近，直到她总算反应过来，侧头要骂他时，一件外套盖上了他俩的头顶。

男生清冽的少年气息萦绕在陈溺鼻间，江辙躲在里边偷笑："我真的好怕。"

4

教室里的灯亮起的那一刻，江辙猛地被推开。幸亏他人高腿长，才不至于摔地上。

蓦地被推开还不够，小姑娘还伸腿给他来了一脚。

他的领口有些乱，突出的喉结滚了滚，拿起桌上的矿泉水狂灌了几大口，才正过身坐回来警告她："陈绿酒，你再这么对我，我迟早离家出走。"

陈溺平静地抬了抬眉弓，表情很酷地问："威胁我？"

江辙谨慎地看了眼这姑娘的脸色，重新措辞："不算吧。"

她懒得跟他说这么多，小声骂了一句："傻子，别出走了，你跑吧。"

"……"得，还真半点不给面儿。

门口站着隔壁班的地理老师，因为九班教室里看电影的尖叫声太大才跑过来敲门。

说是敲门还算轻的，她手掌往铁门上拍了好几下，尖声尖气道："班长呢？纪律都不管的啊。你们班看个电影不要这么大声，要不就别看了！"

陈溺正要站起来背锅，肩膀又被人按下去。

江辙提着张凳子上讲台那儿坐着，侧首看了眼还呆站门口打量来打量去的隔壁班老师："行了，回去吧，管好你自己的班。"

全班人憋着笑不敢出声，整个学校也就他敢这么随意地和这些老师说话。

年轻的女老师踩着高跟鞋，看着这个桀骜不驯、名声在外的坏学生也无可奈何，跺跺脚，冷哼一声走了。

"都安静点看啊，不就是个恐怖——"江辙关上教室门，灭了灯，不屑地按下播放键，让定格的电影继续播放。

下一帧画面恰好是中邪的村里神婆，一张七窍流血的特写脸部镜头出现，正对着他。

江辙虎躯一震，往后仰了仰头："……"

还真有点丑得吓人。

全班人也是猝不及防，都被吓得又叫出了声。

陈溺在这个角度把讲台上男生的表情观察得清清楚楚，她喝了口奶茶，又忍不住轻声笑了。

月考总排名在第二天上午就出来了，陈溺考得还不错，年级里排第八，班上自然是第一。

班主任把成绩表给她时，还挺高兴地夸了她一顿。

毕竟九班排在年级前五十的也才她一个。

陈溺正要拿着成绩表走出教研组办公室时，突然发现全班成绩排名只有五十五个人。

她顿住脚步，回过身："老师，为什么没有江辙的成绩啊？"

余雯奇怪地看了她一眼："你怎么关注他了？"

"他是我同桌……"陈溺指着班内排名第五十五的位置，"而且我们班有五十六个人。"

"没成绩就是成绩不作数。可能是机器出问题了，年级倒数那几名的卷子都没扫到吧。"余雯看上去不是很关心，随口解释了句，"没事，他们也不会介意，反正都是成绩最差的人。"

陈溺对她这番话一时也不知道该怎么辩驳。

她潜意识里觉得江辙不至于是年级后几名，她敢说年级倒数十几名里的人要么是题都不写，要么是缺考了几科。

可江辙字迹工整，她收卷子时分明看见他每一科的答题卡都有写满，而且她交代过他要好好考。

从给江辙补习的时候，陈溺就知道他的学习水平。

他很聪明，一点就通，不像大部分人那样死读书，他天生脑子就活络。

她纳闷地回了教室，把成绩表从第一个位置开始往下轮。

考完这两天的课程全是讲试卷，边上的江辙又翘课了，陈溺从他抽屉里翻出月考后发下来的答题卡。

上午最后一节课是数学课。

他们的数学老师是一个年近六旬的清华退休教授，叫戚伯强。他除了口音重爱把"阿尔法""贝塔"念成"阿发""北奋"，没什么毛病。

数学老师正在黑板上画着一道函数题的函数图像，随口说："我发现我们学校的学生还是挺聪明的，其实上一题求圆锥曲线还有一个简单点的解法，是我在改卷途中看见的，可以分享给大家。这位学生先是取特殊值强行把 K 算出来，后算'代尔奋'，然后……"

台下有人接话："然后用韦达定理列出求解的表达方程式。"

"对！"数学老师有些惊喜地转过身，"是咱们班上的吗？刚才哪位学生答上来的？"

陈溺举手扬了扬答题卡，解释了一句："这是我同桌答题卡上的解法。"

"你同桌是？"数学老师在全班的寂静中迟疑，看着她旁边的空座位开口问，"江辙？"

"是的。"陈溺走上前，把答题卡交给他，"您可以看看。"

刚才上课的时候她就把江辙每个科目的答题卡全看了一遍，不看不知道，江辙这人完全就是深藏不露的学霸。

数学老师戴着眼镜仔细看了会儿，笑笑："确实是他。江辙平时看着吊儿郎当不学无术，这字倒是写得挺好啊。"

陈溺抿抿唇："但他数学是 0 分。"

"0 分啊……"数学老师的语气听起来对这分数并不奇怪，把答题卡还回来，"这件事我略有耳闻，抄袭得来的成绩被教研处的人直接排出去了。"

这话一说，下面的同学们也纷纷吃惊地开口："啊？意思是江大佬抄袭？"

“不可能，不可能！他之前都不考试的，抄袭是图什么啊？”

“是不是因为这次考试后要开家长会？不过去年家长会，江辙家也没人来吧……”

这件事当然不至于在一节数学课上发酵，大部分人听了这消息也只是笑笑。

有信的也有不信的，都各有各的理由。

陈溺当然不信什么江辙抄袭的鬼话。

他考试的时候都没带手机，全程交流的人也只有她，难道是抄她的吗？

可他什么时候看过她的卷子一秒？

明明有一句没一句的全是不正经逗她笑的话。

而且看完江辙的答题卡，陈溺觉得他这次考试的成绩一定在自己之上。

一直到午休铃快要打响的前几分钟，陈溺终于在校门口看见江辙回来。

他来时穿着敞开的校服外套，里头是件白色 T 恤，锁骨露在外边，面色也不似往常冷峻，衬得整个人阳光不少。

他耳边还戴着个白色的蓝牙耳机，没心没肺地哼着歌往前走。

陈溺没好气儿地喊他名字，她都担心他一上午了，谁知道人家过得这么舒坦呢。

江辙步伐迈得大，在她喊了一声之后突然立住脚步，拿出手机看了一眼。

正当陈溺以为他是瞧见了自己的时候，就见他转过身往回走。

陈溺跟着他出了校门，一路小跑才勉强跟上他的脚步。

校门旁边十字路口那儿一辆豪车正要开进来，江辙直接朝大马路上横穿过去，甚至挡在了路中央。

“江辙！”陈溺被他这举动吓得不轻，赶紧跑了过去。

车急急刹车，恰好停在离江辙膝盖还有几厘米的位置。

江辙把耳机摘了，大步走向车后座，手握成拳头猛捶了两下车窗，示意里面的人露脸。

　　车窗降下来，里边坐着个年轻人，正对着他微笑："小辙，好久不见。"

　　江辙直接伸手进去拽起对方衣领，手指骨节因用力而泛白："你来这儿干什么？"

　　"咳咳……"那人被勒得脖子红了，"你爸爸说你考试作弊的事太丢人现眼，家长会他不会来了，让我过来和你班主任谈谈。"

　　江辙手上的力度渐渐变大，几乎要把那人的上身从车窗口那儿提出来。他低下头靠近那人，压低嗓子："轮得到你来代表老子的家长？"

　　前边开车的司机见状，嘴里喊着"小少爷别这样"，要下来帮忙阻止他。

　　他们的动静太大，又是在马路中间，来往行人大多是学生，都往他们这里多看了几眼。

　　陈溺见保安也出来了，冲过去有意地挡了一下车门没让司机下来，然后边抱住江辙的腰往后拖，边劝："江辙，你别在学校门口打架。"

　　江辙听见她的声音，回头看了一眼，手上力道松开点，嗓音低冷，压抑着暴虐对车里的人说："你滚不滚？"

　　"小少爷，我们这就走。"司机怕回去不好交代，连忙让他松开手。

　　陈溺没管车里的人怎么惹到江辙了，但她知道在这儿继续闹对江辙没任何好处，她使了吃奶的力气抱住他的腰拖拽开。

　　好不容易等江辙愿意放手了，司机立马踩着油门，车子疾驰离开。

　　陈溺把他带回到人行道上，脱力般甩了甩酸痛的手。

　　江辙伸手帮她揉了揉手腕，不到两分钟又恢复了那副混痞样，嘲笑她："傻不傻？以为你有多大力气能抱动我？"

　　"……"

　　确实没抱动一分。

过了须臾，江辙又淡声说："我没作弊。"

"嗯。"

"刚才那个也不是我爸。"

"知道。"

江辙看她胸口起伏得厉害，还顾着用力拉自己，不由得勾唇笑了下："那你要拉着我去哪儿？"

"校长办公室。"陈溺拉过男生宽大的手往前扯着他走，气势很足，"我倒要看看谁说你作弊。"

江辙起初也没觉得这算什么事，年级倒数的人突然考了个年级第一，年级组那群老顽固还能怎么想？

作弊呗。

随便找一个看似合理的由头往他这种平时看似"恶贯满盈"的坏学生身上套就行。

说委屈实在谈不上，他也不在意这种别人一两句话就能毁坏的清白。

但陈溺觉得不行。

江辙发现这会儿陈溺一脸要替他打抱不平的生气样子，就像头憋着劲儿的小狮子，逮谁挠谁。

"陈绿酒，你等等。"他手一使劲，把人拉回来，"是不是第一名有这么重要吗？"

陈溺不太理解地看着他，突然开口："我从小到大只有小学得过第一，初中最好的成绩是年级第三，高中就更别说了。"

"所以……你想从我这儿体验回当第一的感受？"江辙拖着懒散的腔，怪不正经地问。

"靠本事拿的，为什么要被人污蔑？"陈溺一脸认真，"江辙，你家里刚才来的那个人是谁我不管这么多，你不用总担心会在我面前丢脸。"

凭什么不计较？

不在意不代表就可以让人随意编派。

正好是午休时间，五月初临近立夏，已经有此起彼伏的蝉鸣声，校园里有风吹起女孩脸颊边的头发，她眼睛亮晶晶地盯着他，专注又执拗。

少年黑睫垂下来，跟她静静对视了会儿，薄唇蓦地扬了下："好，我听你的。"

午休时间校长压根儿不在办公室里待着，倒是副校长在。

反正也算管事的，陈溺没挑，带着江辙敲敲门就进去了。

副校长听完他们说的话有点没反应过来似的，熟练地打着官腔："这事关系到整个年级，如果你说光他一人的分数作废不公平，那要是贸然承认他的成绩，对其他几个人也不公平啊……"

他说了一大堆，最后还是想大事化小。

要么就当这次考试排名的事不存在，反正按照江辙以往的成绩水平，这次肯定也好不到哪儿去。

两个少年人在一个年长者面前总归还是吃亏，他们莽撞青涩、直来直往，碰上久浸成人场合的中年男人，有理也要退三分。

还是在门口听了会儿墙脚的数学老师走进来："曾副校，这话可不能这么说啊。"

"戚老。"副校长看见是学校里德高望重的老教师，不自觉放低了几分姿态。

数学老师指了指江辙："这孩子的答题卡我看过了，后边几道大题都是很偏的解题方式，不像是从网上搜到的答案解析。当时教研组一干人判断他是作弊的时候，你有没有去核实过？"

"这……"副校长捏捏手，有几分局促，"当时零班的詹威杰跟着一块儿整理了卷子，他都错了的题目，江辙却答对了。"

零班的詹威杰是万年不变的年级第一，奥数竞赛的好苗子。

后边的话他没说下去，但是在场的人都听懂了。

"这样吧，你也是教数学的，我们一块儿在这儿出道题。"数学老师提议道，"就给他十分钟，算得出来的话，他这年级第一的真实性也见仁见智了。"

陈溺是真没想到事情的发展一转再转，还能到现场出考题的地步。

最后两位老师还真弄了道看似很复杂的导数题出来，带根号和单调增区间。

陈溺看了一眼，也在边上跟着一块儿算 a 的绝对值。

江辙的速度很快，笔也没动，手指点了一下桌面就开始对陈溺说步骤："先用洛必达法则把函数图像画出来，在单调区间上利用内点效应找点，再取值求导……"

好在陈溺思绪也跟得上，很快一步步反推出答案。

答案正不正确已经不重要了，光看他游刃有余的步骤也知道这不是装出来的。

……

从校长办公室出来，陈溺松了口气："班主任一定会开心死，全校第一居然在她班上。"

江辙抬起手臂搭在她脑袋上，勾下颈，一张俊脸在她眼前放大："你不开心吗？全校第一是你同桌。"

"有点。"她坦诚地笑笑，说，"与有荣焉。"

后边传来数学老师的咳嗽声，陈溺才察觉他们还在行政楼里，忙拉开自己脑袋上的手："走了，先回去。"

副校长说话算话，当天下午最后一节课的时候就把新的百名榜名单换出来了。

倒数第一拿了个年级第一，简直惊动了大半个学校，那些吊车尾的班也跟着一块儿神气起来了。

班主任余雯来给大家换位子前，说着这次考试的总结，脸上笑得跟朵花似的。

余雯在上边做大报告，她班里两位尖子生在下面做小报告。

陈溺撑着脸问："你说你下次还能考第一吗？"

江辙："你想我考，我就能考。"

陈溺没听出他这句话后面是句号还是问号，是说认真的还是戏谑她想得美，皱了皱鼻子："你明明都会做，居然还请家教。"

"陈绿酒，你……"他压着手臂看了她片刻，又摇摇头。

陈溺疑惑："为什么说一半又不说了？"

江辙哑声笑了，把她卫衣帽子盖上："不是我要请家教，是你当时在找家教的兼职，懂没？"

她还没来得及细品这句话，就听见全班同学的鼓掌声。

两人对视一眼，也跟着瞎鼓起掌来。

余雯见他们没意见，扬高手："行，还有十五分钟下课。大家就趁现在开始换吧。"

陈溺很蒙，小声问前桌："换什么啊？"

前边的阮喜丹转过身："老师说让你坐前边去，大佬留在后边，一前一后，共同辅导班里成绩！"

"……"

江辙听完，把笔烦躁地一撂，作势要站起来。

"坐回去。"

陈溺头也没转，也不给他顺毛，边收拾着桌子上的书边说。

陈溺觉得这也没什么，她本来就有点近视，不戴眼镜就看不清黑板，往前坐也挺好的。

但江辙这人特容易在这种小事上闹别扭，爱吃些乱七八糟的醋，也不怕酸牙。

他硬要胡搅蛮缠地说她就是想和前面那个小矮个男生一块儿坐。

小矮个何其无辜，在后面的日子里总能感受到后脑勺凉飕飕的冷风。

周五最后一节是体育课，老师没来，交代了自由活动。

陈溺拿着器材室的钥匙开了门，站在门边给大家登记借球的数量。

这种自由活动的时间，男生一般会去打篮球，女生有一部分要回宿舍洗头，还有一部分则去打羽毛球，当然也不乏混合双打的。

等人差不多把球全拿完，陈溺准备把登记册放回去时，门口一个高大的身影走进来。

她边下意识拿起笔登记，边抬眼："借篮球吗？拿几个——"

江辙从上而下看了她一眼，也不打算说话，随手拿了个篮球，五指抓着就打算出去。

江少爷像小孩子般，气性特别大，又要人哄。

但都是在十六七岁的青春期，陈溺就算平时再乖顺，见他一脸冷漠的样子也来气。

江辙在跨出门槛那一刻就听见后边传来一道掷笔声，笔盖掷到了他脚边。他嘴角微勾，把笔捡起来，往后倚在门框那儿："生气？"

陈溺一个眼神也不给他，走到门口："走开。"

他人得稍屈腿才不至于抵住门，他拦住她："我天天在后边对你都快望穿秋水了，你干什么呢？"

陈溺一脸莫名其妙："我怎么了？"

江辙冷着声："你跟那小矮个聊得挺开心，回头看过我一眼吗？"

"有病。"简直不可理喻，陈溺白了他一眼，"对，我最喜欢我的新同桌了。他没你厚脸皮，还比你脾气好——疼，呜！"

她话没说完，脑门被弹了一下。

她抬腿踢江辙，是真有点生气了："你是不是有病？"

"陈溺，"他低头，声音沙哑，"不要说这种话。"

江辙这人在她面前一贯是纸老虎，看着无所不能、无坚不摧，其实没有安全感，独占欲又强，很害怕陈溺不理他。

她踮脚，恶狠狠地弹了一下他的脑门解气。

然后闻着男生衣料上的清冽香氛味，她闷闷出声："跟我说对不起。"

江辙乖乖照做："……对不起。"

后半节课，江辙被同年级一块儿上体育课的一群男生喊去球场打球。

他把校服外套丢到一边，他今天穿的衣服其实不太适合做运动，白衬衫外边配了条黑白领带。但架不住他是衣架子身材，腿长腰窄，将袖子挽至小臂上，露出青筋凸显的手，做什么都让人赏心悦目。

阮喜丹挽着陈溺在观众席上找了一个靠前的位置看球，说实话更像是看打球的人。

场上有人吹着口哨，江辙一连投了三个三分球，篮球在空中划出一道优美的弧线，有人扬洒出矿泉水瓶里的水。

中场休息时，江辙扯松了衬衣的前几颗纽扣在边上灌水喝。阳光落在少年深邃立体的五官上，唇红齿白，眉骨硬朗，下颌弧线延至喉结，干净又落拓。

阮喜丹作为一个颜控女孩，不由自主地"啧啧"感叹："真绝了，造物主的艺术品。江大佬眼尾的小痣怎么能这么好看？"

陈溺撑着脸，在刺眼日光下拿手掌遮了遮眼，说："脖颈上那颗更好看。"

江辙不知道什么时候突然凑了过来，清朗声音在她脑袋上方响起："有多好看？"

不光是陈溺，连带着阮喜丹也被吓了一跳。

她们仿佛都被阳光晒晃了眼，没意识到他是什么时候出现在眼前的。

好在江辙不是过来逗人的，他把校服放在陈溺身边，轻笑了声就回了球场继续厮杀。

"班长，你有没有觉得……"阮喜丹迷迷糊糊中觉得有哪儿不对劲，但正要说出口时，球场那边又出现了一个吸引她目光的身影。

陈溺盯着江辙背影瞧了几秒，默默把校服捡起来折好，转过头："你说什么？"

阮喜丹望着球场那儿，喃喃道："我说，我得干件大事。"

5

球场上的少年们裹挟着年轻和炽烈的气息跑动着，散发着青春洋溢的魅力。

这个年纪，长成什么样都好看。有人靠皮相吸引目光，有人靠球技让人心生向往。

橘子柠檬汽水被打碎在空气中，蝉声平平仄仄，有教师养的猫咪在地上凋谢的玉兰花瓣里翻滚。小卖部的冰箱里有了西瓜和绿豆沙冰，总算在告诉大家，那个试卷会粘着出汗手臂的夏天终于到了。

夏天，意味着可以放肆欢笑大闹的假期，可以去看音乐节和演唱会的暑日，可以去海边玩水，和心爱的人在落日余晖下热吻的季节。

夏天，是春天的结束，是热恋的开始。

陈溺手撑着小脸，手肘立在膝盖上，看着少年投篮进球后往自己这边看，看他撩起衣服下摆随意地擦汗。

她漫不经心地问："你要干什么大事呢？"

阮喜丹的视线也放在了球场上，目不转睛地说："走，我们去买水。"

阮喜丹说的那件大事跟一个男生有关。

男生叫魏见帆，高高瘦瘦，单眼皮。

阮喜丹记得自己高一入学时被老师喊去帮忙抱教科书，她是个子娇小的女生，一米五五的身高。

她抱着一摞书要上四楼，走走停停，最后停在三楼前的台阶那儿大喘气时，身后一双修长骨感的手伸过来，帮她把书抱起。

男生比她高一个头还要多，身上校服松松垮垮地披着，垂眼对她咧嘴笑了下："几楼？哪个教室？"

阮喜丹第一次被人这么近距离地盯着，脸一下就红了，结结巴巴："四、四楼左转第二个。"

当时他搬完书就离开了，校牌上的名字也被书挡住了。

阮喜丹四处打听，却也不敢太兴师动众。她甚至不敢去学校表白墙那里问，像怀揣着一个小小宝藏，怕被人觊觎上。

后来好不容易旁敲侧击得知魏见帆是三班的体育委员，加上他 QQ 好友的那天晚上，她高兴得睡不着。

很长一段时间里，她找了很多可爱的表情包和好笑的段子，生怕和他聊天时会让他觉得自己无聊。

他们会在晚上互相说晚安，会分享网上的新八卦和运动会上的趣事。

阮喜丹总是在对他说完晚安之后还久久不能入眠。

她喜欢翻看他们之间的聊天记录，从聊得热火朝天到刚开始小心翼翼试探的过程，这感觉很奇妙。

在时机成熟的时候……至少对阮喜丹来说算成熟了。

魏见帆也终于问出了那句话："天天和你聊天还不知道你是九班的哪个呢？明天我们班的体育课和九班是同一节，要不要见见？"

……

魏见帆喜欢桃子味的东西，阮喜丹捏紧了手上那瓶新买的桃子汽水，看着正在三楼走廊外和同学聊天的男生。

他笑的时候最好看，眼里跟有星星一样。

阮喜丹深吸好几口气，踩踩脚走上前，露出一个自认为最落落大方的笑，把手上的汽水递过去："喂！刚才球打得不错啊。"

魏见帆迟疑地接过，也没思考太久，念出了她的网名 ID："你是丹丹？"

"嗯。"阮喜丹插在口袋里的另一只手几乎在里面打结，假意轻松地说，"之前对我有过印象吗？"

"应该见过几次吧。"男生看了眼手上的汽水，道过谢，目光聚集到她的鞋上，皱皱眉，"你脚上这双 AJ（飞人乔丹）好像是假的。"

阮喜丹有点愣住了，从脖子那儿开始红上脸，她支吾着又问了句："什、什么？"

魏见帆又重复了一遍，不以为然地笑笑："我说你鞋是假的，买的假货吧？"

两人边上还站着他的同学，闻言捶了他胸口一拳："你多损啊！不过刚刚你看见江大佬那件衬衫没？好像是迪奥和哪家大牌的联名款。"

魏见帆笑着摇摇头："那个买不到，有没有注意看他领口金丝线绣的名字？得定制。"

他们貌似没什么恶意地在她面前说笑。

而阮喜丹低头看了一眼自己的鞋，很尴尬地扯了扯嘴角，说着无人在意的解释："我……我不懂什么牌子，就在小店里买的。"

"让让。"身后一道磁沉的男声响起。

他们挡在了过道上，江辙从中间经过。

魏见帆刚才还在和江辙打球，本来想跟他打声招呼，但看他一脸不耐烦，也只好把扬起的手放在后脑勺挠挠。

他眼尖地瞧见阮喜丹校服口袋一角露出的信封，粉红色，很有少女心。

"你兜里这封信……"魏见帆看了一眼女孩脸红的紧张模样，舔舔唇，"是给我的吗？"

阮喜丹脑子有些空白，顺着他的话把信封拿出来："哦这个，不是给你的。"

"那是给谁的？"魏见帆慢慢收了笑，推推旁边的男生，"给他的？"

男生推了他一把，走开了点："别闹，我又不认识人家。"

他们此刻的推搡在阮喜丹看来不再是有趣的顽劣，更像是在这窘迫情境里的幸灾乐祸。

阮喜丹缓缓转过头，喊住正要进教室的人："江辙……江辙同学！"

教室离他们很近，江辙自然也听见了他们刚才的动静。他停住脚步，转过身，好整以暇地挑了挑眉："有事儿？"

感受到边上几个男生僵住，阮喜丹已经不知道自己在做什么了，只是往前走了几步："这封信是给你的。"

"快来看！"

"给江辙送情书！她怎么敢的啊？！这得是向上天借了五百个胆吧！"

所有人吃惊的是阮喜丹居然敢直接表白，而不是惊讶她喜欢的人是江辙。

好像在大家眼里，喜欢江辙是不需要理由的。

他那么自负嚣张的一个人，在哪儿都能夺得关注。

虽然他为人冷戾，喜欢独来独往，脾气又差，但依旧能让很多女孩把青春都默默无闻地燃烧在他身上。

有人当众表白本来就是能在学校引起轰动的一件事，更何况那个被表白的人是大名鼎鼎的江辙。

真是够胆大，不怕糗。

又恰逢下课铃打响，其他班的人也下了课，都呼朋唤友地围在走廊和窗口那儿看热闹。

江辙眯了眯眼，认真地看了阮喜丹一眼，知道这同学和陈溺平时玩得还行。

这情书收还是不收对他来说都算是烫手山芋。

收了对他自己难交代，过不去这道坎。

但这种救急的场面他要是不收，人家小女孩也挺没面子的。万一这女同学一个不开心，就哭着跑去烦陈溺了怎么办？

短短十几秒钟，每个人的心事都在脑子里轮了个圈。

吃瓜群众都在边上人挤人地围观，但其实大部分人心里想的都是她会被怎么拒绝。

僵持了须臾，陈溺从人群后边一头雾水地挤进来，听见他们在耳边小声议论。她才去了趟厕所回来，怎么感觉天都变了？

江辙自然也看见了她，冲她微扬下巴，请示她该怎么做。

陈溺抿抿唇走上前，接过阮喜丹手上的情书。

她站得笔直，也没往男生那儿看，只一本正经地说："学校明令禁止早恋，你跟我过来。"

主人公被带走，一群人有些失望地长吁短叹：就这？

留下江辙在原地环顾四周，手插兜倚着教室门沿，凉声问出口："看我的戏？"

"……"不敢不敢。

不到几秒，走廊上的人渐渐空了。

江辙喊住转身要离开的魏见帆："欸。"

他和魏见帆差不多高，但肩宽身挺地站在人前，气势就压了一头。他当着魏见帆边那男同学的面讽笑一声，视线下移："你这表是仿的吗？"

魏见帆脸一僵，面上挂不住，低应了声就急急回班上了。

陈溺拉着阮喜丹走的时候一脸公正不阿，但她压根儿没出那栋教学楼，找了间靠近教研组的补课小教室就拉着阮喜丹坐下了。

她本来是打算和阮喜丹促膝长谈的，但一关上门，女孩就扑在她手臂上哭。

她还不敢哭得很大声，只呜咽着控诉："我以为他人挺好的呢……呜呜呜……他为什么要说我的鞋是假货？这是我妈在小商品市场随手买的！她也不认识什么 AJ、BJ 啊！我再也不要喜欢他了！我以后都不会喜欢上别人了！"

陈溺边拍着她背，边安慰说："其实你只是因为他帮你搬过书而感激他，关注他。而他那句不假思索的话，又让你抵消了对他的好印象。"

给人好感是一瞬间的事，但同样也会因为一瞬间就觉得这人其实也就那样。

阮喜丹吸吸鼻子："可是我真的好难过啊！"

"我感觉没脸见人了。"阮喜丹想到刚才做的事就开始打战，她咬紧牙关，"还好你来了！我都能想到大魔王会不会比魏见帆更过分地拒绝我……"

"不会，江辙比那种人有品多了。"陈溺笑了一下。

阮喜丹点点头，表情有些怔："感觉你们好熟悉的样子，像是以前就认识……"

陈溺点点头肯定了一遍："对。"

"啊？！"高分贝惊讶如期而至，阮喜丹瞪大眼，八卦之心熊熊燃烧，

"你们怎么认识的啊？！"

陈溺想了想，说："就自然而然，一拍即合吧。"

那是陈溺刚搬家到九中附近没多久的高一寒假，她做完兼职，从市中心的棒球场附近走到公交站台。

少年穿着一身黑，宽肩长腿，倚靠在机车边上，单手插着兜，狭长的桃花眼凌厉多情，挟带几分冷颜的味道。

身边零零落落一群拿着棒球棒的狐朋狗友在说笑，他的气质看着出尘，和那群混子格格不入，却又在这种环境里如鱼得水。

陈溺从十字路口的马路边经过，和他隔着人群远远地对视了一眼。

她当时就觉得这男人好带劲，长得比明星还帅。

而江辙挑着眼尾睨人，觉得这妞的眼睛看人时真冷，真想让她哭出来。

他们的相遇和交往，都带着点心照不宣、自投罗网的默契。

"我是真的没看出来你们居然之前就认识了，准确来说是，虽然感受到了大魔王对你的不一样，但没人敢想。"阮喜丹感慨万千，话题一转，"不过你居然瞒了我这么久！太不够意思了吧！我们当时还都担心你坐在大魔王身边了！"

陈溺想了想，这个锅还是得让江辙背，她故作高深，沉吟道："其实吧，是你们大魔王私底下不让我说。"

这话太有歧义了，阮喜丹靠着自己灵活的小脑瓜一下脑补了几个故事，鼓着勇气骂了一句："太可恶了！之前他每天还在你面前这么拽！"

"是吧。"陈溺手挡了一下唇，笑意憋不住，"拽得让人想打他。"

上课铃打响，陈溺拉着阮喜丹从小教室里出去，从走廊经过时，耳边一直是她小声的碎碎念。

发生这事的第二天，校园贴吧一则帖子如平地而起的高楼，仅仅一个晚上的时间，已经被九中高二年级的人盖到了 1314 层楼。

帖子的标题是：＃ 今天有九折吗？ ＃

这名字就跟特工暗号似的，点进去才知道，"九"取自艺术班班主任喊陈溺的小名，"折"当然是某位大佬的名字谐音。

【九折 yyds（永远的神）！啊！我又嗑到了，兄弟们！】

【今天早自习大魔王来班长那儿背古诗词没背出来，班长让他罚抄五十遍。结果我看见大佬交了一份写了五十遍"陈绿酒今天真好看"的检讨纸过来！】

【这也行！好甜啊！】

【救命！谁的眼泪不争气地从嘴里流出来！九班的同学们再探再报好吗？大魔王的八卦真的好刺激！！！】

【楼上说得对！】

【上次在小树林看见大佬好像心情不太好，结果班长摸摸他脑袋哄了他几句就立刻好了！这就跟给老虎顺毛似的感觉。】

【还有上次自习课，我用我的小镜子巧妙地做了个折射角度，看得清清楚楚，大魔王居然无聊到给班长编辫子！】

【看见过，手法好生疏啊，班长乌黑漂亮的长发被他编得好丑！但乖妹班长的脾气真好，竟然都不打开他的手？】

【数学课，班长坐后排去了！抢答题：你们猜为什么大佬这么认真地在抄笔记？】

【送分题，班长有点近视，坐后边就看不清黑板了！那么问题来了，大魔王这种全校第一的水平，还能帮谁抄笔记？！】

【欸欸欸，后门咋开了？是大佬刚刚出去了吗？】

【前排密探来报，大佬应该是出去买零食了。看来我们又能蹭一波了，嘿嘿嘿嘿！】

【不过大魔王从来不干翻墙的事儿，因为门口两个门卫都不敢拦他，哈哈哈哈！】

……

就在大家围观八卦的热情渐渐冷却的时候，陈溺终于发现了贴吧这栋离谱的"高楼"。

她撑着下巴，眯眯眼："阮喜丹同学，是你说出去的吗？"

"我冤枉。"阮喜丹把手机拿回来丢进桌洞里，指着她，"明明是你们自己不小心泄露给全班的！"

陈溺一脸疑惑："怎么泄露的？"

阮喜丹找出她的数学笔记本，往后随便翻了几页："上回临近期末模拟考试，你的笔记本不是给全班传阅了吗？你自己看看上面都有什么！"

笔记本记得很干净，重点和例题都分得很清楚明了。

但随处可见的空白处总有这么几句对话，这笔迹在班上一查对，还是让人不由得惊呆了。

【今晚上哪儿吃饭？】

【随便。去711吃个三角包饭凑合一下也行，我想要吃金枪鱼口味的。】

【下节自习课，过来坐我边上？】

【不要，你总打扰我学习。】

【这次真不打扰你，小爷教你写奥赛题。】

【滚。不相信你了。】

【周考的卷子是小爷帮你改的，感动吗？】

【最后一道附加题有10分，也是你帮我写上去的？】

【对啊，我都做不出来，拿手机搜的，让你考了个全校第一，爽不爽？】

【……谁让你帮我做了？那题打印错了，是大学的代数题。笨蛋。】

陈溺看完，很理亏地把笔记本合上压在书下，心虚地咳了几声。

都怪江辙这神经病总喜欢在她笔记本上传信，而且用的还不是能擦掉的铅笔！

看出她的不好意思，阮喜丹笑嘻嘻地拍了拍她肩膀。

江辙知道这个贴吧楼比陈溺晚了好几个月，他对着"yyds"那四个字母看了半天，很土地问了一句："这是什么？"

陈溺说："夸你呢。"

"夸我什么？"

陈溺面不改色地解释："yyds，有一点骚。"

"……哧。"

高三上学期，清北保送的名单下来了。

江辙在竞赛里拿了省一等奖，但被招进的是数学专业。他没去，决定参加高考和陈溺考同一所大学。

对他来说，学历加成的优势其实不算大，大不了到时候去哈佛、麻省这样的名校继续深造。

高考那天，这两人倒是给贴吧那个帖子又增加了最后一个话题。

下着绵绵细雨的高考第一天，上午考完语文。

陈溺拎着一个保温壶来学校食堂，坐在江辙的对面，语气自然道："我妈妈给我们熬了鸡汤。"

边上全程围观的同学们心里五味杂陈："啧啧啧，我们也好想吃！"

……

两天的高考结束后，谢师宴定在了隔天晚上。

告别红白相间的塑胶跑道、喋喋不休的班主任和扯着嗓子讲着化学方程式的老师……他们毕业了。

白天江辙去接陈溺的时候，恰好他那些狐朋狗友也都跑到九中来找他一起玩。

陈溺在妈妈的舞蹈班带补课班，九中对艺术生的待遇还不错，艺术楼很新很大。

三面都是玻璃墙的一楼舞蹈房，午后阳光透过树叶罅隙倾泻了一地。

微风吹动檐下风铃，空气中是酸梅汁和气泡水的浓郁甜味，天花板的大风扇还在"嘎吱嘎吱"地转个不停。

久雨初晴，蝉鸣一夏。

江辙身边那群损友本来从进九中参观开始就吵吵闹闹的，但这会儿见到真人，一下子都安静下来了。

舞蹈房里只有三四名补课的学生，陈溺换了舞蹈服和舞鞋，伴着悠悠扬扬的背景音乐，似乎是跳一支民族舞。

女孩绑了个高高的丸子头，碎发软软地搭在发际线上，素净小巧的一张脸，一截白皙的天鹅颈纤细笔直，踮起脚每一步都踩在漏下点点阳光的地板上。

他们隔着玻璃，认认真真地看着陈溺跳完了一支舞。

黎鸣贱兮兮地搭上江辙的肩："阿辙，她跳得好好啊！"

江辙甩开他的手："当心我戳瞎你的眼。"

他们听着就笑了："我的辙，别这么暴躁啊！这妹妹长得这么乖，不会嫌你不温柔吗？"

江辙闻言，手插兜，自上而下地瞧了他们一眼，薄唇稍翘，嚣张地挑挑眉弓："要你管？"

"……"

几人一脸"小丑竟是我自己"的吃惊表情，黎鸣更甚，指着江辙往舞蹈房走的背影骂骂咧咧。

身后的几个人笑得乐不可支，安慰道："行了！可怜的鸣鸣，别无能

313

狂怒了。"

江辙带着陈溺和这几个损友去吃了餐饭，晚上赶到全班谢师宴的饭店时，他们都已经吃不下什么东西了。

几个喝醉的老师拉着江辙这个状元郎去谈心，落单的陈溺被一群同学围住八卦。

最后江辙把人牵出饭店时，边走边跟哄个小朋友似的："站直点，要我背还是自己走？"

"自己走。阿辙，我还能跳舞给你看。"

陈溺拉着他的手慢悠悠地走在人行小道上，扬高他的手臂，在他臂弯下转了一个又一个圈圈，反倒被自己转晕了。

平时挺沉稳机灵一姑娘现在就像个小傻子，江辙看得直乐。

"……到了法定年龄，我们就去领证。"

陈溺的动作一下子停住了，白皙肌肤透着绯红，脑袋仍是晕乎乎的，她迷迷糊糊地"啊"了声。

"我知道你听见了，别装。"江辙握着她的手收紧，另一只手钩到她小尾指——

"跟我拉钩，说'好'。"

女孩哼哼唧唧不回答，江辙这一刻倒是有耐心等，又贴到她耳边哑声诱哄："好不好？嗯？"

被他钩着的尾指回应般缓缓钩紧，陈溺咬住唇，轻笑了声："好。"

不管是风光旖旎，还是苍狗白衣。只要终点是你，一切都很好。

【下部完】